奪った
美少女が
なぜか俺まで
狙ってくる
illustration.
さなだケイスイ
福田週人

「本当に欲しいのは――
キミだよ、颯太」

「いや、ちょっと恥ずかしいんだけど……
実はこういう格好も結構好きなんだよね。
モデルを始めてからは、
めっきり着なくなっちゃったけどさ」

「じゃあ、さっそく撮影始めてもらおうか。
……あはは、緊張しすぎ。
もっと肩の力抜いたほうがいいよ？」

CONTENTS

kanojo wo ubatta ikemen bishoujo ga
nazeka oremade nerattekuru

彼女を奪ったイケメン美少女がなぜか俺まで狙ってくる

kanojo wo ubatta
ikemen bishoujo ga
nazeka oremade
nerattekuru

illustration.
さなだケイスイ
福田週人

プロローグ

〈……ごめんなさい、颯太《そうた》くん〉

他に好きな人ができたんです――。

高校入学から一か月ほどが経過した、ある日の放課後。

俺は付き合っていた彼女から、そんな衝撃《しょうげき》的なカミングアウトをされてしまった。

「そ、そんな……嘘《うそ》だよね、江奈《えな》ちゃん⁉」

前触《まえぶ》れなんて全くなかった。つい昨日だって、放課後に仲良くデートしていたくらいだ。

なのに、今日になっていきなり電話してきたかと思ったら、「他に好きな人ができた」だって？

寝耳《ねみみ》に水とはまさにこのことだ。

「い、嫌《いや》だなぁ、ははっ！　急にそんな冗談《じょうだん》言うなんて、江奈《えな》ちゃんもお茶目なところが……」

〈ごめんなさい。でも、冗談《じょうだん》とか、ど、ドッキリとか……そういうのでは、ないので〉

電話越《ご》しの彼女の声は、心なしか震《ふる》えていた。

おいおい……マジで？

急にそんなことを言われても、どうすりゃいいのかさっぱり分からない。

忙《せわ》しなく人の行きかう駅前広場で、俺は耳にスマホを当てたままポカンと突《つ》っ立っていた。

「ど、どういうこと!? 俺、なんか江奈《えな》ちゃんを怒《おこ》らせるようなことしちゃったかな？ 何か悪いところがあったなら教えてくれよ！ 俺、全力で直すからさ！ だからっ」

〈――えぇっと。盛り上がってるところ、ごめんね？〉

不意に、電話越《ご》しからハスキーな女性の声が聞こえてきた。江奈《えな》ちゃんの声じゃない。

びっくりして思わず耳からスマホを離《はな》したところで、画面がビデオ通話モードに切り替《か》わる。

「……え？」

こちらも応答すると、画面の向こうにはもちろん俺の彼女がいた。

里森江奈《さともりえな》ちゃん。俺の人生で初めてできた彼女。こんな状況《じょうきょう》でもなければ、このまま楽しくお喋《しゃべ》りでもしたいところだ。

しかし、それよりも俺の目が吸い寄せられたのは、彼女の隣《となり》に立っている一人の女子だった。

〈おっ、繋《つな》がったかな。やっほー、彼氏《かれし》くん。見てる？〉

そう言って、画面越《ご》しに手を振《ふ》ってくるその少女には見覚えがあった。

少し青みがかった、緩《ゆる》いウェーブの長めショートヘアー。半眼気味ながらもぱっちりと大きな両の目には、エメラルドみたいに澄《す》んだ翡翠《ひすい》色の瞳《ひとみ》。化粧《けしょう》っ気なんか全然ないのに、目鼻立ちがくっきりと整った中性的な顔をしている。

早い話が、とにかくすこぶる顔が良くて透明感《とうめいかん》のある雰囲気《ふんいき》の美少女だ。

「み……水嶋静乃《みずしましずの》⁉」

〈お～。私のこと、知ってるんだ？〉

知ってるも何も、この学校じゃ知らない奴《やつ》はいないほどの有名人じゃないか。

水嶋静乃《みずしましずの》――高校生離《ばな》れした整った容姿に、文武両道な優等生。スタイルだって抜群《ばつぐん》だし、
実際に雑誌のモデルなんかもやっているらしい。

そんな彼女のインスタのアカウントには、十代の若者を中心に数万人のフォロワーがいるとか。まさにティーン世代にとってのカリスマとでもいうべき存在だ。

そのクールビューティーでボーイッシュな見た目や言動から、男子はもちろん、女子からも「イケメン」「彼氏《かれし》にしたい」などと絶大な人気を集めている。

「な、なんであんたが……？」

そうだよ。そんな、俺たちとはまるで住む世界が違《ちが》うようなカリスマＪＫが、だ。

どうして江奈《えな》ちゃんと一緒《いっしょ》にいるんだ？

〈う～んと。まぁ、つまりは……こういうこと、かな〉

そう言って、イケメン女子水嶋《みずしま》は隣《となり》にいる江奈《えな》ちゃんの肩《かた》をグイッと抱《だ》き寄せた。

「んなっ⁉　ま、ま、まさか……！」

〈そう。キミの彼女が言った『他の好きな人』っていうのは、何を隠《かく》そう、私のことでした～〉

〈も、もう、静乃《しずの》ったら……恥《は》ずかしいです〉

肩《かた》を抱《だ》かれた江奈《えな》ちゃんが「ポッ」と頰《ほお》を赤らめる。

そんなっ！　彼氏《かれし》の俺だって、まだまともにハグしたことなんか無かったのに！

〈そういう、わけなので……もう、私のことはすっぱりあきっ……諦《あきら》めてください、颯太《そうた》くん〉

「え、江奈《えな》ちゃん？　俺はっ」

微《かす》かに言葉を詰《つ》まらせながらも冷たく言い放つ彼女に、俺は縋《すが》るように呼びかけようとして。

〈話、終わった？　じゃあ、私たちこれからデートだからさ。そろそろ切るね。バイバイ、彼《かれ》氏《し》くん……いや、元彼氏《かれし》くん？〉

「お、おい！　ちょっと待っ――」

ツー、ツー、ツー……。

通話が無慈悲《むじひ》に切られる。

悪い夢でも見ているような気分で、俺は呆然《ぼうぜん》と立ち尽《つ》くすしかなかった。

佐久原颯太《さくはらそうた》、十五歳。

高校一年生の春。

人生初の彼女を、同じ学校の人気モデルなイケメン女子に奪《うば》われました。

「――なんじゃそりゃぁぁぁぁぁぁぁぁぁぁぁぁぁぁぁあ!!!?」

第一章　奪《うば》われた俺と、奪《うば》ったアイツ

俺が江奈《えな》ちゃんと出会ったのは、中学三年の秋だった。

とは言っても、彼女のことはこの学校の中等部に入学してすぐの頃《ころ》から知っていた。なにしろ江奈《えな》ちゃんは、俺たちの学年の間ではちょっとした有名人だったからだ。

まず、頭が良《い》い。江奈《えな》ちゃんは学年で成績上位四十人しか入れない特別進学クラス、通称《つうしょう》「特進クラス」に所属する優等生だ。定期テストの成績順でも常に学年五位以内には入っている。

次に、家柄《いえがら》が良《い》い。なんでも彼女は、俺たちの暮らすこの港町で代々貿易商を営んでいる旧家の生まれなんだとか。さすがに漫画《まんが》とかに出てくるような「ご令嬢《れいじょう》」というほどではないにしろ、いわゆる「良《い》いとこのお嬢《じょう》さん」ってやつだろう。

そして何より、見目が良《い》い。濡《ぬ》れ羽色の長い黒髪《くろかみ》に、対《つい》になるような雪の如《ごと》く白い肌《はだ》。長いまつ毛の下からのぞく薄紫《うすむらさき》色の瞳《ひとみ》が、清純で落ち着いた雰囲気《ふんいき》の彼女によく似合っている。まさに「清楚可憐《せいそかれん》」、「大和撫子《やまとなでしこ》」といった四字熟語の代表例みたいな美少女だ。

それにも拘《かか》わらず、その家柄《いえがら》や美貌《びぼう》をひけらかすようなことはけしてなく、むしろ誰《だれ》に対しても敬語で接するような品行方正な人となりときた。

いきおい、彼女とお近づきになりたい男子なんて同学年の中だけでもごまんといただろう。

(俺みたいな日陰者《ひかげもの》なんて、卒業するまでにまともに話す機会すらないんだろうな)

しかし、俺のそんな予想とは裏腹に、その機会は突然《とつぜん》やってきた。

それは中学三年の十一月、うちの学校で毎秋に開催《かいさい》される文化祭での出来事だ。

当時、俺のクラスは出し物として十五分くらいの自主制作映画を作ることに決定。クラスで唯一《ゆいいつ》の映画研究部部員だった俺は、半ば強制的に脚本《きゃくほん》その他諸々《もろもろ》を押《お》し付けられたのだ。

しかも、内容は「青春恋愛《れんあい》もの」。はっきり言って俺には無縁《むえん》もいいところなテーマだ。

それでも陰《いん》キャなりに必死こいて青春恋愛《れんあい》映画を勉強し、苦労して脚本《きゃくほん》を書き上げた結果。

俺たちの映画は学年で一位、中等部全体で見ても上位に入るほどの集客率を記録した。

とはいえ、好評の理由のほとんどは、ヒロインを演じた女子が男子人気の高いチア部の子だったから、というものだった。上映後のアンケートでも「ヒロインの女の子が可愛《かわい》かった」だのといった感想ばかりで、俺は正直うんざりしてしまっていた。

だけど。

「この映画の脚本《きゃくほん》を書いたのって、あなたですか?」

そんな中で一人だけ、そう言ってわざわざ俺を訪ねてきた女の子がいた。

それが江奈《えな》ちゃんだった。

聞けば、江奈《えな》ちゃんは俺と同じく映画鑑賞《かんしょう》が趣味《しゅみ》で、休日に一人で映画館に足を運ぶこともよくあるという。

だからこそ、というべきか。江奈《えな》ちゃんは他の客とは違《ちが》い、俺が苦労して考えた物語の構成やストーリーにも注目してくれて、その上で「面白《おもしろ》かった」と言ってくれたのだ。

それまで全く接点はなかったけど、同じ映画好き同士ということで俺たちはすっかり意気投合。文化祭をきっかけに、それ以来よく二人で話すようになったのだ。

「そういえば、今週の土曜日ですよね？　あの新作アニメ映画の公開日」

「ああ、あれか。面白《おもしろ》そうだけど、あの監督《かんとく》の作品ってなんというか、『青春ド真ん中！』とか『エモさ爆発《ばくはつ》！』みたいな感じでしょ？　お客さんもリア充《じゅう》カップルばっかりだろうし、ちょっと陰《いん》キャが一人で観《み》に行くのはハードル高いっていうか、ね。ハハハ……」

「え？」

「じゃ、じゃあ、あの……二人でなら、どうですか？」

「ち、ちなみに、なのですがっ。今週の土曜日は、私、何も予定がなくて、ですね……」

「……ええっ、と。なら、その……一緒《いっしょ》に、観《み》に行く？　土曜日」

「っ！　はい、ぜひ！」

やがて学校が冬休みに突入《とつにゅう》する頃《ころ》には、連れ立って映画を観《み》に行くほどの仲になっていて。

このころには多分、さすがに俺たちもお互《たが》い気付いていた、と思う。

同じ映画好き同士で、好きな作品について存分に語り合える仲間。

だけどもう、きっとそれだけでは足りなくて。

この関係が壊《こわ》れるかもしれないと分かっていても、あと一歩を踏《ふ》み出したくて。

もう二人の内のどちらが先にその一歩を踏《ふ》み出してもおかしくなくて。

だから、俺と江奈《えな》ちゃんの関係が「気の合う友人」から「恋人《こいびと》」に変わるまでに、そう長い時間はかからなかった。

——それが、わずか数か月で終焉《しゅうえん》を迎《むか》えることになる儚《はかな》い恋《こい》になるなんて、もちろんこの時の俺は知る由《よし》もなかったのだが。

※

私立帆《ほ》港《みなと》学園は、市内でも結構な進学校として名高い中高一貫《いっかん》校だ。

「自由な校風」と「世界に羽ばたく人材育成」をモットーにしているとかで、カリキュラムや学校行事なんかも、生徒の自主性を尊重したり国際色豊かだったりするものが多い。

そんな意識高い系の学校なだけあって、生徒は男子も女子もレベルの高いやつが多い。どいつもこいつも育ちの良さが外見にも表れているのか、美男美女率が高いのだ。

しかし、当然だが一部には例外も存在する。そんなキラキラ男女たちがキラッキラなスクールライフを送っている陰《かげ》で、モノクロの青春を送っている奴《やつ》だっている。

例えばそう、いまこの一年四組の教室の隅《すみ》っこで、死んだ魚みたいな目をしながらゾンビみたいな呻《うめ》き声をあげている男子。こいつなんかが良《い》い例だろう。

……まぁ、俺のことなんですけどね。

「ありゃまぁ。それはなんというか、ご愁傷様《しゅうしょうさま》だったね～」

ひとつ前の席に座《すわ》る級友、樋口《ひぐち》が、机に突《つ》っ伏《ぷ》す俺に向かって手を合わせる。

俺が江奈《えな》ちゃんにフラれてしまったことを聞いての第一声である。

「でも、僕が見てるぶんには特に険悪そうじゃなかったけどなぁ。なんでフラれちゃったのさ？　もしかして……無理やりエッチなことでもして嫌《きら》われちゃったとか？」

「は、はぁっ!?」

思わず素《す》っ頓狂《とんきょう》な声をあげて立ち上がってしまう。教室で談笑《だんしょう》していたクラスメイトたちの視線が、一斉《いっせい》に俺に集まった。

「あ、あっはは……すみません、はい……」

引きつった愛想《あいそ》笑《わら》いで頭を下げつつ、俺は声を潜《ひそ》めて樋口《ひぐち》に言い返す。

「するわけないだろ、そんなこと！」

むしろ逆だ。中三の冬休み明けに付き合い始めてからのこの四か月、俺は江奈《えな》ちゃんとはとても清いお付き合いをしていた。

もちろん、俺も年頃《としごろ》の男子高校生だし、そ、そういうことに興味が無いわけじゃない。

だけど、なにしろ相手は旧家のお嬢《じょう》さんだぞ？　俺みたいなド庶民《しょみん》の小僧《こぞう》が迂闊《うかつ》にも手を出したりした日には、どんな制裁が待っていることか。男子人気の高さに反してこれまで江奈《えな》ちゃんに浮《う》いた噂《うわさ》が無かったのも、きっとそういった理由からに違《ちが》いない。

それでなくとも清楚《せいそ》で優等生な彼女のことだ。付き合ったばかりなのにそんな風にベタベタされるのは嫌《いや》がるだろうと思って、手を握《にぎ》ったことだってほとんどない。

彼女が嫌《いや》がりそうなことは、極力しないようにしてきたつもりだ。

「じゃあ、なんでフラれたわけ？」

「それは……言いたくない」

知らぬ間に彼女が浮気《うわき》をしていて、しかもその相手が女子でした……なんて、そんな情けないこと言えるわけがない。

いやまぁ、最近じゃ同性同士の恋愛《れんあい》も珍《めずら》しくないって聞くし、ましてや相手があのイケメン美少女の水嶋《みずしま》とくれば尚更《なおさら》だろう。だけど、それにしたって男としてほとほと情けない。

ああほんと、初めて彼女ができたって、浮《う》かれていた俺がバカみたいだ。

「きっとこのまま二度と彼女もできずに、ひとり寂《さび》しく死んでいくんだ、俺は……」

「え～、そうかな？　颯太《そうた》って昔から根は優《やさ》しくて良いやつだし、好きになる女の子は結構いると思うけど。ちょっと卑屈《ひくつ》すぎるんじゃない？　ほら、小四の時に行った遠足でも……」

「あーはいはい、褒《ほ》めてくれてどーも。ったく、モテる男はお世辞も上手《うま》いよな」

樋口《ひぐち》とは小学生の時からの付き合いだが、昔から女の子にモテるのはいつもこいつの方だった。いわゆる可愛《かわい》い系イケメンってやつ？　特に年上のお姉さん方からの人気は絶大だ。まったく羨《うらや》ましいことですな。

樋口《ひぐち》の気休めを適当にあしらって席を立ち、俺は用を足すために教室を後にした。

最寄《もよ》りのトイレはこの時間はきっと混んでいるので、少し離《はな》れた場所にある人気《ひとけ》の少ないトイレに向かう。もうすぐＨＲが始まるし、さっさと済ませよう。

「はぁ～あ。こんなことになるなら、最初から独り身のままで良かったよ……」

そんな愚痴《ぐち》を零《こぼ》しつつ、手を洗ってトイレから出たところで。

「あ、出てきた」

「……は？」

外で待ち構えていたその人物に、俺は思わず目を見開いた。

「おはよ、元彼氏《かれし》くん。いや、佐久原颯太《さくはらそうた》くん、だったっけ？」

「お、お前はっ⁉」

俺の前に立ちふさがったのは、まさに昨日、俺の彼女を奪《うば》い去った張本人。

カリスマＪＫなイケメン美少女、水嶋静乃《みずしましずの》だった。

「ちょっといいかな？　話したいこと、あるんだけど。……二人きりで」

※

「ごめんね、急に呼び出しちゃって」

俺を人気《ひとけ》のない階段の踊《おど》り場に連れてくるなり、水嶋《みずしま》はそう言った。

「……いきなりやってきて何の用だよ」

いわば自分にとっての恋敵《こいがたき》である彼女を前にして、俺は自然とぶっきらぼうな口調になる。

ていうか、他人《ひと》の彼女を奪《うば》っておいて、次の日にその元カレの前にノコノコ姿を見せるとか、どういう神経してるんだこいつは。

「江奈《えな》ちゃんのことだよ。もしかしたら二つほど誤解があるかもしれないな、と思って」

水嶋《みずしま》の答えに、俺はピクリと眉《まゆ》を動かした。

「誤解？」

「うん。もしかしたらキミは、私が江奈《えな》ちゃんを無理やり奪《うば》ったんだと思ってるかもしれないけど、まずそれが誤解なんだよ」

水嶋《みずしま》は踊《おど》り場の壁《かべ》に寄りかかって腕《うで》を組む。

格好こそブラウスにスカートと普通《ふつう》の女子制服だが、そこはさすがに現役《げんえき》モデル。

そんなちょっとした仕草でも、悔《くや》しいがとても様になっていてカッコよく見えてしまう。

……って、なに褒《ほ》めてんだ俺！　人気モデルだろうが、相手は恋敵《こいがたき》だぞ！

「な、何が誤解なんだよ？」

「う～ん、これをキミに言うのはちょっと気が引けるんだけど……江奈《えな》ちゃんの気持ちは、もともとキミから離《はな》れ気味だったみたいなんだよね」

「えっ？」

「『気が合うと思って付き合ってみたけど、実際はそうでもなかった』、ってさ。だからキミをフッて、江奈《えな》ちゃんの方から私の所に来たんだよ」

「んなっ⁉　……い、いやっ、嘘《うそ》だね。俺は信じないぞ」

だって、つい一昨日《おととい》まで二人で仲良くやってたんだぞ？

放課後はほとんど毎日一緒《いっしょ》に寄り道していたし、もちろん休みの日には一緒《いっしょ》にデートだってした。口喧嘩《くちげんか》のひとつもしたことがないくらいだ。

江奈《えな》ちゃんの気持ちが離《はな》れ気味だったなんて、そんな素振《そぶ》りは一度も……。

「まぁ、私はあの子から聞いたままを言っただけだし、信じるかどうかはキミの自由だけど」

俺が必死に否定しても、水嶋《みずしま》は相変わらず淡々《たんたん》と告げてくる。

「たしかに、同じ特進クラスになって、あの子と色々お喋《しゃべ》りしたり、色々と相談されるような仲になっていたのは認めるよ。でも、付き合って四か月のキミから、知り合って一か月の私にアッサリ乗り換《か》えちゃうってことは……やっぱり、そういうことなんじゃない？」

うちの学校は中高一貫《いっかん》。中等部の生徒はエスカレーター式に高等部に進むシステムである。

それに加えて毎年、別の中学からうちを受験して高等部に入ってくる「外部進学生」という奴《やつ》らがいる。水嶋《みずしま》もその一人だ。

だから水嶋《みずしま》の言う通り、こいつと江奈《えな》ちゃんは一か月前に知り合ったばかりのはずなんだ。

それなのに、俺を捨ててこいつを選んだということは……。

「そ、そんな……江奈《えな》ちゃん……」

いや──よく考えれば、そもそも俺みたいな陰《いん》キャオタクと四か月も付き合ってくれたこと自体、奇跡《きせき》みたいなもんじゃないか？

仲良くやれていると思っていたけど、本当は俺の知らないところで、江奈《えな》ちゃんをガッカリさせてしまっていたのかもしれない。

この四か月、「楽しい」「気が合う」と思っていたのは俺だけで。

水嶋《みずしま》の言う通り、もしかしたら江奈《えな》ちゃんの方はとっくに冷めていたのかも……。

「いやぁ、そこまで悲しそうな顔をされると、さすがに罪悪感が半端《はんぱ》ないよね」

「う、うるさい！　お前にだけは言われたくない！　っていうか、わざわざそんなことを言うために俺を呼び出したのか？　略奪の上に死体蹴りとは良《い》い趣味《しゅみ》だな、上等だぜ！」

ちょっとウルっとしてしまった目元をゴシゴシ拭《ぬぐ》って、俺は水嶋《みずしま》をキッと睨《にら》んだ。

とっくに勝負は決している感があるが、せめてこれくらいは言い返さなきゃ気が済まない。

「はは。それ、何かの映画のセリフ？」

けれど、水嶋《みずしま》は俺の負け惜《お》しみにも気を悪くするような素振《そぶ》りを見せず、それどころかなぜかニンマリとした笑《え》みを浮《う》かべながら、ツカツカと俺に近づいて来た。

「まぁまぁ、落ち着いてよ。誤解は二つある、って言ったでしょ？」

「は？」

フフフ、と不穏《ふおん》な笑《え》みを浮《う》かべながら、水嶋《みずしま》はどんどん俺の顔に自分の顔を近づけてくる。香水《こうすい》でも着けているのか、彼女の体から金木犀《きんもくせい》のような甘《あま》い香りが漂《ただよ》ってきた。

いきなり至近距離《きょり》に迫《せま》ってきたその美貌《びぼう》に動揺《どうよう》して、俺は思わず後ずさる。

「ちょ、おまっ、何のつもりだ⁉」

俺はとうとう壁際《かべぎわ》まで追い詰《つ》められてしまい、それ以上は後退しようがない。

そんな俺の両脇《りょうわき》の壁《かべ》に手をついて、つまり両手で壁《かべ》ドンをするような体勢で、水嶋《みずしま》が俺の真正面に立ち塞《ふさ》がった。

水嶋《みずしま》は高一の女子にしてはかなりタッパがある。俺の身長とほぼ変わらないということは、少なくとも百七十センチは超《こ》えているだろう。こうして相対するとなかなかの迫力《はくりょく》だ。

「もしかしたらキミは、私の狙《ねら》いは江奈《えな》ちゃんだと思っていたのかもだけど、それは誤解」

「な、何を言って……？」

「本当に欲《ほ》しいのは――キミだよ、颯太」

ふと気付けば、水嶋《みずしま》はうっすらと頬《ほお》を赤く染め、どこか恍惚《こうこつ》とした表情で俺を見つめていた。

普段《ふだん》のクールでボーイッシュなそれとは違《ちが》い……なんというか、エモノを追い詰《つ》めた女豹《めひょう》のような顔とでもいうべきか。あの水嶋静乃《みずしましずの》がこんな顔をするところなんて、初めて見た。

というかこいつ、いま俺の事を名前で呼び捨てにしなかったか？

「お、おい、水嶋《みずしま》？」

ガラリと雰囲気《ふんいき》を変えた彼女に困惑《こんわく》していると、水嶋《みずしま》はさらにとんでもないことを口走った。

「ねぇ、颯太《そうた》。──私と付き合ってよ」

※

「……あの女、一体なにが目的なんだ？」

悶々《もんもん》とした気分のまま午前の授業を終えた昼休み。

購買《こうばい》へと続く廊下《ろうか》を歩きながら、俺は今朝の出来事を振《ふ》り返っていた。

『私と付き合ってよ』

水嶋《みずしま》の口から衝撃《しょうげき》的なセリフが飛び出したあと。

ちょうど朝のＨＲが始まるチャイムが鳴り響《ひび》き、あの場は結局そこで解散となった。

去り際《ぎわ》に「話の続きはまた後で」なんて言っていたが……正直、あいつが何を考えているのか俺にはさっぱりわからなかった。

本当の狙《ねら》いは江奈《えな》ちゃんじゃなくて、俺だった？

俺から江奈《えな》ちゃんを奪《うば》っておきながら、今度はその俺に「付き合って」だと？

「だめだ、頭がこんがらがってきた……あっ」

眉間《みけん》にシワを寄せたまま購買《こうばい》へとたどり着いた俺は、順番待ちをする生徒たちの列の中に、見知った女の子の姿を見つけた。

「江奈《えな》ちゃん……」

俺の視線の先で、江奈《えな》ちゃんは友達らしい女子二人と列に並びながら談笑《だんしょう》していた。

口に手を当てて微笑《ほほえ》んだり、友達の冗談《じょうだん》に困り顔を浮《う》かべたり、なんだか楽しそうだ。

ああ、やっぱり可愛《かわい》いよなぁ、江奈《えな》ちゃん。

なぁおい、信じられるか？　つい一昨日《おととい》まで、あの子俺の彼女だったんだぜ？

「……あ」

ついじっと見つめてしまっていると、不意に江奈《えな》ちゃんと目が合った。

一瞬《いっしゅん》驚《おどろ》いたように目を見開いた彼女は、それでもすぐに俺から視線を逸《そ》らしてしまう。

どうやら、もう俺とは顔も合わせてはくれないようだ。

「はぁ……女の子って、怖《こわ》いなぁ」

軽く泣きそうになりながら、俺も江奈《えな》ちゃんたちがいるのとは違《ちが》う列にとぼとぼと並んだ。

悲しいかな、どんなに気分が落ち込んでいてもお構いなしに腹は減るのが、育ちざかりの男子高校生というものである。

「はい、次の人！」

やがて俺の順番がやってきて、購買《こうばい》のおばちゃんが注文を促《うなが》してくる。

「えっと、特製コロッケパンとチョココロネを一個ずつください」

「あ～、ごめんね！　どっちもちょうど売り切れちゃったよ！」

「え、あ、そう……すか」

「パンはコッペパンなら残ってるんだけどもね！　どうする？」

おばちゃんは早く俺の注文を片付けて次にいきたいらしい。

急《せ》かすような言葉に流されて、俺は咄嗟《とっさ》に「あ、じゃ、コッペパンで」と答えてしまった。

「今日に限って売り切れなんて……厄日《やくび》だな」

つくづくメンタルが削《けず》られる一日だ。俺は食べたくもないコッペパン片手に購買《こうばい》を後にする。

そうして、どこか静かな場所で昼休みをやり過ごそうと校舎内をうろついていると。

「えい」

「あでっ」

不意に背中に何かが当たり、俺は反射的に振《ふ》り返った。

こ、この聞き覚えのあるハスキーボイスは……。

「や、颯太《そうた》。さっきぶり」

果たして、振《ふ》り返った先にいたのは水嶋《みずしま》だった。

その手には小さなビニール袋《ぶくろ》。さっきはこれを俺の背中にぶつけてくれやがったらしい。

「……なんだよ。まだ俺になんか用があるのか？」

「そりゃあるよ。さっきの話の続き、しようと思って」

そう言って、水嶋《みずしま》は手に持ったビニール袋《ぶくろ》を掲《かか》げ上げた。

中には購買《こうばい》で買ったらしいパンやらパック飲料なんかが入っている。

「お昼、一緒《いっしょ》に食べない？」

「はぁ？　なんで俺がお前なんかと」

「え〜、いいじゃん。すごくレアだよ？　私から誰《だれ》かをお昼に誘《さそ》うなんてさ」

たしかに、あの人気モデルでカリスマＪＫな水嶋静乃《みずしましずの》サマからのお誘《さそ》いだ。

普通《ふつう》の男子なら、いや女子でも、喜んで付いていくところだろう。むしろ、自分たちの方から「ご一緒《いっしょ》させてください」と頼《たの》む奴《やつ》がほとんどに違《ちが》いない。

だがしかし、いまやこの女は俺の彼女を奪《うば》った宿敵以外の何でもない。

一緒《いっしょ》に仲良くランチタイムなんて、そんなのまっぴらごめんだぜ。

「嫌《いや》だ。というか、江奈《えな》ちゃん……い、いや、里森さんはどうしたんだよ。俺なんかより『恋人《こいびと》』と一緒《いっしょ》に過ごす方がいいんじゃありませんかね？」

吐《は》き捨てるような俺のセリフに、水嶋《みずしま》が苦笑《くしょう》する。

「まぁまぁ、そう言わずに。一緒《いっしょ》にお昼ご飯たべようよ。いいでしょ、颯太《そうた》？」

「やかましい。さっきから颯太《そうた》、颯太《そうた》と馴《な》れ馴《な》れしいぞお前。嫌《いや》だって言ってるだろ」

「そう言われてもほら、もうキミの分の特製コロッケパンとチョココロネも買っちゃったからさ。たしか颯太《そうた》のお気に入りなんだよね、これ？」

「む……」

水嶋《みずしま》がビニール袋《ぶくろ》の中身を見せてくる。中にはたしかに二人分のパンが入っていた。

「……なんでお前が俺のお気に入りを知ってるんだよ」

「前に江奈《えな》ちゃんから聞いたんだよ」

江奈《えな》ちゃん、水嶋《みずしま》にそんなことを話してたのか。

食べ物の好みが子供っぽい、とか、そんな愚痴《ぐち》でも言っていたのかな……。

「だから、ね？　一緒《いっしょ》にランチしようよ。それにそんなコッペパン一つじゃ、颯太《そうた》だってお腹《なか》いっぱいにならないでしょ？」

そう言って水嶋《みずしま》が特製コロッケパンを俺の鼻先に押《お》し付けてくるもんだから、不覚にも「ぐぎゅるる」と腹の虫が鳴ってしまった。

ちくしょう、こんな時くらい空気を読んで大人しくしてろよ、俺の食欲！

「ふふふ。口では嫌《いや》がっていても、体は正直だね、颯太《そうた》？」

「変な言い方すんな！」

俺は押《お》し付けられたコロッケパンを無造作に受け取った。

「………食ったらすぐ帰るからな」

「決まりだね。やった」

俺が渋々《しぶしぶ》ながらも相席を承諾《しょうだく》すると、水嶋《みずしま》は心底嬉《うれ》しそうに小さくガッツポーズしてみせた。

それからくるりと回れ右して「じゃあ行こうか」と促《うなが》してくる。

仕方なく後をついていってみれば、やがて辿《たど》り着いたのは本校舎の屋上だった。

「う～ん、風が気持ちいいね」

外縁《がいえん》を高いフェンスで囲まれた広い屋上には、ちょっとした庭園やベンチなんかもある。天気も良《い》いし、おまけに今は俺たち以外に誰《だれ》もいないらしい。たしかに、ゆっくりランチタイムを過ごすには絶好の場所だろう。

まぁ、俺はべつに長居をするつもりはないのだが。

「で、話の続きってのはなんなんだ？」

さっさと用件を済ませて帰りたかったので、俺は単刀直入に切り出した。

せっかちだなぁ、と肩《かた》を竦《すく》めて、水嶋《みずしま》はそよ風になびく自分の髪《かみ》をおもむろにかき上げる。

本人は意識していないみたいだが、いよいよファッション誌の表紙みたいな絵面《えづら》になっていた。マジで外見だけはめちゃくちゃ良《い》いよな、こいつ。

「答え、聞かせてよ」

「『答え』って……今朝のあれのか？」

「うん。そう」

「アホらしい。誰《だれ》があんなウソを真に受けるんだっての」

俺が鼻で笑い飛ばしてやると、水嶋《みずしま》はきょとんとした顔で首を傾《かし》げた。

「ウソ？」

「ああそうだよ」

薄々《うすうす》感じてはいたことだった。

実は江奈《えな》ちゃんじゃなくて俺狙《おれねら》いだったとか、俺と付き合いたいだとか。

そんなのはどうせ全部、俺をからかって面白《おもしろ》がるための嘘《うそ》に決まってる。

水嶋《みずしま》ほどのハイレベル女子が俺みたいな冴《さ》えないモブ男子に近づいてくる理由なんて、それくらいしか思いつかなかった。

「お前が俺の彼女を奪《うば》ったことは、この際もういい……いやよくないけど。でも、江奈《えな》ちゃんが俺に愛想《あいそ》を尽《つ》かしたっていうなら、きっとそれは俺が不甲斐《ふがい》なかったせいだ。俺が……江奈《えな》ちゃんと釣《つ》り合うほどの男じゃなかった、ってだけの話だ」

さっきの江奈《えな》ちゃんの態度からも、既《すで》に彼女の心に俺の居場所がないことは十分わかった。

江奈《えな》ちゃんが誰《だれ》と付き合おうと、それに今さら元カレ《おれ》がしゃしゃり出てとやかく言うのは、もはや筋違《すじちが》いってもんだろう。

「だから、俺はもうお前に『江奈《えな》ちゃんを返せ』なんて言うつもりはない。その代わり、お前ももう俺の事はほっといてくれ。こんな負け犬イジメたって、大して楽しくないだろ？」

言うだけ言って、俺はヤケクソ気味に水嶋《みずしま》から貰《もら》った特製コロッケパンにかぶりつく。

パンに染《し》み込んだソースの酸味が、何だかいつもより強く感じた。

「……ふっ」

ぽかんとした顔で俺の話を聞いていた水嶋《みずしま》は、けれどやがて口元に手をあててクスクスと笑い始めやがった。

「おい、何がおかしいんだ」

この期《ご》に及《およ》んでまだ俺をコケにしようっていうのか。

さすがにイラつきを覚えてしまったが、水嶋《みずしま》の口から飛び出したのは意外な言葉だった。

「ごめん、ごめん。なんか、すごくおかしな方向に勘違《かんちが》いしてるな、と思って」

「勘違《かんちが》い？」

今度は俺がきょとんとする番だった。

ハの字に寄せていた眉《まゆ》を戻《もど》して、水嶋《みずしま》が口を開く。

「べつに、颯太《そうた》をいじめようなんてつもりはサラサラ無いよ」

「はぁ？　なら、どういうつもりで俺に『付き合って』なんて……」

「そんなの、私が颯太《そうた》のことを好きだからに決まってるじゃない？」

水嶋《みずしま》はさも当たり前みたいな顔をしてそう言ってのけた。

あまりにもあっさりと告げられた、愛の告白。一瞬《いっしゅん》何を言われたのか理解できず、俺は食べかけのコロッケパンを片手に彫像《ちょうぞう》みたいに固まってしまった。

「あれ？　お〜い、大丈夫《だいじょうぶ》？」

俺の目と鼻の先で、水嶋《みずしま》の華奢《きゃしゃ》な手のひらが上下に揺《ゆ》れる。

ハッ、と我に返って、俺は二歩、三歩と後ずさった。

「お、お前いま、なんて……？」

「ん？　だから、私は颯太《そうた》のことが好き、って。あ、もちろん異性としてね」

いやいやいやいや、おかしい。絶対におかしいって。

学校一のイケメン美少女で、人気モデルなカリスマJKで、男だろうと女だろうと選び放題に違《ちが》いない、そんな水嶋《みずしま》が。

よりにもよって、こんなモブキャラ同然の俺なんかのことが、好き？

ありえない。江奈《えな》ちゃんに告白された時と同じくらい、いや、それ以上の衝撃《しょうげき》だった。

「……まだ、俺をからかおうっていうのか？」

やっぱりそれくらいしか可能性が思いつかなかった。

だけど、俺が向けた疑いの眼差《まなざ》しを、水嶋《みずしま》はいたって真剣《しんけん》な顔で真正面から迎《むか》え撃《う》った。

「ううん。違《ちが》うよ」

「じ、じゃあ……本気、なのか？」

「本気だよ。最初から」

正直、百パーセント信じ切れるかと言えば、答えはノーだ。

常に飄々《ひょうひょう》とした態度を崩《くず》さないし、こいつの言動のどこまでが嘘《うそ》でどこまでが本気なのか、俺には全くわからない。

だからといって、水嶋《みずしま》が嘘《うそ》を吐《つ》いていると断言できるかと言えば、それもまた答えはノーだった。それくらい、今の彼女の態度は真剣《しんけん》そのものに見えた。

「ね？　だから、私と付き合ってよ」

俺のことが好き。だから俺と付き合いたい。

そういうことなら話の筋は通っている。

「自分から近付いといて、たった四か月で鞍替《くらが》えしちゃったわけでしょ？　江奈《えな》ちゃんは」

たしかに、俺が不甲斐《ふがい》なかったせいだとしても。

「でも私は違《ちが》う。本当に颯太《そうた》の事が好き。何があっても、キミを裏切ったりなんかしない」

事実だけを見れば、江奈《えな》ちゃんが俺を裏切ったことに変わりはないのかもしれない。

「だから、ね？　──私にしときなよ。あんな尻軽女《しりがる》じゃなくってさ」

どこか魔性《ましょう》すら感じさせる、誘《さそ》うような水嶋《みずしま》のセリフに。

「──いや。普通《ふつう》に無理、だけど」

けれど、俺はきっぱりと首を横に振《ふ》った。

「……え？　なんで？」

俺の返答に、水嶋《みずしま》は心の底から不思議そうに目をぱちくりさせる。

まさか断られるとは思ってもみなかった、という顔だ。こいつ、マジか。

「あのなぁ……百歩、いや千歩、いやもう譲《ゆず》れるだけ譲歩《じょうほ》して、お前が本当に俺のことが好きで告白してるんだとしても、だ。それで俺が『じゃあ付き合おう』って言うとでも思ったのか？」

「え、うん」

即答《そくとう》かよ。なんでそこまで勝利を確信できるんだよ。

「だって、颯太《そうた》っていまフリーでしょ？」

「そういう問題じゃ……いや俺がフリーになったのはお前のせいでもありますよね⁉」

いたって真面目な顔でアホなことを呟《つぶや》きながら、水嶋《みずしま》がぎゅっと胸元《むなもと》で腕《うで》を組んだ。

ブラウス越《ご》しでもよくわかる豊かな双丘《そうきゅう》がぐいっと押《お》し上げられるもんだから、俺は突《つ》っ込みっつも目のやり場に困ってしまう。こいつ、本当に高一かよ……じゃなくて。

「お前にはもう江奈《えな》ちゃんっていう恋人《こいびと》がいるだろ。そのうえ俺とも付き合うっていうのは、そりゃ完全に浮気《うわき》だろうが」

水嶋《みずしま》の胸元《むなもと》から視線を逸《そ》らしつつ、俺はビシリと正論を突《つ》きつけた。

それでも、水嶋《みずしま》はケロッとした表情を崩《くず》さない。

「大丈夫《だいじょうぶ》じゃない？　江奈《えな》ちゃんは女子の恋人《こいびと》で、颯太《そうた》は男子の恋人《こいびと》。ほら、ちゃんとすみ分けできてるから問題ナシ。というか、そもそも私の本命は颯太《そうた》の方だし」

「いや、その理屈《りくつ》はおかしい」

こいつ……頭良《い》いくせに、ひょっとしてバカなんじゃなかろうか？

いや、もしかして水嶋《みずしま》ほどの陽キャラにとっちゃ、恋人《こいびと》が何人もいるなんてのはごく普通《ふつう》のことなんだろうか？　だとしたら、俺みたいな陰《いん》の者にとってはまったく別世界のお話だ。

「はぁ……なぁ水嶋《みずしま》さんよ。少しは俺の立場にもなって考えてみてくれ」

たしかに水嶋《みずしま》は美人だし、人気者だし、誰《だれ》もが憧《あこが》れる存在だろう。

本心で言っているのかは甚《はなは》だ疑わしいが、正直、そんな彼女に「好きだ」と言われて全く嬉《うれ》しくないと言えば嘘《うそ》になる。

しかし、それでもこいつが俺の宿敵である事実は揺《ゆ》らがない。

いくら人気者で顔が良くても、ネズミが猫《ねこ》を恋愛《れんあい》対象として見るなんてのは無茶なお話だ。

「要するにだ。そもそも浮気《うわき》になっちまう上に、俺は別にお前のことが好きじゃない。だから お前とは付き合わない。以上。おわかり？」

俺がきっぱりそう言うと、それまではクールな顔を保っていた水嶋《みずしま》が初めて不満げに眉《まゆ》を寄せた。普段《ふだん》の大人っぽい彼女とは反対に、子供みたいにぶすっと頬《ほ》っぺたを膨《ふく》らませている。

「なんだよ、その反抗《はんこう》的な目は」

「颯太《そうた》のケチ。いいじゃん、付き合ってくれるぐらい」

「ケチで結構。話は終わりか？　なら俺はそろそろ帰るからな」

言って、俺が屋上の扉《とびら》へと向かおうとすると。

「じゃあ、勝負しよう」

「は？　勝負？」

また訳の分からないことを言い出したぞ、こいつは。

俺が渋々《しぶしぶ》振り返った先では、水嶋《みずしま》が悪戯《いたずら》っぽい笑《え》みを浮《う》かべていた。

「一か月」

水嶋《みずしま》が、白魚みたいに華奢《きゃしゃ》な人差し指をピンと立てる。

「一か月だけ、私と『お試《ため》し』で付き合ってよ。そして一か月後、私はもう一度キミに告白をする。そこでキミが今日と同じように私の告白を突《つ》っぱねられたらキミの勝ち。その時は潔《いさぎよ》く諦《あきら》めるよ。もうしつこく迫《せま》ったりしないって約束する」

そこで一旦《いったん》言葉を切った水嶋《みずしま》が、ツカツカと俺の目の前まで近づいてくる。

ピンと空に向けていた人差し指を、今度は制服の上から俺の心臓の辺りにトンとあてがった。

まるで銃口《じゅうこう》でも突《つ》きつけられているような気分だ。

「でも、もしキミが私の告白を受け入れちゃったら、私の勝ち。颯太《そうた》には大人しく私の恋人《こいびと》になってもらう。つまりこれは、私が一か月で颯太《そうた》のことを攻略《こうりゃく》できるかどうかの勝負ってこと」

「いやいや、なんだそりゃ？　なんで俺がそんな面倒《めんどう》なことに付き合わなきゃいけないんだよ」

そもそも、仮に一か月間「お試《ため》し」とやらで付き合ったとしても、それで俺がこいつの告白を受け入れるなんてことはありえない。

だって、好きじゃないんだもの。初めから勝負は見えているじゃないか。

大した利があるわけでもなし、やるだけ時間の無駄《むだ》ってもんだ。

「どう？　勝負してみない？」

「断る。俺には何のメリットもない勝負だ」

「なら、追加報酬《ほうしゅう》。そっちが勝ったら——私がなんでも一つ言う事を聞いてあげる」

水嶋《みずしま》が不意に俺の耳元に唇《くちびる》を近づけて、囁《ささや》くようにそう言った。

至近距離《きょり》から聞こえてくるハスキーボイスに、サラサラな髪《かみ》から漂《ただよ》う金木犀《きんもくせい》の香り。

突如《とつじょ》として耳と鼻を同時に刺激《しげき》され、俺は「へぅおん⁉」と自分でも笑っちまうくらいに変な声を上げてしまった。

「お、お前っ、その急に近づいてくるのやめろって！」

「ごめん、ごめん。で、どう？　私になんでも命令できる権利。十分メリットだと思うけど」

「なんでも、って……」

「ん、ないでも。えっちなことでも良《い》いよ？　私、颯太《そうた》にならなに何されたっていいし」

水嶋《みずしま》がやたらと煽情《せんじょう》的《てき》な目で俺を見上げ、さらに半歩ほど近づいてくる。

「す、するわけないだろ！　そんな命令！」

彼女のブラウスの隙間《すきま》から見えてしまった深い谷間から慌《あわ》てて目を逸《そ》らし、俺はすぐさま水《みず》嶋《しま》から距離《きょり》を取った。

「あはは、赤くなってる。可愛《かわい》いなぁ、颯太《そうた》は」

「やかましい！　とにかく、俺は別にお前に命令したいこともないし、そんな勝負を受ける義理はないからな！」

今度こそおさらばしようと、俺は肩《かた》を怒《いか》らせながら屋上の扉《とびら》に手を掛《か》ける。

そのまま押《お》し開けて校舎に入ろうとして。

「ふ～ん……自信ないんだ？」

「……あんだって？」

挑発《ちょうはつ》するような水嶋《みずしま》のセリフに、思わずピタリと足を止めて振《ふ》り返った。

「『面倒《めんどう》』とか『メリットが無い』とか色々言い訳してるけど。本当はたった一か月で私に攻《こう》略《りゃく》されちゃうかも、って不安なんじゃないの？」

「はぁ？　そんなわけ……」

「そういえば、江奈《えな》ちゃんも言ってたっけなぁ。『私、颯太《そうた》くんの意気地《いくじ》ナシなところが嫌《いや》だった』って。あはは、たしかにこれは、とんだ意気地ナシ《チキン野郎》かもね」

カッチーン。

俺の中で、何かのスイッチが入る音がした。

おいおいおい、随分《ずいぶん》と好き勝手言ってくれやがりますな、このカリスマＪＫサマは。

怒《おこ》るのを通り越《こ》して、なんだか笑えてきてしまいましたよ？

「は、はは、ははは……そこまで言われちゃ、さすがに黙《だま》ってられるかってんだ」

たしかに、彼女を奪《うば》われるだけならまだしも、売られた喧嘩《けんか》からもおめおめ逃《に》げるなんてのは情けなさすぎるよな。

ここで退《ひ》いたら、それこそ俺は本物のチキン野郎《やろう》に成り下がっちまうだろう。

雀《すずめ》の涙《なみだ》ほどちっぽけなもんだが、こんな陰《いん》キャ男にだってプライドってもんがあるんだ！

「いいぜ。お前のその安い挑発《ちょうはつ》に乗ってやろうじゃんか」

俺の答えに、水嶋《みずしま》がニヤリと口端《こうたん》を上げる。

「そうこなくっちゃ」

「ふんっ。そうやってな、澄《す》ました顔で笑っていられるのも今の内だぜ。たとえ一年かけたって、俺がお前の告白を受け入れるなんてことはありえない。何を企《たくら》んでいるか知らないが、この一か月せいぜい無駄《むだ》な努力をするんだな！」

「う～ん。セリフの『かませ犬臭《しゅう》』が半端《はんぱ》ないよね」

「かまっ⁉ や、やかましいわい！」

畜生《ちくしょう》、どこまでも癪《しゃく》に障《さわ》るやつだ。

出鼻をくじかれて顔をしかめる俺に、水嶋《みずしま》は愉快《ゆかい》そうに笑いかけた。

「それじゃあ――これから『恋人《こいびと》』としてよろしくね、颯太《そうた》？」

こうして、俺と水嶋《みずしま》の「勝負」の一か月は幕を開けた。

しかし、この時の俺はまだ想像だにしていなかったのだ。

俺たちのこの「勝負」が、まさかあんな結末を迎《むか》えることになるなんて。

第二章　記念すべき（じゃない）初デート

水嶋《みずしま》と「お試《ため》し」で付き合うことになった、その夜のことである。

夕飯を食べて自室で映画を観《み》ていると、スマホの待ち受け画面に一件の通知が表示された。

水嶋《みずしま》からのチャットだ。そういえば、昼休みに無理やり連絡先を交換《こうかん》させられたんだっけ。

【明日、デートしよう】

チャットアプリを開いて水嶋《みずしま》とのトーク画面を見てみると、そんな短くてシンプルなメッセージが届いていた。

【いきなりなんだよ】

【明日は土曜日でお休みでしょ？　だから颯太《そうた》とデートしたいなぁ、って】

【デートって、また随分《ずいぶん》と急な話だな】

前日の夜に言うな、前日の夜に。せめてまず俺に予定があるかどうかを確認《かくにん》しろっつーの。

……まぁ、無いんですけどもね。

【それに、江奈《えな》ちゃんはどうするんだ？　わかってるのか？　恋人《こいびと》をほったらかしにして、別のやつと休日にデートするって言ってるんだぜ、お前は】

【それなら大丈夫《だいじょうぶ》。江奈《えな》ちゃんには、土日はモデルの仕事があってあまりスケジュールを割《さ》

けないって言ってあるから。あの子もそれで納得《なっとく》してくれてるよ】

うわぁ……こいつマジか。というか、江奈《えな》ちゃんもよくそれで納得《なっとく》したな。

水嶋《みずしま》と休日にデートできなくていいんだろうか？　俺と付き合っていた時でさえ、「お休みの日はなるべく一緒《いっしょ》に過ごしたいです」って言ってくるような子だったのに。

なんか、思っていたよりも結構ドライな付き合い方をしているような……。

何か引っかかりを覚えた俺は、けれどそれ以上は深く考えるのはやめにした。

江奈《えな》ちゃんはもう水嶋《みずしま》の恋人《こいびと》なんだ。元カレの俺が今さら二人の付き合い方にいちいち口を出す資格はないだろう。

【それにしたって、そんな嘘《うそ》をついてまで俺と休日に会おうとしなくてもいいだろうに】

俺が呆《あき》れ半分で送信したチャットに、水嶋《みずしま》がすぐさま返信してくる。

【そりゃあ、こっちはたった一か月でキミを攻略《こうりゃく》しなくちゃいけないわけだしね。一日だって無駄《むだ》にはできないでしょ】

なるほど。水嶋《みずしま》の立場からしてみれば、たしかにそれも一理ある。だからこうしてさっそくデートの誘《さそ》いをしてきたってわけか。

とはいえ、だ。何をどう頑張《がんば》ったところで、俺がたった一か月で水嶋《みずしま》に攻略《こうりゃく》されるなんてことあるわけないんだけど。やれやれ、あいつも必死だな。

【だからさ。しようよ、デート】

【わかったよ。どうせ休日はヒマしてるしな】

ぶっちゃけ、家でダラダラ映画観《み》たりゲームしたりする方がよっぽどいい。

けど、変に断って「逃《に》げた」とか「日和《ひよ》った」とか思われても面白《おもしろ》くないしな。

【やったね。じゃあ、明日の十時に桜木町《さくらぎちょう》駅前で】

【へいへい】

【記念すべき初デート、だね？】

【俺にとっては記念すべきことでも何でもないけどな】

【またまた。そんなこと言って、颯太《そうた》だって実はちょっと楽しみにしてるんじゃない？】

【寝《ね》ろ】

水嶋《みずしま》のウザ絡《がら》みを一蹴《いっしゅう》して、俺はすぐさまチャットアプリを閉じた。

「ふぅ、こんなに緊張《きんちょう》しない初デート前夜もそうそう無いよなぁ」

苦笑《くしょう》しつつ、同時に俺は、人生で一番緊張《きんちょう》したデートの日を思い返していた。

四か月前。

江奈《えな》ちゃんと恋人《こいびと》同士になってから初めてのデートのことは、今でもはっきり覚えている。

あの時は、二人でちょっと遠くの映画館まで行ったんだっけ。

俺にとっては正真正銘《しょうしんしょうめい》の初デートだったから、終始緊張《きんちょう》しっぱなしだったよなぁ。

席に座《すわ》っても隣《となり》にいる江奈《えな》ちゃんの横顔をチラチラ覗《のぞ》いちゃって、ロクにスクリーンなんか見ちゃいなかった。

まぁそういう意味じゃ、明日は気楽にいけそうなのは良《い》いけどな。

※

「……なんて、思っていた時期が俺にもありました」

そして迎《むか》えた、翌日の土曜日。

集合時間の五分前に桜木町《さくらぎちょう》駅前の広場にやってきた俺は、違《ちが》う意味で緊張《きんちょう》してしまっていた。

「あのっ、あのっ、もしかして『Sizu《シズ》』さんですか⁉」

「キャー、マジで本物じゃん！　生Sizuヤバい！　神！」

「いつもインスタ見てますっ！」

今日の待ち合わせ場所である、駅前の小さな時計台。

そこにはすでに、ざっと数えて十人くらいの若い女の子たちが群がっていた。

そして、その中心にいるのは……。

「あ～、はは。参ったな」

案の定、水嶋《みずしま》だった。キャーキャーという黄色い声に囲まれて、困り顔で頬《ほお》を掻《か》いている。

状況《じょうきょう》から察するに、どうやら水嶋《みずしま》のファンらしき女の子たちに見つかってしまったようだ。

「宿敵」というバイアスがかかってしまっていたから、すっかり忘れかけていた。

そういやあいつ、人気モデルで人気インフルエンサーなんだもんな。

「あのっ、一緒《いっしょ》に写真撮《と》ってもらってもいいですかっ？」

「写真？　いいよ。ああでも、一応SNSには載《の》せないでね」

「今日のグロス、前にSizuさんが雑誌で使っていたやつなんです！」

「お〜そうなんだ。うん、似合ってるじゃん。可愛《かわい》いよ」

群がる女の子たちの圧に押《お》されながら、それでも嫌《いや》な顔ひとつせず彼女たちへのファンサービスに応じている水嶋《みずしま》。

甘《あま》いマスクと優《やさ》しい言葉で女の子たちを骨抜《ほねぬ》きにしていく様は、まさに爽《さわ》やかイケメンだ。

しかも、あれで本人にはまったく口説いている気がないらしいのがまた、余計にタチが悪い。

「……俺、今からあそこに割って入らなきゃいけないの？」

既《すで》に水嶋《みずしま》との待ち合わせの時間は過ぎてしまっている。

とはいえ、俺にはあんな陽キャ女子軍団の中に突入《とつにゅう》するクソ度胸なんかない。

フラフラ出て行ったところで、冷たい視線を向けられて追い払《はら》われるのがオチだろう。

「よし、帰るか！」

あの様子じゃしばらく身動きが取れないだろうし、あいつだって俺なんかとのデートよりフアンとの交流を優先したいだろうしな。

仕方ないが、ここは俺が大人しく身を引くのがベストだろう。

仕方ない。あー仕方ないんだ。断じて色々と面倒くさくなったからとかではない。

なんてことを考えながら、俺はそそくさと駅の改札へ回れ右しようとしたのだが。

「あ、颯太《そうた》見っけ。お〜い！」

目ざとくも人混みの中にいた俺を見つけやがった水嶋《みずしま》が、ファンの子たちとの別れの挨拶《あいさつ》もそこそこに、こちらに向かって小走りに駆《か》け寄ってきた。

ちぃ、気取《けど》られたか。

「颯太《そうた》〜」

というか、こんな往来で人の名前を連呼しないでくれ。恥《は》ずかしいから。

「良かった。ちゃんと来てくれたんだ」

そう言って嬉《うれ》しそうに微笑《ほほえ》みながら近づいてきた水嶋《みずしま》は、上はパーカーにトレンチコート、下はデニムパンツ、とボーイッシュな格好だ。だが、仮に俺が同じ格好をしても、きっとこんなスタイリッシュな雰囲気《ふんいき》にはなるまい。

一応、頭にはキャスケット帽《ぼう》を被《かぶ》って目立たないようにしているみたいだけど、それもどこまで効果があることやら。

悔《くや》しいが、こいつやっぱりビジュアルはめちゃくちゃハイスペックだよな。

「誘《さそ》ったのはそっちだろ。別にすっぽかしてもよかったんだけどな、俺は」

「でも来てくれたじゃん。颯太《そうた》のそういう優《やさ》しいところ、やっぱり好き」

「……都合の良《い》い解釈《かいしゃく》をするな。『勝負』から逃《に》げたと思われるのが嫌《いや》だっただけだ」

俺の反論にも、水嶋《みずしま》はニコニコとした笑《え》みを崩《くず》さない。

まったく、腹立つ顔しやがってからに。

「じゃあ、行こっか」

「おう。いやでも、いいのか？　アレ、は」

俺は時計台前で名残惜《なごりお》しそうにしている女の子たちを振《ふ》り返る。

「お前のファンなんだろ？　もう少し話していたかったんじゃないのか？」

「大丈夫《だいじょうぶ》。応援《おうえん》してくれるのは嬉《うれ》しいけど、こっちも今日はプライベートだからね。それになんてったって颯太《そうた》との初デートだもん。こっち優先」

さいですか。

まぁ、それに関しちゃ部外者の俺がとやかく言う事でもないか。

「はぁ～、写真で見るよりカッコよかったなぁＳｉｚｕさん」

「それ～。……っていうか、隣《となり》にいるあのモサい男はなんなの？」

「マネージャーとか？　いや、でも全然業界人っぽくないよね。地味だし」

「だよね～。荷物持ちに呼ばれた事務所のバイト君とかでしょ、どうせ」

「だとしても、あんまSizuさんに近寄らないで欲しいんですけど」

歩き出した俺たちの背後で、ファンの女の子たちが何やらヒソヒソとやっている。し、視線が痛い。というか皆《みな》さん容赦《ようしゃ》ないなぁ……まぁ、実際モサくて地味な陰《いん》キャだけど。

「…………ふ〜ん？」

隣《となり》を歩いていた水嶋《みずしま》がそこで不意に立ち止まり、時計台の女の子たちをチラリと振《ふ》り返る。

気のせいか、その一瞬《いっしゅん》だけは水嶋《みずしま》の目が笑っていないように見えた。

「水嶋《みずしま》？　どうした？」

不思議に思った俺が声を掛《か》けると、水嶋《みずしま》は再びニコリと微笑《ほほえ》み。

「えい」

次には、いきなり俺の右腕《みぎうで》に抱《だ》き着いてきた。

「ふぁっ⁉　ちょ、お前なにして……！」

「動かないでね」

ぐいっと俺に身を寄せた水嶋《みずしま》は、それからなぜか自分の顔をスマートフォンで自撮《じど》りする。

「何やってるんだ？」

「いいから。で、この写真をこう……えいっ」

「んなっ⁉」

水嶋《みずしま》がいじっていたスマホの画面をのぞき込み、俺はギョッとする。

「お前まさか、今の写真をネットの海に放流したんじゃあるまいな⁉」

「うん、したよ。『今日はオフだからお出かけ♪』って」

「『うん』じゃない！　何を勝手に！」

「大丈夫《だいじょうぶ》だって。私の顔しか写ってないもん」

「いやこれ、俺の右腕《みぎうで》がちょっと写っちゃってるし！」

「知ってる。だってわざとだし」

そう言って、水嶋《みずしま》は勝ち誇《ほこ》ったような顔で、時計台にいるファンの子たちに視線を向ける。

その先では、さっそく投稿《とうこう》を見たらしい何人かが「なにこれ⁉」「Ｓｉｚｕさん、そういうことなの⁉」などと悲鳴を上げている姿が見て取れた。

やーばい。

「あははは」

「笑ってる場合か！　いいから早くこの場を離《はな》れるぞ！」

このままここに留《とど》まっていたら、あの女の子たちに何されるかわかったもんじゃない。

嫉妬《しっと》に狂《くる》った強火ファンに刺《さ》されて死亡、とか絶対イヤだ。

呑気《のんき》に笑っている水嶋《みずしま》の手を摑《つか》み、俺は逃《に》げるようにして駅前広場を後にした。

※

駅前広場から移動した俺たちは、駅近くにある大型のショッピングプラザにやってきた。

休日なだけあって、施設《しせつ》内は買い物客で溢《あふ》れかえっている。

これだけ人ごみに紛《まぎ》れていれば、そうそう見つかることもないだろう。

「ね、見て見て颯太《そうた》。さっきの写真、プチバズってる」

他人事《ひとごと》みたいにそう言って、水嶋《みずしま》がスマホを見せてくる。

画面には彼女のインスタの投稿《とうこう》と、そのコメント欄《らん》が表示されていた。

〈Sizuさん、久々の更新《こうしん》キターー！〉

〈オフSizuさんもカッコよすぎます！〉

〈これ腕《うで》組んでない？　誰《だれ》といるところ？〉

〈え、隣《となり》にいるの誰《だれ》？　マネージャー？〉

〈友達から目情きた。桜木町《さくらぎちょう》駅前で男と歩いてたっぽい〉

やはりというべきか、コメント欄《らん》には水嶋《みずしま》への賞賛よりも、画面端《はし》に写っている俺の腕《うで》を訝《いぶか》しむ向きの声が多いようだ。

「あはは、ウケるね」

「ウケないよ⁉　お前これ、プチバズってるっていうか、プチ炎上《えんじょう》してんじゃねぇか！」

「そうかな？　ま、本当にマズそうならウチのマネがすぐ火消しするだろうし、へーきへーき」

あっけらかんとそう言って、水嶋《みずしま》はヘラヘラと笑うばかりだ。どこまでも楽観的なやつ。

「はぁ……よくわかんないけどさ。こういうのって、事務所の人とかに怒《おこ》られるんじゃないのか？　モデルの仕事に支障が出たりしても、俺は責任とれないぞ？」

「大げさだってば。うちはそこまで大きい事務所じゃないし、雑誌を読んでくれているような層の女の子たち以外にとっては、私だって所詮《しょせん》ただの女子高生だしね。大物タレントじゃあるまいし、あんまり大事にはならないでしょ」

う～ん、そういうもんかねぇ。

まぁ、たしかにこうやって人混みを歩いていても、さっきみたいに水嶋《みずしま》の周りに人が集まるような事態にはなっていない。

通りすがりに彼女の方を振《ふ》り向く人もそれなりにはいたが、それもきっと「今の人、めっちゃ美形だったな」くらいの感覚なんだろう。

「それに、この一か月はモデルの仕事は全部休むことにしたし」

「は？　なんで？」

思わず聞き返すと、水嶋《みずしま》はさも当然といった風に答えた。

「そりゃあもちろん、この一か月はなるべく颯太《そうた》と過ごすって決めてるからね」

「お前、優先順位間違《まちが》ってるって、絶対……」

こいつ、そこまで本気で俺を「攻略《こうりゃく》」しようっていうのか？

単なるイタズラやドッキリにしては、ちょっと手が込《こ》み過ぎてる気もするけど……。

「まぁまぁ、細かい事はいいじゃない。今日はせっかくの初デートなんだしさ」

考え込む俺の手を取って、水嶋《みずしま》はスタスタと歩き出した。

「お、おい。引っ張るなって。ていうか、どこに行くつもりだ？」

俺が聞くと、水嶋《みずしま》は「ふふん」と得意げに微笑《ほほえ》んで言った。

「フ、ファッ、ション、ショ、ー、だよ」

「ファッションショーだぁ？」

いまいち話が読めないまま、俺は水嶋《みずしま》に連れられてエスカレーターを上る。

辿《たど》り着いたのは、プラザ三階にある大型アパレルショップだった。

だだっ広い売り場には、子供服からビジネススーツまで様々な服が並べられている。

「おい。こんな所でファッションショーなんかやるもんなのか？」

「やるよ。私がね」

「はい？」

「私、仕事柄《がら》いろんな服を着る機会はあるんだけど、基本的に見せる相手は女の子ばかりだからさ。たまには同年代の男子からの感想も聞いてみたいなって」

なるほど、「ファッションショー」ってのはそういうことか。

どうやらこいつは、俺に「服選びに付き合え」と言っているらしい。

「いやいや、ちょっと待て。俺はファッションに関してはド素人《しろうと》なんだぞ？　現役《げんえき》モデルであるお前に何を意見しろと？」

「意見じゃないよ。感想が欲《ほ》しいだけ」

「どっちにしろ似たようなもんだ」

感想って言っても、俺には何がオシャレで何がそうでないのかすらよく分からないんだが？

「鈍《にぶ》いなぁ、颯太《そうた》は」

困惑《こんわく》する俺に、水嶋《みずしま》はやれやれといった感じで首を竦《すく》める。

「要するに、颯太《そうた》の好みが知りたいんだよ。彼女としては、ね」

「……なるほど」

つまり、これも俺を「攻略《こうりゃく》」するための作戦ってわけだ。

まずは自分の服装から俺好みのもので固めていき、より「恋人《こいびと》」として意識させようという腹づもりなんだろう。

「オーケー、よくわかった。その挑戦《ちょうせん》受けて立つぜ」

しかし甘《あま》い。甘《あま》いな水嶋《みずしま》よ。

相手が江奈《えな》ちゃんならいざ知らず、たかだか服装ごときで心を変えられる俺ではない。

カリスマモデルだろうが、人気インフルエンサーだろうが、関係あるもんか。

たとえお前がどんなファッションを披露《ひろう》しようとも、この佐久原颯太《さくはらそうた》、小揺《こゆ》るぎもせぬわ！

「『挑戦《ちょうせん》』って、颯太《そうた》は何と戦ってるのさ」

クスクスと笑いながら、水嶋《みずしま》が試着室のカーテンに手を掛《か》ける。

「じゃあ、今から何着か着るから。最後にその中で一番良《い》いなって思ったものを選んでよ」

「へいへい」

試着室に入ってカーテンを閉める水嶋《みずしま》を見送り、俺は近くにあった椅子《いす》に腰《こし》かけた。

やれやれ。挑戦《ちょうせん》を受けるとは言ったものの、待っている間は退屈《たいくつ》だな。

「そういや、江奈《えな》ちゃんとこういうトコに来たことはなかったな」

手持《ても》ち無沙汰《ぶさた》なこともあって、俺はしみじみとそんなことを思い返す。

江奈《えな》ちゃんとデートする時は、だいたい一緒《いっしょ》に映画館で映画を観《み》るか、喫茶店《きっさてん》で好きな作品について語り合うかだったもんなぁ。

俺はそれだけでも十分楽しかったんだけど……やっぱり江奈《えな》ちゃんからしたら、こういう「普通《ふつう》のデート」ももっとしたかったんだろうか。

「はぁ～……こういう気が回らないところもダメだったのかなぁ」

「颯太《そうた》～、ちゃんとそこにいる～？」

ため息をついたところで、カーテンの向こうから水嶋《みずしま》に呼ばれる。

「はいはい、おりますですよ」

「よかった。じゃあ、さっそく一着目をお披露目《ひろめ》しようかな」

さてさて、何が飛び出してくるのやら。

まぁ、たとえどんなファッションで来ようと、俺はけして動じたりは――。

「じゃーん」

「ブ――ッ!?」

シャッ、と開かれたカーテンの向こう。

バッチリとポーズを決めて立っていた水嶋《みずしま》の格好に、俺は思わず噴《ふ》き出した。

「水着じゃやねぇか！」

そう。水嶋《みずしま》が身にまとっていたのは、コバルトブルーを基調とした涼《すず》やかな雰囲気《ふんいき》の水着だった。上は普通《ふつう》のビキニだが、下はいわゆるパレオのような形になっている。

「どう？　似合ってる？」

「いやっ、お前っ、水着は違《ちが》うだろ水着はっ！　ファッションショーっていう話はどこへ!?」

「水着だって服は服じゃん」

「うっ……そりゃ、そうかもだけど……！」

こ、この女！　初《しょ》っ端《ぱな》から平然とした顔で搦《から》め手を使ってきやがった！

まさか水着を持ってくるなんて、予想外にもほどがあるだろ。

「ファッションショー」というワードから、勝手にその可能性を除外してしまっていた。

くそ、まんまとコイツのミスリードに引っ掛《か》かっちまったってことか！

「ふふふ。颯太《そうた》はこういうの、好き？」

後ろ手に手を組みながら、水嶋《みずしま》が見せつけるようにしてポーズを取る。

見るからにきめ細やかそうな白い肌《はだ》に、太過ぎず細過ぎずの健康的な四肢《しし》。しっかりとくびれのあるお腹《なか》周りは適度に引き締《し》まっていて、無駄《むだ》な筋肉や脂肪《しぼう》は全くと言っていいほどない。

そして何より目を引くのが、青いビキニに包まれた豊満なバストだ。

制服を着ていた時点でもその大きさははっきりわかるレベルだったが、脱《ぬ》いだらさらに凄《すご》い。

ズッシリとした重量感がありつつも、けして重力に負けずにつんと上向きになった美巨乳《びきょにゅう》だ。

前から薄々《うすうす》感じていたけど……こいつ、クールでボーイッシュな顔とは反対に、首から下の女子力（エロさ的な意味で）が高すぎる！

こういうのが好きか、だって？

そんなもん……そんなもん、健全な男子高校生なら誰《だれ》でも好きに決まってるだろうが！

「顔、真っ赤だよ？　私の水着姿、そんなに気に入った？」

「気に入ってない！　全然、まったく、これっぽっちも気に入ってない！」

「嘘《うそ》。だって颯太《そうた》、めっちゃ興奮してるじゃん」

「し、してないから！　仮に興奮してたとしても、それはお前にじゃなくてお前の体に興奮してただけで……はっ⁉」

し、しまったぁ！　ムキになりすぎてなんかすげぇクズ発言をしてしまった気がする！

慌《あわ》てて振《ふ》り返ると、水嶋《みずしま》はきょとんとした表情を浮《う》かべた後、心底おかしそうに笑い始めた。

「あは、あはははははっ！　言い方！」

「ち、ちがっ！　水嶋《みずしま》のスタイルやプロポーションの良さは認めるけど、別にお前自身を認めたわけではないって意味で！」

「は～あ、そっかぁ。颯太《そうた》は私の『体』にしか興味ないんだ～。所詮《しょせん》、私は体だけのオンナか～……いや、でもそれはそれでアリ、かも？」

「お前こそ言い方ぁ！　誤解を招く表現はやめろ！　さっきからなんかもう周りの女性客からの視線が痛いから！　突《つ》き刺《さ》さってるから！」

周囲からの訝《いぶか》し気な視線に耐《た》えかね、俺は水嶋《みずしま》を試着室へと押《お》し戻してカーテンを閉める。

「いいから、とにかくもう着替《きが》えろ！」

「ごめんって。さすがにおふざけが過ぎたね。まぁ、水着は半分冗談《じょうだん》として、次からはちゃんとした格好で出てくるからさ」

「やっぱり、まだ続くんだな……」

もう正直いっぱいいっぱいだが……それでも、まだたった一着目だ。

こんな序盤《じょばん》も序盤《じょばん》でおめおめ白旗をあげるわけにはいかない。

早くも疲労困憊《ひろうこんぱい》ながら、俺は覚悟《かくご》を決めて再び試着室前の椅子《いす》に腰《こし》かけた。

「じゃあ、どんどん行ってみようか」

「お、おう！　来るなら来やがれ！　いや、着やがれ！」

その後も俺は、水嶋《みずしま》の「ファッションショー」にとことん付き合わされることとなった。

しかし、一発目こそ「水着」という悪ふざけをかましてきたものの、それ以降の水嶋《みずしま》はいたって真面目なコーディネートを披露《ひろう》していた。

さすがにモデルなだけあって、何を着てもバッチリ様になっているのは素直《すなお》に凄《すご》いと思う。

とはいえ、あえて大きめのシャツを着たり、下は必ずスカートではなくパンツスタイルだったりと、水嶋《みずしま》のチョイスはやはりボーイッシュなものばかりだ。

露出《ろしゅつ》も少ないし、どれも一発目ほどのインパクトは感じない。「似合ってんな」とか「オシャレだな」という感想は抱《いだ》いても、特にピンとくるものはなかった。

まぁ、これは俺のファッションセンスが壊滅《かいめつ》的に貧弱《ひんじゃく》だからでもあると思うけど。

「う〜ん。これも颯太《そうた》の好みじゃなかったか」

そうして五、六通りのコーデを試《ため》したあたりで、さすがの水嶋《みずしま》も悩《なや》ましげな表情を浮《う》かべる。

「やっぱり、ここはセクシー路線で行くしか」

「いや、それはもういいから」

　またまた色仕掛《いろじか》けに走ろうとした水嶋《みずしま》を制して、俺はふと疑問に思っていたことを口にする。

「ていうか、さっきから似たような雰囲気《ふんいき》の服ばっかりじゃないか？　メンズライクというか、クール系とかカッコイイ系のさ」

「そりゃあまぁ、それが私の……『Ｓｉｚｕ』のスタイルだからね」

　売り場から持ってきた新しい服を試着室のハンガーにかけながら、水嶋《みずしま》がさも当たり前のことのようにそう言った。

　それから冗談《じようだん》めかして、けれどどこか自嘲《じちよう》気味に肩《かた》を竦《すく》めて呟《つぶや》く。

「学校の制服はともかく、私がヒラヒラしたスカートとか、リボン付きのブラウスとか。そんないかにも『女の子』って感じの格好をしたって、似合わないじゃんね？」

「そうか？　べつに似合わないってことはないんじゃねぇの？　知らんけど」

　何気なく言った俺のセリフに、けれど水嶋《みずしま》が不思議そうに眉《まゆ》を寄せる。

　しばらくキョトンとした様子で黙《だま》りこくったあと、再び苦笑《くしよう》して手を振《ふ》った。

「いやいやいや。私、巷《ちまた》じゃ『男装の麗人《れいじん》』って感じのキャラで通ってるんだよ？　ガラじゃないんだって。そういうのは……皆《みんな》が見たい私じゃない」

　服を摑《つか》んでいた水嶋《みずしま》の手が、わずかにギュッと握《にぎ》りしめられる。

「逆に聞くけど、さ。どうして女の子っぽい服が似合うと思ったの？」

「そりゃ、お前だって女の子なんだし、女子っぽい格好したって何も不思議じゃないだろ」

今度こそ驚《おどろ》いたといった様子で、水嶋《みずしま》が目をまん丸に見開いた。

な、なんだ？　俺、そんなに変なこと言ったかな？

「そっか……ふふ、そっか」

けれど、俺の不安とは裏腹に、水嶋《みずしま》はなぜか晴れ晴れとした笑《え》みを浮《う》かべていた。

「そうだよね。私だって、女の子だもんね」

「え？　お、おうよ。何を今さらなこと言ってるんだか」

「あ～、ごめんごめん。面と向かってそんな風に言ってもらえたこと、今まであんまりなかったからさ。ちょっと新鮮《しんせん》でびっくりしちゃっただけだから」

ヒラヒラと手を振《ふ》ってそう言うと、水嶋《みずしま》はギュッと胸元《むなもと》で手を握《にぎ》りしめた。

「………………う～ん、やっぱ好きだなぁ」

それから何事かブツブツと呟《つぶや》いた後、俺に向かってピンと人差し指を立てる。

「よし、じゃあ次で最後の一着にしよう」

「そうか。やれやれ、ようやくファッションショーとやらも終了《しゅうりょう》か」

「終わった気になるのはまだ早いよ。どれが一番だったか颯太《そうた》が決めるんだからね」

ああ、そういやそういうルールだったっけ。しまったな、まだ全然なにも考えてないぞ。

「じゃあ、ちょっと売り場に行ってくるから。颯太《そうた》、目を閉じてててくれる？」

「は？　なんで？」

「いいから」

言うが早いか、水嶋《みずしま》はさっさと売り場へと向かってしまった。

なんだっていうんだ、一体。まぁ、ひとまず言う通りにしてみるか。

俺は試着室前の椅子《いす》に腰《こし》かけた状態で、ギュッと両目をつぶった。

そうして待つこと数分。

「颯太《そうた》〜、着替《きが》え終わったよ〜」

着替《きが》えを終えたらしい水嶋《みずしま》から声がかかり、俺は目を開けた。

「じゃあ、開けるね」

掛《か》け声とともに、試着室のカーテンがゆっくりと開いていく。

果たして、カーテンの向こうから現れた水嶋《みずしま》は、それまでのクール系、ボーイッシュ系なコーデとはガラリと雰囲気《ふんいき》を変えてきていた。

「えへへ……どう、かな？」

照れ臭《くさ》そうにはにかんだ水嶋《みずしま》は、フリルの付いたブラウスにサスペンダー付きのスカートと、一転して女子女子したファッション。

服装に合わせて髪型《かみがた》も変えたようで、サラサラの長めショートヘアーの一部を後頭部でハーフアップにまとめ上げている。

なんていうか、マジで正統派な美少女って感じの雰囲気《ふんいき》に大変身していた。

「お、おう……いいんじゃねーの？」

不覚にも「可愛《かわい》い」とか思ってしまった。

俺は誤魔化《ごまか》すようにぶっきらぼうに答えたが、若干《じゃっかん》声が裏返っていたかもしれない。

畜生《ちくしょう》、これがいわゆる「ギャップ萌《も》え」というやつか。

「女子っぽい格好でも不思議じゃない」なんて、余計なことを言うんじゃなかったかなぁ。

「本当？　いや、ちょっと恥《は》ずかしいんだけど……実はこういう格好も結構好きなんだよね。モデルを始めてからは、めっきり着なくなっちゃったけどさ」

そう言った水嶋《みずしま》の声は少しだけ残念そうだった。

詳《くわ》しいことはわからないが、水嶋《みずしま》がこういう女の子っぽい格好をあまりしないのは、もしかしたらモデルのＳｉｚｕとしてのイメージを損《そこ》なわないようにするため、なのかもしれない。

そう考えると、モデルっていうのも色々大変そうだな。

「さて、と。じゃあ颯太《そうた》、ジャッジしてよ」

「うん？　ああ、どれが一番良かったか、だったたっけか」

水嶋《みずしま》に問われ、俺は考える。

「やっぱり水着？」

「あれは選考対象外だ！」

どんだけ水着を推《お》してくるんだ、こいつは。

というか、今さらだけどこのままこいつに易々《やすやす》と俺の好みを伝えてしまって良いんだろうか。

ファッションショーに付き合うとは言ったものの、わざわざ馬鹿正直に答えるなんて、敵に塩を送るようなもんだよな。

ならば、ここはあえて適当に選ぶか。

それとも、どれも良かったから決められない、とでも言って誤魔化《ごまか》すか。

「そうだな。俺は……」

そこまで言って顔を上げたところで、まるで初めてドレスを着せてもらった少女みたいに、嬉《うれ》しそうに鏡を見つめている水嶋《みずしま》の姿が目に入る。

普段《ふだん》の大人びた雰囲気《ふんいき》とは違《ちが》い、年相応の女の子らしさを垣間見《かいまみ》せるそんな彼女を前にして。

「……それが一番良《い》いんじゃないか?」

気付いた時には、俺はごく自然にそう答えていた。

※

「んふふ〜、颯太《そうた》〜」

「ええい、鬱陶《うっとう》しい！　離《はな》れろ！」

「やだ〜」

アパレルショップを後にした俺たちは、ぼちぼち昼食をとることにしてショッピングプラザのフードコートへと向かっていた。

ちなみにファッションショーを終えた水嶋《みずしま》は、最終的に俺が選んだ女子っぽいコーデを購入《こうにゅう》。その場で着替《きが》えて、そのままデートを続行するつもりのようだった。

しかも、その格好でますます俺にベタベタくっ付いてくるもんだから調子が狂《くる》う。

さっきまではワンチャン男友達同士に見えていたかもしれないが、おかげで今は完全にカップルにしか見えないだろう。

「なんだか新鮮《しんせん》だなぁ」

「何が？」

「いや、誰《だれ》かと一緒《いっしょ》に遊びに行くときって、ほとんど私がエスコートする側だったから。こんな風に誰《だれ》かに甘《あま》えられることなんてなかったんだ」

そう言って、水嶋《みずしま》が無邪気《むじゃき》な笑顔《えがお》を俺に向ける。

「だから、今日は目いっぱい颯太《そうた》に甘《あま》えさせてもらおうかな」

「ふん。俺は何も特別なことはしないぞ。このデートはあくまでも俺とお前の『勝負』の一環《いっかん》。彼氏《かれし》（仮）として最低限のことはするが、過度に馴《な》れ合うつもりはない。勘違《かんちが》いするなよ」

「え、ツンデレ？」

「違《ちが》うわ！」

俺がいつお前にデレたんだっつーの。

いやまぁ、水着とかはノーカウントの方向で。

「とりあえず、一旦《いったん》俺の腕《うで》から離《はな》れてくれ」

「……？　なんで？」

「心の底から不思議そうな顔をするね⁉　トイレに行きたいから解放しろってことだよ」

「ああ、なるほど。それは失礼」

そこでようやく俺の腕《うで》から離《はな》れると、水嶋《みずしま》は近くにあった大理石の円形ベンチを指差した。

「じゃあ、私はあそこのベンチで待ってるね。ついでに何か飲み物でも買っておくよ」

「へいへい」

空返事もそこそこに、俺は最寄《もよ》りの男子トイレへと歩を進めた。

まったく水嶋《みずしま》のやつ、すっかり「ラブラブカップルです」みたいな顔をしくさってからに。

自分が俺にとっての「宿敵」だってこと、忘れてるんじゃないだろうな？

「こんな調子で一か月、か……」

そりゃ、水嶋《みずしま》はたしかに美人だし、あいつレベルの女子が彼女だなんて男冥利《おとこみょうり》に尽《つ》きるってもんだろう。このまま猛《もう》アピールされ続けたら、さすがの俺も……。

「って！　いやいやいやいや、ないないないない！」

ふと浮《う》かんだ邪念《じゃねん》を振《ふ》り払《はら》うように、俺はトイレの手洗い場でバシャバシャと顔を洗う。

しっかりしろ、佐久原颯太《さくはらそうた》。そうやって絆《ほだ》されたら水嶋《みずしま》の思うツボだぞ。

たとえもう一方通行な想《おも》いだとしても、今も俺の心は江奈《えな》ちゃんのものなんだ。

いくら相手があの水嶋静乃《みずしましずの》だろうと、そう簡単に明け渡《わた》してたまるか。

「ふぅ。よし、クールダウン完了《かんりょう》」

濡《ぬ》れた顔をハンカチで拭《ぬぐ》い、俺は一つ深呼吸した。

「にしても……あいつ、マジでどこまで『本気』なんだ？」

これまでの水嶋《みずしま》の言動を振《ふ》り返って、俺はふとそんな事を考える。

少なくとも今日のあいつは、本気で俺とのデートを楽しんでいるように見えた。

あいつにとって俺は、ほんの数日前までは会話することさえなかった、ただの学校のモブ男子Aでしかないはずなのに。

こんなおかしな「勝負」を持ちかけてまで俺の恋人《こいびと》になりたがるなんて……。

一体、何があいつをそこまでさせているんだろうか。

それともやっぱり、俺をからかって楽しんでいるだけなんだろうか。

「う〜ん。やっぱ、あいつの考えていることはよくわからないな」

頭をひねりながら、俺は男子トイレをあとにする。

まぁ、今はそんなことを考えても仕方ないか。あいつがどういうつもりだろうと、どのみち俺があいつの告白を受け入れて恋人《こいびと》になるなんてことはないんだからな。

「ん？　なんだ？」

と、そこで俺は、何やらトイレ前のフロアがざわついていることに気が付いた。

大勢の買い物客が行き交《か》うフロアでは、何人かの客がショッピングの足を止めてちょっとした人だかりを形成している。

その人だかりの中心にあるのは、たしか水嶋《みずしま》が待っているはずの円形ベンチだ。

「あいつ、もしかしてまたファンの子にでも捕《つか》まったのか？」

なんて楽観的にため息を吐《つ》きながら、俺も人だかりの隙間《すきま》から円形ベンチに視線を走らせる。

その先には。

「いーじゃん、ちょっとくらい付き合ってよ〜」

「俺らちょうどヒマしてたしさ〜。ね、良《い》いっしょ？」

「いや……えっと……」

見るからにチャラい雰囲気《ふんいき》の大学生っぽい男たちに囲まれている水嶋《みずしま》の姿があった。

休日とはいえ真っ昼間から飲み会でもしていたのか、大学生のお兄ちゃんたちはかなり酔《よ》っぱらっているようだった。

足元はフラフラとおぼつかないし、ベタベタと無遠慮《ぶえんりよ》に水嶋《みずしま》の肩《かた》に手を回したり、勝手にツーショット写真を撮《と》ろうとしたりとやりたい放題だ。

「うわぁ……あいつ、なんか面倒《めんどう》くさそうなのに絡《から》まれてるなぁ」

たしかに今の服装の水嶋《みずしま》は、もともとの顔面偏差値《へんさち》の高さもあって、誰《だれ》もが振《ふ》り返るような美少女と言ってもいい見た目だ。ナンパの一つや二つあったってまったく不思議じゃない。

にしてもあんな連中に絡《から》まれるなんて、あいつも災難だったな。

まぁ、男に声をかけられるなんてのは慣れっこだろうし、いつもの調子でのらりくらりと上《う》手《ま》いこと躱《かわ》すだろう。

なんて、俺はそうタカを括《くく》っていたのだが。

「ねぇねぇ、無視しないでよ～」

「てか、キミいくつ？　家とかこの辺なん？」

「あ……う……」

これはどうしたことだろう。

いつもの飄々《ひょうひょう》として余裕《よゆう》のある態度はどこへやら。水嶋《みずしま》は一変してオドオドとした様子だ。

フルフルと肩《かた》を震《ふる》わせて縮こまるその姿は、まるで猛獣《もうじゅう》に追い詰《つ》められた小動物のようだ。

本気で怯《おび》えてしまっているらしいことが、人だかりのこちらからでもよくわかった。

「おいおい。どうしちまったんだ、アイツ？」

普段《ふだん》の水嶋《みずしま》だったら、あんな輩《やから》は「お誘《さそ》いは嬉《うれ》しいけど、今日は先約があるんだ。ごめんね？」なんてキザッたらしい文句で煙《けむ》に巻いているところだろうに。

あれだけ俺にベタベタしておいて、実は男性恐怖症《きょうふしょう》でした、なんてこともないと思うが。

「よしっ、じゃあもうさ、とりまどっか店いこう！」

「お姉さん、たぶん俺らとタメくらいっしょ？　奢《おご》るから飲もうぜぃ？」

「あ、ちょ、ちょっと！」

水嶋《みずしま》が固まってしまっているのをいいことに、酔《よ》っ払《ぱら》いたちはとうとう彼女の腕《うで》を摑《つか》んで引っ張っていこうとする。

いよいよ穏《おだ》やかじゃない空気になってきたが、一部始終を見ていた買い物客たちは誰《だれ》も助けに入る素振《そぶ》りを見せない。

「そのうち誰《だれ》かが止めるだろう」とばかりに、みんな遠目から様子を窺《うかが》うだけだ。

（どうしたんだよ、水嶋《みずしま》？）

野次馬に紛《まぎ》れながら、俺は無意識にギュッと拳《こぶし》を握《にぎ》りしめていた。

（そんな奴《やつ》ら、お前にかかればなんてことないはずだろ？）

世間一般《いっぱん》からしてみれば、今の俺の行動は「彼氏《かれし》」としては赤点もいいとこだろう。

なにしろ、彼女が他の男に絡《から》まれているのに、こうして自力でなんとかするのを待っているだけ。百年の恋《こい》も冷めるクズ野郎《やろう》である。

だけど、俺は別にあいつの本当の彼氏《かれし》じゃない。冷められて困る恋《こい》だってない。

このままあいつが連れていかれたら、むしろ厄介払《やっかいばら》いができて好都合なくらいだ。

だから、わざわざ俺があいつを助けるために出ていくことなんか……。

「あ……颯太《そうた》……」

不意に、人ごみに目を向けていた水嶋《みずしま》と視線が交差する。

いつもクールで凛《りん》としたその顔には、どうしようもなく助けを求める表情が張り付いていて。

（ちっ……だからなんでそう目ざといんだよ、お前は）

気付いた時には、俺は舌打ちと共に人ごみをかき分けていた。

「ごめん、静乃！　トイレ激混みしてて遅《おそ》くなった！」

意を決して躍《おど》り出た俺は、水嶋《みずしま》の腕《うで》から酔《よ》っ払《ぱら》いの手を引きはがす。

そのまま今度は俺の手で水嶋《みずしま》の手を掴《つか》み、

「行こうぜ」

「……う、うんっ」

それからクルリと酔《よ》っ払《ぱら》いたちに背を向けて歩き出す。

「え、なになになに？」

「ちょっ、ちょっ、キミ誰《だれ》よ？」

突然《とつぜん》のことで混乱した様子の酔《よ》っ払《ぱら》いたちが、慌《あわ》てて俺を呼び止める。

そんな彼らのアホ面《づら》に向かって、俺はせいぜい毅然《きぜん》とした態度で言ってやった。

「――こいつの彼氏ですが、何か？」

※

「落ち着いたか、水嶋《みずしま》？」

酔《よ》っ払《ぱら》いどもから逃《に》げるようにしてショッピングプラザを出た俺たちは、念のためにプラザから少し離《はな》れた場所にある臨海公園までやってきていた。

休日なだけあって公園内にもそれなりに人気《ひとけ》はあるが、それでも街中よりはずっと静かだ。良《い》い感じに海風も吹《ふ》いていて気持ちいいし、ひと心地《ごこち》つくにはうってつけだろう。

「ん……ありがとう、颯太《そうた》」

芝生《しばふ》の地面に腰《こし》を下ろした水嶋《みずしま》は、俺が近くの自販機《じはんき》で買ってきたペットボトルの水を一口飲んで「ふぅ」と息を吐《は》く。どうやら、もう体の震《ふる》えは収まったようだ。

「う〜ん。さすがにさっきは、ちょっとビビったよね」

「……お前は、あの手の連中のあしらい方くらい心得ているもんだと思ってたけどな」

「まぁ、たしかにいつもならそうしてたところなんだけど」

寄せては返す波の音に耳を傾《かたむ》けながら、水嶋《みずしま》はおもむろに自分の膝《ひざ》を抱《かか》え込んだ。

「私、ダメなんだ……酔っぱらってる男の人」

「苦手、ってことか？」

「うん。まぁ、そんなとこ」

なんだか歯切れの悪い物言いが引っかかったが、それ以上は深く突《つ》っ込まないようにした。

文武両道でカリスマＪＫな完璧超人《かんぺきちょうじん》とはいえ、考えてみれば水嶋《みずしま》だって俺と同じ高校生なんだ。苦手な物や弱点だって、そりゃあそれなりにあるんだろう。

いくら宿敵だからって、それを根掘り葉掘り《ねほはほ》聞き出すような趣味《しゅみ》は、俺にはない。

「助けてくれてありがとう。さっきの颯太《そうた》、カッコよかったよ。ヒーローみたいだった」

大分いつもの調子を取り戻《もど》したらしい。隣《となり》に立つ俺の顔を見上げて、水嶋《みずしま》は微笑《ほほえ》んだ。

（ヒーローみたい……ねぇ）

水嶋《みずしま》の無邪気《むじゃき》な眼差《まなざ》しに、しかし俺は内心で自嘲《じちょう》する。

「そいつはどうも。けど、俺はヒーローなんて上等なもんじゃないよ」

「そんなことないってば。『正義の味方、ソーターマン参上！』って感じだったよ？」

「なんだよ、その弱そうな名前のヒーローは」

ため息交じりにそう言って、俺は水嶋《みずしま》に向き直る。

「あのな、『正義』なんて曖昧《あいまい》なもんだ。そんなものに味方する奴《やつ》なんて、俺は信用できないね」

吐《は》き捨てるような俺の言葉は、けれど水嶋《みずしま》には今一つ意味が伝わっていないようだった。

小首を傾《かし》げてみせる彼女に、俺は問いかける。

「例えば、だ。満員電車で自分の座《すわ》る席の前にお爺《じい》さんが立っていたら、お前はどうする?」

俺が聞くと、水嶋《みずしま》は一も二もなく答えた。

「そりゃあもちろん、席を譲《ゆず》ってあげるよ」

「だろうな。けど、そのお爺《じい》さんが必ずしもそれを望んでいるとは限らない。『年寄り扱《あつか》いするな』って、逆に不快な気分にさせてしまう可能性だってなくはないわけだ」

「そりゃあ……まぁ、そういうこともあるかもだけど。なら、颯太《そうた》はどうするの?」

「決まってる。『頼《たの》まれるまで動かない』、だ」

俺は別に、世の中のすべてに反発している不良少年ってわけじゃない。

「譲《ゆず》ってほしい」と向こうから言われたら素直《すなお》に席を譲《ゆず》るくらいには良識があるつもりだ。

ただ、何も言われていないのに……助けを求められていないのに、自分の正義感だけに従って誰《だれ》かを助けようとする。そんなのはヒーローでも何でもなく、ただのお節介野郎《せっかいやろう》なんだと。

そう、知っているだけなんだ。

「要するに、何事も『触《さわ》らぬ神に祟《たた》りなし』ってこと。ヒーローなんてのはフィクションの中だけで十分なんだよ。わかったか?」

「うんわかった。つまり颯太《そうた》は、フィクションの中に出てくるようなヒーローってことだね?」

水嶋《みずしま》が元気よく頷《うなず》いてみせる。

俺は思わず顔を押《お》さえて天を仰《あお》いだ。こいつ、全然わかってないじゃないか。

「あのなぁ、話聞いてたか？　俺はヒーローなんかじゃないって言ってるだろ」

「なら、なんでさっきは私のことを助けてくれたの？　私、言ってないよ？『助けて』って」

「そ、それは……」

痛いところを突《つ》かれて思わず顔を顰《しか》める。

水嶋《みずしま》の真っすぐな瞳《ひとみ》から逃《に》げるようにして、俺は視線を海へと向けた。

「そりゃ……『あんな顔』されちゃ、しょうがないだろ」

「え？」

「なんでもない。落ち着いたんなら、ぼちぼち飯食いに行こうぜ。俺は腹が減ったよ」

「あ、誤魔化《ごまか》した」

「誤魔化《ごまか》してない」

「ねぇ、なんで助けてくれたの？　もしかして、私だから？　ねぇ、私だったから？」

俺の顔を覗《のぞ》き込みながら、「ねぇねぇねぇ」と連呼してくる水嶋《みずしま》。

ウザい。すこぶるウザい。あと顔が近い。

「ええい、いちいち引っ付くな鬱陶《うっとう》しい。それだけは絶対に無いから安心しろ」

「え～塩いじゃん。……まぁいっか。さっき私のこと『静乃《しずの》』って呼んでくれたし」

「いや、あれは」

は?」

「ちゃんと『私の彼氏《かれし》』って名乗ってもくれたし。これはもう、両想《りょうおも》いってことでいいので

「断じて違《ちが》う。話を飛躍《ひやく》させるんじゃない」

はぁ、まったく。珍《めずら》しく弱気なところを見せたかと思えばコレだ。

油断も隙《すき》もありゃしないぜ。

※

その後、俺と水嶋《みずしま》は港湾《こうわん》沿いにある別のモールのフードコートへと移動した。

二人で昼食を済ませた後は、午後も午後とてひたすらベタベタ甘《あま》えてくる水嶋《みずしま》をなんとかいなしながら、街中をブラブラと歩き回る。

女の子らしい服装になったおかげでもはやただの超絶《ちょうぜつ》美少女と化した水嶋《みずしま》は、相変わらず道行く人々から視線を集めていた。

それでも、その後は今朝のようにファンの女の子たちに囲まれたり、さっきみたいなタチの悪いナンパ男に言い寄られたりすることもなく、午後のデートは実に穏《おだ》やかなものだった。

「色々あったけど、今日はすごく楽しかった」

そうして、ボチボチ陽《ひ》も暮れるという時間になったころ。

　俺たちは再び桜木町《さくらぎちょう》駅前の広場へと戻《もど》って来ていた。俺は電車に乗って帰るが、水嶋《みずしま》は駅前の停留所から出るバスで帰るようなので、今日はここで解散だ。

「ありがとね、颯太《そうた》」

　風になびくショートヘアーを耳にかけつつ、水嶋《みずしま》がニコリとはにかんだ。

「別に、礼を言われるようなことじゃない。言っただろ？　今日のデートはあくまでも『勝負』の一環《いっかん》だ。お前を楽しませようと思って付き合ったわけじゃない」

　俺はこれ見よがしに突《つ》き放した態度でそう言ってやった。

　はたから見れば仲睦《なかむつ》まじいカップルだとしても、あくまで俺たちは恋人《こいびと》を奪《うば》い、奪《うば》われた仲。

　極端《きょくたん》な話、場合が場合なら殺人事件に発展したっておかしくない関係なのだ。

「お試《ため》し」で恋人《こいびと》になったとはいえ、馴《な》れ合うつもりは毛頭ない。

「え～。じゃあ、颯太《そうた》は私とのデート、楽しくなかったの？」

「楽しいわけあるか。お前のファンの子たちに追い回されそうになったり、面倒《めんどう》な酔《よ》っ払《ぱら》いの相手をしなくちゃいけなかったり、むしろどっと疲《つか》れたよ」

　あくまでも愛想《あいそ》のない態度を取る俺を見て、水嶋《みずしま》が途端《とたん》に捨てられた子犬みたいな目をする。

「そっか……楽しくなかったかぁ……」

　うっ!?　お、おいよせ、やめろ。見るんじゃない。

　お涙頂戴《なみだちょうだい》系の動物映画に弱い俺をそんな目で見るんじゃない！

「颯太《そうた》に喜んで貰《もら》えると思って、『ファッションショー』とか、はりきって企画《きかく》したんだけどなぁ……そっかぁ、楽しくなかったかぁ……はは、ははは」

とうとう水嶋《みずしま》が乾《かわ》いた笑い声をあげたところで、さすがに俺の良心もズキズキと痛んできた。

こいつは俺の宿敵で、今日のデートだって、きっと俺を攻略《こうりゃく》するための作戦のうちなんだ。情に流されれば、それこそ水嶋《みずしま》の思うツボなのは分かっている。

それでも、こいつが今日のために色々と考えて準備してきてくれたらしいのもまた事実で。ならやっぱり、せめてそれに関してぐらいは礼を言うのが、最低限の筋ではないだろうか？

「ま、まぁ、その……お前が俺のために色々と考えてくれてたのはわかった。ありがとな。お陰様《かげさま》で俺も、アレだ……退屈《たいくつ》ではなかったよ」

落ち込む水嶋《みずしま》を見かねて、気付けば俺はそう言ってしまっていた。

刹那《せつな》、それまでは寂《さび》しそうに目を伏《ふ》せていた水嶋《みずしま》が、いつもの飄々《ひょうひょう》とした態度に早変わり。乾《かわ》いた笑い声も、いつの間にか可笑《おか》しさを噛《か》み殺すクスクスとした笑いに変わっていた。

「フフフ……ダメだよ。そこはちゃんと最後まで突《つ》き放さないと」

「んなっ⁉」

「は～あ。チョロいな～颯太《そうた》は。そんな調子で、ちゃんと私の告白を断れるの？」

「お、お、お前！　謀《はか》ったな⁉」

こいつ！　人がせっかく礼の一つも言ってやろうと思ったらコレだよ！

前言撤回《てっかい》。こいつやっぱ子犬なんかじゃないよ、女狐《めぎつね》だ女狐《めぎつね》！

ちょっとでも「邪険《じゃけん》にし過ぎたかな……」とか思った俺の罪悪感を返せ！

「あはは、ごめんって。ちょっとからかってみただけ」

「知るか！　もういい、もうお前の言葉なんか一切《いっさい》信じないからな！」

「拗《す》ねない、拗《す》ねない。いや～、でもホントさ」

くるりとそっぽを向いた俺の背中に、水嶋《みずしま》が出し抜けに抱《だ》き着いてきた。

「颯太《そうた》って、優《やさ》しいよね」

さっきまでは左腕《ひだりうで》にあった柔《やわ》らかい感触《かんしょく》が、今度は背中に押《お》し付けられる。

「うぉっ!?　おまっ、離《はな》れろ！」

「スゥ…………颯太《そうた》の匂《にお》い、落ち着く」

「嗅《か》がないでくれます!?」

俺の背中に顔を埋《うず》めた水嶋《みずしま》の息遣《いきづか》いが服越《ご》しに伝わってくる。

こそばゆいやら恥《は》ずかしいやらで、俺は腰《こし》に回されていた水嶋《みずしま》の腕《うで》を引きはがした。

「え～、もうちょっと吸いたかったんだけど。ソウタニウム」

「嫌《いや》だ。なんでわざわざ俺の匂《にお》いをお前に……ソウタニウムってなに!?」

こいつ、マジでどこまで本気でやってるんだ？

今日一日ずっと一緒《いっしょ》に行動していたのに、水嶋《みずしま》のことがますますわからなくなってしまった気がする。どこまでも食えないやつだ。

「あ。バス来たっぽい」

そうこうしている内に、停留所のあるロータリーに市バスが入ってくる。

どうやら水嶋《みずしま》の乗る便のようだ。

「じゃあ、名残惜《なごりお》しいけど今日は帰るよ」

「けっ、さっさと行っちまえ」

「次のデートはどうしようか？　今から楽しみだね」

あぁ、分かっちゃいたけどやっぱり「次」もあるんですね……。

「まさか、逃《に》げたりしないよね？　颯太《そうた》はチキン野郎《やろう》じゃないんだもんね？」

「くっ……い、言われなくても分かってるわい！」

こいつの用意した「恋人《こいびと》（お試《ため》し）」という土俵に真っ向から上がり、今日のような数々の攻撃《アピール》を耐《た》え忍《しの》び、その上できっぱり告白を断ってこその「勝利」なんだからな。

今さらお前と距離《きょり》をおいて一か月をやり過ごそうなんて、そんな姑息《こそく》なことは考えちゃいないさ……ちょっとしか。

「じゃあ、詳《くわ》しい事が決まったら、また連絡《れんらく》するから。バイバイ、颯太《そうた》」

最後にそう言い残して、水嶋《みずしま》はバスへと乗り込んでいった。

は〜あ。マジで色々な意味で大変な一日だったな。

俺もさっさと帰って風呂《ふろ》に入ったら、今日は早めに寝《ね》ちまおう。

「……思ったより、ハードな一か月になりそうだな」

第三章　ホラーとエロはセットです

水嶋《みずしま》との初デートから一夜明けた、日曜日。

俺は昨日の（主に精神的な）疲《つか》れを癒《い》やすべく、朝っぱらから家でゴロゴロとくつろいでいた。

「ふぁ〜あ……もう十時か」

惰眠《だみん》から覚めて一階のリビングに下りると、すでに家の中には誰《だれ》もいない。

きっと親父《おやじ》はいつも通り釣《つ》り仲間とフィッシング、母さんはヨガ教室、妹の涼香《すずか》も友達と遊びにでも行ってるんだろう。

やれやれ、まったくウチの家族ときたら揃《そろ》いも揃《そろ》ってアウトドア派なんだもんなぁ。

日中は家の外にいることが正常みたいに思っている節すらあるから困る。唯一《ゆいいつ》のインドア派である俺としては肩身《かたみ》が狭《せま》いばかりだ。

寝《ね》ぐせでボサボサの頭を掻《か》きながら、俺は冷蔵庫から牛乳を取り出してコップに注ぐ。

まだ五月も始まったばかりだが、今日は全国的に夏のような暖かさらしい。

「こんな日は、やっぱエアコンの利《き》いた室内でゴロゴロするのが一番だよなぁ」

なんて、呑気《のんき》なことを言ってはいるが。

実を言うと、俺は今日も家でダラダラは出来ないだろうなと覚悟《かくご》していたのだ。

なにせ、またぞろ水嶋《みずしま》とのデートに付き合わされると思っていたからだ。

しかしどういうわけか昨日の夜から今朝にかけて、水嶋《みずしま》からは何のコンタクトもなかった。てっきり「颯太《そうた》、明日もデートしよう」とか何とか言ってくるかと思っていたのだが、なんだか拍子抜《ひょうしぬ》けだ。

まぁ、連絡《れんらく》が無いなら無いでこっちは一向に構わない。むしろ、二日連続で休日を潰《つぶ》されなくてほっとしているところだ。

今日は昨日できなかった分、思いっきり家でダラダラゴロゴロしてやるぜ！

——ピンポーン！

俺が心の中でそうほくそ笑《え》んでいると、不意に玄関《げんかん》のインターホンが鳴る。

なんだ？　宅配便か？　この数日は何もポチッた記憶《きおく》はないけどなぁ。

「さては、母さんがまた健康食品でも取り寄せたかな？」

俺はリビングを後にして、のそのそと玄関《げんかん》に向かった。

部屋履《ば》きのスリッパからサンダルに履《は》き替《か》え、チェーンを外してドアを開ける。

「はいはい、どちら様でしょうk……」

そこまで言いかけて、俺はバカみたいにポカンと大口を開けて固まってしまった。

帽子《ぼうし》と制服の配達員がいるとばかり思っていたドアの向こうには、この場にいるはずのない……いや、いてはいけない人物が立っていた。

「や、颯太《そうた》。来ちゃった」

果たして、ドアの向こうに立っていたのは水嶋《みずしま》だった。

「わ～、颯太《そうた》、寝《ね》グセすごいね。もしかしてさっきまで寝《ね》てた？　でも、ちょっと可愛《かわい》い。あ、寝《ね》グセといえばこの前ね」

朗《ほが》らかな笑《え》みを浮《う》かべながら、のほほんと世間話を始めようとする水嶋《みずしま》。

しかし、こっちはそれどころではない。

「颯太《そうた》？　お～い、颯太《そうた》？　ぼ～っとしてるけど、大丈夫《だいじょうぶ》？」

「……家、間違《まちが》えてますよ」

水嶋《みずしま》に有無《うむ》を言わせず、俺はすぐさまドアを閉めようとして。

「おっとっと。待って待って、閉めないで」

それよりも早く、水嶋《みずしま》がするりとドアの隙間《すきま》に靴先《くつさき》を挟《はさ》み込んできた。

「あっ、お前こら！　靴《くつ》引っ込めろ！　危ないだろ！」

「いやいや、引っ込めたらそのまま開けてくれないでしょ？」

「当たり前だ！　なんでお前がここにいるんだよ！」

どうなってるんだ？　連絡先《れんらく》はともかく、こいつにウチの住所まで教えた覚えはないぞ！

「なんでって、そんなの颯太《そうた》に会いたかったからに決まってるじゃん」

「だからって直接家まで押《お》しかけてくるか、フツー⁉　行動力ありすぎだろ！」

「いえ～い、颯太《そうた》に褒《ほ》められちゃった」

「褒《ほ》めてないが⁉」

押《お》し問答《もんどう》をしている間にも、水嶋《みずしま》は靴先《くつさき》だけでなく徐々《じょじょ》に足全体を隙間《すきま》にねじ込んでくる。

「颯太《そうた》～。ねぇ、入れてよ～。颯太《そうた》ってば～」

「お、おい！　名前を連呼するな！　ご近所さんに聞こえるだろ！」

とはいえ、さすがにこれ以上玄関先《げんかんさき》で騒《さわ》がれるのは勘弁《かんべん》だ。

何も知らない近隣《きんりん》住民から見れば、この状況《じょうきょう》は「佐久原《さくはら》さんとこの息子《むすこ》がいたいけな少女を家に引きずり込もうとしている」とも取られかねない。

そんなことで通報でもされたりしたらあまりに不名誉《ふめいよ》すぎる。それは絶対に嫌《いや》だ。

（くそ……背に腹は代えられない、か）

深く深くため息を吐《つ》いた俺は、そこでフッとドアにかけていた手の力を緩《ゆる》めた。

こいつを家に上げるのは業腹《ごうはら》だが仕方ない。社会的に死ぬよりはマシだろう。

「はぁ……わかったよ。入るならさっさと入れ」

「お、やった」

俺が渋々《しぶしぶ》白旗をあげると、水嶋《みずしま》は小さくガッツポーズをしてみせた。

※

「お邪魔《じやま》しま〜す」

玄関《げんかん》に招き入れた水嶋《みずしま》を、俺はひとまずリビングまで案内した。

あの人気モデルでカリスマＪＫの水嶋静乃《みずしましずの》が俺の家にいるなんて、何だか少し変な気分だ。

まぁ、そんなことはこの際どうでもいいんだけども。

「言っとくけど長居させるつもりはないからな。こうして招き入れた以上は茶くらい出してやるが、それを飲んだらすぐ帰れ。即刻《そつこく》帰れ。可及的速《かきゆうてきすみ》やかに帰れ。いいな？」

「どんだけ帰らせたいのさ」

苦笑いを浮《う》かべた水嶋《みずしま》は、けれどすぐにその笑《え》みを悪戯《いたずら》っ子のそれに変える。

「せっかく会いに来たんだからさ。もう少しおもてなしして欲しいな」

「嫌《いや》だ。今日はもう家で一人でゴロゴロするって決めてるんだ」

「え〜、つれないじゃん」

「やかましい。というか、そもそもなんでお前が俺の家の住所を知ってるんだ」

「ああ、それね。そうだなぁ……信頼できるスジからの情報、とだけ言っておこうかな」

教える気はない、ってことね。ふん、女狐《めぎつね》が。

俺はコップに注いだ冷たい麦茶を無造作にダイニングテーブルに置いた。

「とにかく今日は客人の、ましてやお前なんぞの相手をする暇《ひま》はないんだ。わかったらコレ飲んでとっとと帰《けえ》んな」

「でも、今日は颯太《そうた》の家で『おうちデート』しようと思って来たんだよ？　だから、私を追い返すってことは、『勝負』から逃《に》げるってことになっちゃうけど、それでもいいの？」

「……ちっ」

それを言われると弱いのは確かだ。

だがな、そう何度も何度もお前のペースに流される俺だと思うなよ。

「『勝負』から逃《に》げるつもりはない。けど、いきなり家まで押《お》しかけて来ての奇襲なんて、それはちょっとズルだろ。せめて事前に一報入れるくらいはして欲しいもんだな。こっちにも心の準備ってものがあるんだ」

「たしかに、いきなりはちょっと驚《おどろ》かせちゃったよね」

申し訳なさそうに肩《かた》を竦《すく》めるのも束《つか》の間、水嶋《みずしま》の瞳《ひとみ》がスッと細められる。

「でも、颯太《そうた》と恋人《こいびと》になる為《ため》なんだから、そりゃあ多少のズルくらいはするよ。手段なんか選んでるヒマないもん。だからこれからもきっと、私は同じようなことをすると思う」

ごめんね、と言って、水嶋《みずしま》が不自然なほどに穏《おだ》やかな微笑《びしょう》を浮《う》かべた。

いつも飄々《ひょうひょう》としていて、やること為《な》すことどこまで本気か分かったもんじゃない水嶋《みずしま》だが、それでもこいつはたまにこんな風に、とても真剣《しんけん》な目をするのだ。

「……なんでそこまで」

水嶋《みずしま》の雰囲気《ふんいき》に気圧《けお》されて、俺はほとんど独り言のように問い掛《か》ける。

返ってきたのは、案の定、いつも通りの答えだった。

「そんなの、颯太《そうた》のことが好きだからに決まってるじゃん」

……俺が聞きたいのは、どうしてそこまで俺なんかのことが好きなのかってことなんだがな。

よっぽどそう言おうとも思ったが、なんとなく、それを聞いても水嶋《みずしま》はまともに答えてはくれないような気がして、やめた。

そもそも、こいつがたとえどんな理由で俺を好いていようとも、俺がこいつの告白を断ることに変わりはないんだからな。

「ってなわけでさ。『おうちデート』、しようよ」

「……わぁったよ。もう好きにしろ」

ほとんどヤケクソ気味に、俺は水嶋《みずしま》にそう言った。

「つっても、これからどうしようっていうんだ？　家で何かするって言っても、ゲームとか映画くらいしかないぞ、ウチには」

「へぇ。ゲームって、どんなの？」

「まぁ、普通《ふつう》にレースゲーとか対戦アクションとか」

「いいじゃん。ならとりあえずそれで」

という訳で、俺はひとまず水嶋《みずしま》と対戦アクションゲームで遊ぶことになった。

水嶋《みずしま》が麦茶を飲んでひと心地《ごこち》ついている間に、リビングの大型テレビでゲームを起動させる。

べつにゲームなら俺の部屋のテレビでも出来るのだが、こういう対戦系のゲームは妹もよくプレイする関係からこっちが定位置なのだ。

まぁ、できれば水嶋《みずしま》を俺の部屋に入れたくないということもあるんだけどな。

「準備できたぞ」

「オッケー。よ～し、負けないからね。このゲームやったことないけど」

「がくっ……やったことないのかよ」

「私の家、ゲーム機とか無いんだよね。でも動画で見たことあるし、いけるいける」

「ふん。そんな付け焼刃《やきば》で俺に勝とうなんて、片腹痛いわ」

自慢《じまん》じゃないが、俺はゲームのウデには多少覚えがあるつもりだ。

実際、オンラインの対戦でもまずまずの戦績だしな。ちょっと実況《じっきょう》プレイ動画をかじっただけの素人《しろうと》なんか、相手にもならないだろう。

いっそ完膚《かんぷ》なきまでボコボコにすれば、こいつもすぐに飽《あ》きて帰ってくれるかもしれない。

よぅし。颯太《そうた》くん俄然《がぜん》やる気出てきちゃったZE！

……なんて、俺は内心でそう胡坐《あぐら》をかいていたのだが。

「惜《お》っし～。あともうちょっとだったのになぁ」

「ぶふぅ～……な、なんとか勝てたか」

しかし、素人《しろうと》同然なはずの水嶋《みずしま》は、辛《かろ》うじて俺のＰＳ《プレイヤースキル》についてきたのだ。

最初の数ゲームこそ早々に決着がついていたものの、数を重ねるにつれて実力は拮抗《きっこう》。

一方的な展開になるかと思いきや、蓋《ふた》を開けてみればなかなか良《い》い勝負をしてくれた。

「お前、本当にさっきまで素人《しろうと》だったのか？　この一、二時間でめちゃ上達してんじゃねーか」

「そう？　普通《ふつう》にやってるだけなんだけどな。それに、結局ほとんど颯太《そうた》に勝ててないしさ」

なんて水嶋《みずしま》は謙遜《けんそん》するが、ぶっちゃけ何度も危ない場面はあった。

少しでも手を抜《ぬ》いていたら、今ごろ負け越《こ》していたのは俺の方だったに違《ちが》いない。

くそ、容姿端麗《たんれい》で文武両道でゲームセンスも高いだと？

いったい天はこいつに何物与《あた》えるつもりなんだ。まったくやってらんないよな。

「でもさすがに疲《つか》れちゃった。ちょっと休憩《きゅうけい》～」

「そうだな……っと、もう一時か」

リビングの時計に目をやって、俺は無意識に腹を擦《さす》った。

そういえば、今朝は結局牛乳しか飲んでいない。さすがにそろそろ空腹も限界だ。

俺はテレビ前のソファから立ち上がってキッチンへと向かう。

たしか、戸棚《とだな》の中に買い置きしていたカップ麺《めん》がいくつか残っていたはずだ。

「俺、カップ麺《めん》食うけど。お前も食うか？」

自分の分だけ食事を用意するというのも気が引けたので、俺は水嶋《みずしま》にも声を掛《か》ける。

「え〜、それにするの？」

「なんだよ。嫌《いや》なら別に……って、たしかに現役《げんえき》モデルにカップ麺《めん》なんか食わせるのもどうなんだって話か」

「いや、じゃなくて。せっかくの『おうちデート』なんだし、二人で何か作ろうよ」

言うが早いか、水嶋《みずしま》もキッチンへと入って来た。

「作るって……何を作るんだ？　言っとくけど、俺はそこまで料理が得意なわけじゃないぞ」

「簡単なのでいいんだよ。二人で作ることに意味があるんだから。冷蔵庫、見てもいい？」

俺が頷《うなず》くと、水嶋《みずしま》は冷蔵庫の中身や戸棚《とだな》にある食料品を一通り物色する。

「ここにあるものって、使ってもいい感じ？」

「え？　ああ、まぁべつに好きに使ってもらって構わないけど。大したもんはないぞ？」

「大丈夫《だいじょうぶ》。ええと、卵とベーコンはあるし〜……お、パルミジャーノがあるじゃん。ならカルボナーラでも作ろっか」

てきぱきと必要な食材を用意した水嶋《みずしま》は、慣れた手つきで下ごしらえを始めていく。

普段《ふだん》から料理をしているんだろうなと分かる、スムーズな手際《てぎわ》だった。

「じゃあ、私はソースの方を担当するから、颯太《そうた》はパスタを茹《ゆ》でておいてくれる？」

「お、おう。わかった」

水嶋《みずしま》の指示を受け、俺は水を張った鍋《なべ》に火をかける。ほどなくして沸騰《ふっとう》したところで、二人分の乾燥《かんそう》パスタと塩を投入。吹《ふ》きこぼれないように気を付けながら茹《ゆ》でていく。

「それ、何分茹《ゆ》でるやつ？」

「ちょっと待て。ええと、袋《ふくろ》には『標準茹《ゆ》で時間八分』って書いてあるな」

「じゃあ七分くらい経《た》ったらもう火止めちゃっていいよ」

「早くないか？」

「そのあとソースと一緒《いっしょ》にフライパンで温めるからね。ちょっと早めでも大丈夫《だいじょうぶ》」

「なるほど。わかった」

と頷《うなず》いてしまってから、そこで俺はふと我に返った。

よく考えてみれば、なんで俺は自分の家のキッチンで、俺の彼女を奪《うば》った宿敵と肩《かた》を並べて料理なんかしてるんだろうか。普通《ふつう》だったら絶対ありえない状況《じょうきょう》だよなぁ。

なんか俺、知らない内に段々こいつと一緒《いっしょ》にいることに慣らされてないか……？

沸々《ふつふつ》と泡立《あわだ》つ鍋《なべ》から視線を外し、俺はチラリと隣《となり》の水嶋《みずしま》を覗《のぞ》き見た。

「フンフフ〜ン♪」

鼻歌交じりにベーコンをカットし、卵とチーズと胡椒《こしょう》を手早くボウルで混ぜている水嶋《みずしま》。

そんな彼女の今日の格好は、上はリブ生地《きじ》の長袖《ながそで》ニット、下はゆったりとしたロングスカートという組み合わせ。

いつものボーイッシュな雰囲気《ふんいき》や、昨日のデートで見せた女子高生然とした雰囲気《ふんいき》とはまた違《ちが》い、なんというか「近所の美人で優《やさ》しいお姉さん」って感じだ。爪《つめ》に塗《ぬ》られた赤いマニキュアも、なんだか大人な色気を醸《かも》し出している。

そういえば……江奈《えな》ちゃんが休みの日に着ていた私服も、こんな感じのものが多かったっけ。清楚《せいそ》な彼女によく似合っていて、可愛《かわい》かったよなぁ。

「どうしたの、颯太《そうた》？　そんなに私のことジッと見つめて」

「へ？　い、いや、別に？　手際《てぎわ》いいなと思っただけで……」

しまった。思わず視線が釘付《くぎづ》けになってしまっていた。

俺は慌《あわ》てて顔を逸《そ》らして誤魔化《ごまか》すが、時すでに遅《おそ》し。水嶋《みずしま》には全てお見通しのようだった。

「嘘《うそ》。颯太《そうた》、いま江奈《えな》ちゃんのこと考えてたでしょ？」

「えっ⁉　な、なんで……？」

「やっぱり。まぁ、たしかに今日は江奈《えな》ちゃんっぽいコーデをちょっと意識してはいたけどさ。それでも、彼女とデートしてる時に他の女の子のことを考えるなんて寂《さび》しいなぁ」

ならそんな格好して来るなよ、と俺が突《つ》っ込もうとしたところで、水嶋《みずしま》がコテンッ、と俺の肩《かた》に自分の頭をのせてくる。

「せっかく見つめてくれるならさ」

そうしてギュッと肩《かた》を密着させ、俺の顔をすぐ真下から見上げながら。

「私のことだけ考えてよ」

どこか蠱惑《こわく》的な微《び》笑《しょう》を浮《う》かべて、囁《ささや》くようにそう呟《つぶや》いた。

「……いちいちあざといんだよ、お前は」

口ではそんな悪態を吐《つ》きながら、俺はまともに水嶋《みずしま》の顔を見ることができなかった。

※

悔《くや》しいことに、水嶋《みずしま》が作ってくれたカルボナーラの味はなかなかのモンだった。

食材はウチの冷蔵庫にあったごく普《ふ》通《つう》のものだし、調理手順だって複雑なことはなにもしていなかったのだが。これが水嶋《みずしま》の料理の腕《うで》ということか。

容姿端麗《たんれい》で文武両道でゲームも上手《うま》い上に家庭的だと？

もう逆に何ならできないんだ、この女は。

「よし。じゃあ片付けが終わったらさ、一緒《いっしょ》に映画観《み》ようか」

俺がシンクで食器を洗っていると、水嶋《みずしま》がそう提案してきた。

どうやら本当に今日一日、俺の家に居座《いすわ》るハラらしい。

とはいえ、映画鑑賞《かんしょう》というのは悪くない。観《み》ている間は余計な会話をする必要もないし、一本観《み》るだけでも二時間近くは潰《つぶ》せるしな。

「オーケー、わかった。ならそこのテレビで……」

と言いかけたところで、水嶋《みずしま》がフルフルと首を振《ふ》った。

「颯太《そうた》の部屋にもあるんでしょ？　テレビ」

「…………はい？」

「せっかくだし、颯太《そうた》の部屋で一緒《いっしょ》に観《み》たいな」

「いや、それは……」

「ダメ？　もしかして、私に部屋に入られると何かマズいの？　ああ、わかった。エッチな本でも置いてあるんだ。大丈夫《だいじょうぶ》、私そういうの理解ある方だから」

「違《ちが》うわ！　勝手に変な妄想《もうそう》をするな！」

「じゃあ、別に私が入ってもいいよね？　何もやましい事はないんだもんね？」

「くっ……図々《ずうずう》しい奴《やつ》だな、お前も」

なんて渋面《じゅうめん》を浮《う》かべてみたものの。

結局は水嶋《みずしま》の圧に根負けして、俺は仕方なく彼女を自室へと案内した。

「へ～、ここが颯太《そうた》の部屋かぁ」

「いいか、あんまりあちこち触《さわ》るなよ。勝手に引き出しとか開けるのも禁止だからな」

「結構キレイにしてるじゃん。ちょっと意外だなぁ」

「おい聞けや」

遠慮《えんりょ》なく部屋へと踏《ふ》み入る水嶋《みずしま》に、俺はため息交じりに釘《くぎ》を刺《さ》す。

別に見られて困るものなどは大して無いのだが、それでも俺は、あまり他人に自分のプライベートな空間に入ってきて欲しくはない性質《たち》なのだ。

だから今までこの部屋に来たのは、小学生のころからの付き合いがある樋口《ひぐち》くらいのものだ。ましてや女の子なんて、彼女だった江奈《えな》ちゃんでさえ来たことはない。

なのに、まさかこんな形で俺の「初めて」を水嶋に献上《けんじょう》することになるとは……まったくもって不本意だ。

「ふふ、颯太《そうた》の匂《にお》いだらけだ」

「気色悪いこと言うな。俺の部屋なんだから当たり前だろ」

ソファーに腰《こし》を下ろし、俺は部屋のテレビの電源を入れて登録しているＶＯＤ《ビデオオンデマンド》を起動する。

「ほら、映画観《み》るんだろ？　余計なことしてないでさっさと座《すわ》れ。そして動くな」

「はいはい」

肩《かた》を竦《すく》めて頷《うなず》いた水嶋《みずしま》は、「なに観《み》よっか～」などと言いながら、さも当たり前みたいな顔をして俺のすぐ隣《となり》に座《すわ》り込んだ。

「……おい、もう少し離《はな》れろって。そんなにソファー狭《せま》くないだろ」

俺は水嶋《みずしま》から逃《に》げるようにして横にズレるが、すかさず水嶋《みずしま》もピッタリと俺の横に密着してくる。どうやら離《はな》れる気はないようだ。

それ以上は文句を言うのも面倒《めんどう》だったので、俺はもう深く気にしないことにした。

映画が始まってしまえば、そのうち気にもならなくなるだろう。

「で、何にするんだ？」

「そうだな～……あ、これとかどう？『離婚《りこん》をテーマにした大人のラブストーリー』だって」

「いわゆるドロドロ系の恋愛《れんあい》映画か。う～ん、この手のはあんまり興味ないんだよな」

「そっかぁ。じゃあこれは？『実話に基《もと》づいたハートフルなアニマルムービー』」

「却下《きやっか》。お前に泣き顔を見られるくらいなら俺は死を選ぶぜ」

「それ、こういう系に弱いって白状してるようなものじゃない？」

そんなこんなでお互《たが》いの好みなどを考慮《こうりよ》しつつ色々と協議した結果、最終的には王道なパニックホラーを観《み》ることに落ち着いた。

主人公とヒロインの二人が、謎《なぞ》のウイルスが蔓延《まんえん》したことでゾンビだらけになった世界を生き抜《ぬ》いていくという、まぁよくあるベタなゾンビ映画だ。

「いやぁ、実はゾンビ映画ってちゃんと観《み》たことないんだよね。楽しみだなぁ」

「そうかい。まぁ、俺もそこまで齧《かじ》ってるわけじゃないけどな」

「そうだ！　雰囲気《ふんいき》出すためにさ、カーテン閉めて電気も消そうよ。『お家《うち》シアター』みたいな」

へいへい、もう好きにしてくれ。

俺は投げやりに首肯《しゅこう》して、テレビ画面上の再生ボタンを選択《せんたく》した。

〈くそっ！　くそっ！　冗談《じょうだん》じゃねぇぜ、この化け物どもが！〉

〈エドガー待て！　そっちは……！〉

〈う、うわぁぁ!?　なんだこりゃ!?　く、来るなぁぁぁ！〉

〈エドガー!!〉

そうして始まったゾンビ映画は、展開こそ王道なものの迫力《はくりょく》のあるCGや俳優たちの熱演もあって、序盤《じょばん》からなかなか見られたものだった。

映画が始まってからは水嶋《みずしま》もすっかり大人しくなって、時折「わっ」とか「おー」とか声をあげるだけだ。俺にしても随分《ずいぶん》と作品の世界に入りこんでしまい、いつのまにか水嶋《みずしま》が俺の腕《うで》に抱《だ》き着いていたのも気にならないほどだった。

かなり適当に選んだ一作だったけど、これはなかなかアタリを引いたかもしれないな。

〈ねぇ、ジム。私たち……これからどうなっちゃうのかしらね〉

〈わからない。でも、諦《あきら》めちゃダメだ。必ず二人で、生きてこの町から脱出《だっしゅつ》しよう〉

〈ジム……〉

〈サラ……〉

しかし、物語も中盤《ちゅうばん》に差し掛《か》かったころ。

この手の映画にはお約束の、いわゆる「濡《ぬ》れ場」のシーンが始まったところで、俺の意識は急激に現実へと引き戻《もど》されてしまった。

こういうシーンは一人で観《み》る分には何も問題はないのだが……宿敵とはいえ、隣《となり》に同年代の女子がいる状態で観《み》るというのは、なんだかひどく居たたまれない。

なんて、俺が若干《じゃっかん》の気まずさを感じながらも鑑賞《かんしょう》を続けていると、いよいよ主人公たちが一つのベッドに倒《たお》れ込んだ辺りで、水嶋《みずしま》が出し抜《ぬ》けに呟《つぶや》いた。

「……颯太《そうた》ならさ、どうする？」

「え？」

隣《となり》を向くと、水嶋《みずしま》はいつの間にか映画ではなく俺の顔をじっと見上げていた。

暗い部屋の中、テレビ画面の煌々《こうこう》とした明かりだけが、水嶋《みずしま》の顔をぼんやり照らしている。

「世界がめちゃくちゃになっちゃって、いまこの町には私たち二人しかいなくてさ」

言いつつ、水嶋《みずしま》が細く綺麗《きれい》な指を俺の指に絡《から》めてくる。

「み、水嶋《みずしま》……？」

「周りは敵だらけで、絶体絶命なんだけど……だからこそ、二人の間に芽生えた色んなものが、より強くなる。信頼《しんらい》とか、絆《きずな》とか……愛とか」

囁《ささや》くようにそう言いながら、いよいよ水嶋《みずしま》はソファーの上に上がり、俺の上に覆《おお》いかぶさるように寄りかかってくる。

必然的に、俺はソファーの上に仰向《あおむ》けに倒《たお》れ込むような格好になる。

一瞬《いっしゅん》の不意をつかれて、俺は水嶋《みずしま》にマウントポジションを取られてしまった。

「そういう状況《じょうきょう》で、さ。もし私が、こんな風に颯太《そうた》に迫《せま》ったら……」

水嶋《みずしま》の瞳《ひとみ》は、いつか学校の階段の踊《おど》り場で俺ににじり寄ってきた時と同じ、あのエモノを追い詰《つ》める獣《けもの》のような眼光を宿していた。

「ねぇ――どうする？」

見上げれば目と鼻の先にある水嶋《みずしま》の顔からは、いつもの飄々《ひょうひょう》とした表情は消えていた。

その口元に笑《え》みはなく、液晶《えきしょう》の光を反射するぱっちりとした翡翠《ひすい》の瞳《ひとみ》が、ただじっと俺の目を見つめている。

「お、お前、いきなり何を……」

俺はゴクリと唾《つば》を飲み込み、辛《かろ》うじてそう問いかける。

けれど水嶋《みずしま》は何も答えず、長袖《ながそで》ニットの袖《そで》を引いておもむろに肩《かた》を出してみせた。

見るからに柔《やわ》らかそうな肌《はだ》や胸の谷間が、ゆっくりと、しかし確実に露《あら》わになっていく。

「ね、颯太《そうた》……今なら誰《だれ》も見てないよ？」

いやに頭に残る甘《あま》い声でそう言って、水嶋《みずしま》が更《さら》に俺に体重を預けてきた。

（こ、こいつ！　目が据《す》わってやがる……！）

徐々《じょじょ》に距離《きょり》を詰《つ》めて来る水嶋《みずしま》を、俺は必死に押《お》しとどめる。

しかし水嶋《みずしま》もけして手を緩《ゆる》めることはなく、全体重をかける勢いだ。

「お～、頑張《がんば》るじゃん。でも抵抗《ていこう》したってムダムダ。こう見えて私、結構鍛《きた》えてるんだよね」

「うぉ!?」

「純粋《じゅんすい》な力比べじゃわかんないけど、この体勢なら颯太《そうた》を押《お》さえ込むくらい簡単だよ」

油断した！　完全に油断した！

映画の最中なら大人しくしているだろうと思っていたが、まさかここまで露骨《ろこつ》にアプローチしてくるとは！

……いや、違《ちが》う。密室に二人きりというこの状況《じょうきょう》を作ってしまったのがそもそもの失態。

冷静に考えれば、俺を本気で攻略《こうりゃく》しようとしているらしいこいつが、そんな絶好のチャンスを見逃《みのが》すわけはなかったのだ。

「ほらほら。どうせ勝てないんだから、もう降参しちゃえ」

「ちょ、まっ……！」

俺の抵抗《ていこう》も空《むな》しく、とうとうお互《たが》いの吐息《といき》が感じられる距離《きょり》まで、水嶋《みずしま》の艶《つや》やかな唇《くちびる》が急接近する。

鼻をくすぐる、金木犀《きんもくせい》の甘《あま》い香り。ぴったりと密着する、柔《やわ》らかくて温かい女の子の体。

どれも健全な男子高校生には刺激《しげき》が強すぎる。ことここに至って、さすがの俺も思考回路がショート寸前だった。

俺は……こいつのことなんて好きでもなんでもないはずだ。

こいつは宿敵で、恋人同士《こいびとどうし》というのも仮の設定に過ぎないはずなんだ。

もしかしたらこの行動だって、あくまで俺を揶揄《からか》っているだけなのかもしれない。

でも……でも、こいつほどの美少女にこれだけ熱烈《ねつれつ》に迫《せま》られたら……もう、仕方ないんじゃないのか？　むしろ、ここでこの誘惑《ゆうわく》に耐《た》えられる男なんているのか？

少しだけなら……本当に、ほんの少しだけなら……。

「いいんだよ？　颯太《そうた》のしたいこと、私は全部受け止める。だから、江奈《えな》ちゃんと一緒《いっしょ》だった時みたいに、我慢しなくていい、いいんだ、よ？」

葛藤《かっとう》する俺にトドメを刺《さ》すように、水嶋《みずしま》が蠱惑《こわく》的な笑《え》みを浮《う》かべてそう言った。

――しかし。

「ぬ……おおおぉぉぉぉ！」

「えっ？　そ、颯太《そうた》？」

その一言は、逆に崩《くず》れかけていた俺の理性を一気に呼び戻《もど》すきっかけとなった。

俺はどうにか体をよじり、足のつま先を器用に動かして水嶋《みずしま》の脇腹《わきばら》をくすぐってやる。

「ひゃうっ⁉」

死角からの不意打ちを受けて、水嶋《みずしま》が小さな悲鳴をあげると共に弾《はじ》かれたように後ろにのけ反った。おかげでようやく腕《うで》の拘束《こうそく》が外れる。

あ、危なかった。俺の足があと少しだけ短かったら脱出《だっしゅつ》できていなかった。

「はぁ、はぁ……あんまり俺をなめてもらっちゃ困るぜ、水嶋《みずしま》」

キョトンとした表情を浮《う》かべる水嶋《みずしま》に、俺はせいぜい不敵な笑みを浮《う》かべて言ってやった。

「たしかに、俺だって健全な男子高校生だ。人並みにエッチなことにだって興味はあるさ。けど、俺は別にエッチなことがしたくて江奈《えな》ちゃんと付き合ってたわけじゃない。悪いがお前の色仕掛《いろじか》けは俺には通用しないぞ」

まぁ、ぶっちゃけかなり危なかったというのは、口が裂《さ》けても言わないけども。

「……へぇ」

悔《くや》しそうなふくれっ面《つら》のひとつも見せるかと思いきや。

水嶋《みずしま》は感心したように、けれど僅《わず》かに声のトーンを落としてそう呟《つぶや》いた。

な、なんだ？　思っていた反応と違《ちが》くて、ちょっと怖《こわ》いんですが。

「う～ん、そっかそっか」

「な、なんだよ」

「いや、ね。これはたしかに心配にもなるよね、って思って」

「心配？　そりゃ――」

どういう意味だ、と俺が聞こうとした、その時だった。

薄暗《うすぐら》い俺の部屋の扉《とびら》が、突如《とつじょ》として何者かに押《お》し開けられたのだ。

その向こうから現れたのは、ピンと跳《は》ねたアホ毛が特徴《とくちょう》的なポニーテールの少女。

「ただいま〜。ねぇ兄《あに》〜、昨日言ってた参考書の——え？」

果たして、ノックも無しに入って来ておきながら、信じられないものを見るような目をして固まったのは、我《わ》が愚妹《ぐまい》、涼香《すずか》だった。

「おや？」

「す、涼香《すずか》⁉　お前、出かけてたんじゃ……！」

ここで、いま一度状況《じょうきょう》を整理してみよう。

俺の部屋は電気を消してカーテンも閉め切っているため、光源はテレビの画面の光だけ。

そんな暗い部屋のソファーの上に俺は仰向《あおむ》けに寝転《ねころ》がり、さらにその上に馬乗りになるような格好で水嶋《みずしま》が跨《また》がっている。

早い話が、何も知らない第三者からしてみれば、俺たちが密室でいかがわしい事でもしていたのかと勘違《かんちが》いしてしまっても仕方ないシチュエーションだ。

「あ、あ、あ……」

「ま、待て涼香《すずか》！　違《ちが》うんだ！　まずは俺の話を……」

そして実際、俺の妹もその例に漏《も》れなかったらしい。

「あ——兄が部屋に女の子連れ込んでるぅぅぅぅぅぅぅぅぅ⁉」

おうふ……一番見られたくない場面を、一番見られたくない奴《やつ》に見られてしまった……。

※

その後、妹からの怒涛《どとう》の質問攻《ぜ》めに根負けした俺は、渋々《しぶしぶ》ながら水嶋《みずしま》のことを紹介《しょうかい》するハメになってしまった。

もちろん、俺と水嶋《みずしま》の関係をそのまま伝えれば面倒《めんどう》なことになるのは目に見えていたので、最近知り合った「映画好き仲間」の友人ということにして誤魔化《ごまか》しはしたが。

それにしても、まさか涼香《すずか》がこんなに早く帰ってくるとは予想外だった。

こんなことなら映画なんか観《み》ずに、昼飯を食ったらさっさと水嶋《みずしま》を帰せば良かった。

「いや～！　まさかあの映画オタクで陰《いん》キャでインドアで何をするんでもパッとしないダメダメな兄に、こんなクール系美人なお友達がいるなんて知りませんでしたよ～！」

「ごめんね、急にお邪魔《じゃま》させて貰《もら》っちゃって」

「とんでもないです！　むしろいつでも遊びに来てください！」

「ふふ、ありがとう。私も、颯太《そうた》にこんな可愛《かわい》らしい妹さんがいるなんて知らなかったよ。これからよろしくね、涼香《すずか》ちゃん」

またしても天然ジゴロを発動した水嶋《みずしま》の微笑《ほほえ》みに、我《わ》が愚妹《ぐまい》はすっかり籠絡《ろうらく》されてしまったらしい。心臓の辺りを押《お》さえながら「か、顔が良《い》い！」などと言っては呼吸を荒《あら》くしている。しまいには俺の存在なんか蚊帳《かや》の外に追いやって、二人してお喋《しゃべ》りに花を咲《さ》かせる始末だ。

それからはもうすっかり映画を観《み》るというような雰囲気《ふんいき》でもなくなり、水嶋《みずしま》は小一時間ほど涼香《すずか》とのお喋《しゃべ》りに興じると。

「おっと、もうこんな時間か。名残惜《なごりお》しいけどそろそろお開きかな」

ぼちぼち陽《ひ》も暮れそうという時間になって、ようやく帰る気になってくれたらしい。

が、「ちゃんと駅まで送ってあげなよ！」などといらんことを言った涼香《すずか》のせいで、俺はオレンジ色に染まる空の下、閑静《かんせい》な住宅街を水嶋《みずしま》と肩《かた》を並べて歩くことになった。

「今日はありがとう、颯太《そうた》。映画は最後まで観《み》られなかったけど、『おうちデート』、楽しかったよ。妹さんとも仲良くなれたしね」

隣《となり》を歩く水嶋《みずしま》が、俺の顔を覗《のぞ》き込むようにしてそう言った。

「颯太《そうた》は楽しかった？」

「いや、楽しいとか楽しくないとかの話じゃなかった気がするけどな」

「そっか。じゃあまた来るね」

「何が『じゃあ』なんだよ。もう来るな」

そんな突《つ》き放すような俺の返しも、すっかり慣れっこになってしまったらしい。

水嶋《みずしま》は手のかかる子供を見るような目をして、やれやれといった風に肩《かた》を竦《すく》めた。

俺の方がわがままを言っているみたいなこの空気よ。まったくもって心外だ。

「ほら、ここまで来ればあとは分かるだろ」

やがて最寄《もよ》り駅前の広場に辿《たど》り着いた俺は、改札口方面を顎《あご》でしゃくった。

「うん。送ってくれて助かったよ。ありがとう」

「どーいたしまして。じゃ、俺はこれで」

さっさと解散したかったので、俺はそれだけ言ってくるりと水嶋《みずしま》に背を向けた。

さてと、今日はほぼ一日中潰《つぶ》れてしまったが、ようやく自由時間になったんだ。

帰って飯を食ったら、さっきのゾンビ映画の続きでも観《み》るか。

「ねぇ、颯太《そうた》」

しかし、不意に名前を呼ばれて、俺が首だけを後ろに向けた瞬間《しゅんかん》。

――ちゅ。

もはや嗅《か》ぎ慣れた金木犀《きんもくせい》の香りがするや否《いな》や、左頰《ほお》に柔《やわ》らかい感触《かんしょく》が伝わる。

それが水嶋《みずしま》のキスによるものだったと気付くまで、俺は数秒ほど固まってしまった。

「あ、惜《お》しい。唇《くちびる》を狙《ねら》ったんだけどな。頰《ほ》っぺたになっちゃった」

「なんっ、へ、はぁ⁉　おま……何⁉」

「何って、さっきの続きだよ。でもまぁ、今日はその可愛《かわ》い顔が見れただけで十分かな」

顔を真っ赤にしながら立ち尽《つ》くす俺にしてやったりといった顔を見せつけ、水嶋《みずしま》は「じゃあ、バイバイ」と愉快《ゆかい》そうに手を振《ふ》る。

そうして颯爽《さっそう》と立ち去っていく彼女の後ろ姿を、俺は照れ臭《くさ》いやら悔《くや》しいやらで歯噛《はが》みしながら見送ることしかできなかった。

第四章　捨てられない輪

恋愛《れんあい》には「三か月の法則」ってものがあるらしい。

どんなにお互《たが》いのことが好きで、晴れて付き合うことになったとしても、おおよそ三か月経《た》った頃《ころ》に別れてしまう恋人《こいびと》は多いという法則だ。

これには恋愛《れんあい》の初期に活性化する「ときめきホルモン」なる物質が関係したりもしているらしいけど、詳《くわ》しいメカニズムは知らない。

とにかく、夏休みが明けた辺りに急激に増えたカップルたちが、秋頃《ごろ》になると蚊《か》のようにどこかへ消滅《しょうめつ》していたりしたのは、どうやらこの法則が原因だったようだ。

だからこの話を知った時は、俺も江奈《えな》ちゃんとの恋人《こいびと》生活が三か月ぽっちで終わってしまわないかとハラハラしていたんだけど。

「はい、颯太《そうた》くん。これ、私からの『三か月記念日』のプレゼントです」

どうやら俺たちに限っていえば、例の法則とやらは当てはまらなかったらしい。

中三の冬休みが明けていよいよ高等部に進級した俺たちは、ちょうどその頃《ころ》に付き合って三か月の記念日を迎《むか》えていた。

それでも俺たちの仲はいたって良好——少なくとも俺はそう思っていた——だったのだ。

「へぇ、ブレスレットか」

受け取った小さな箱を開けてみると、中に入っていたのはレザーのブレスレットだった。スミレ色を基調とした、ごくごく素朴《そぼく》なデザイン。それでもたしかな高級感が見て取れるところは、どことなく江奈《えな》ちゃんと似ている気がした。

「は、はい。その、なにぶん同年代の男の子に贈《おく》り物をするのは初めてなので、本当はもっと相応《ふさわ》しいものがあったのかもしれませんが……」

「そんなことないって！　めっちゃ嬉《うれ》しいよ！　正直俺なんかには勿体《もったい》ないくらいだけど、すごく気に入った。一生大事にするよ。家宝として丁重《ていちょう》に保管して、ずっと崇《あが》め奉《たてまつ》っておく」

「そそ、そんなそんな！　気に入ってもらえたのなら良かったですけど、そこまで大した品でもありませんからっ……！」

なんて江奈《えな》ちゃんは謙遜《けんそん》したけど、実際のところ一介《いっかい》の男子高校生が身に着けるものとしてはかなり高価な代物《しろもの》だろう。あとでブランド名を調べてびっくりしたのはいい思い出だ。

そのうえ、聞けば江奈《えな》ちゃんはこのブレスレットを見繕《みつくろ》うまでに、何十件もの店を回ってくれたらしい。そりゃあ家宝にしたいと思うのもやむなし、ってなもんである。

けれど江奈《えな》ちゃんは慌《あわ》てて両手を振《ふ》ると、次には照れ臭《くさ》そうに人差し指をツンツンさせて。

「で、できれば、そのぅ……保管ではなく、颯太《そうた》くんに身に着けていて欲しいな、と」

「あ……はは、そうだね。せっかく貰《もら》ったんだし、そうさせてもらうよ」

そうして箱から取り出したブレスレットを腕《うで》に着けてから、俺は鞄《かばん》の中に忍《しの》ばせていた小さな紙袋《かみぶくろ》を引っ張り出した。

「じゃあ、今度は俺の番だね。はい、『三か月記念日』のプレゼント」

「え……颯太《そうた》くんも、用意していてくれたんですか？」

「もちろん。まぁ江奈《えな》ちゃんからの贈《おく》り物に比べると、それこそ大したものじゃないけどね」

俺が選んだのは、赤と黒のチェック柄《がら》の首輪だ。

江奈《えな》ちゃんの家には小型犬がいるのだが、前に散歩用の首輪がかなりボロボロになってきていて新しいものを探していると話していたから、ちょうど良《い》いと思い選んでみたのだ。

「いや、恋人《こいびと》へのプレゼントとしてはどうかとも思ったんだけどさ。でも俺、こういうセンスってあんまり無いし。だから、下手に洒落《しゃれ》たものを渡《わた》すよりは実用的な物にしようと思ったんだけど……ごめん、やっぱり変だったかな？」

おそるおそる尋《たず》ねる俺に、けれど江奈《えな》ちゃんはやんわりと首を振《ふ》った。

「そんなことないですよ。ありがとうございます、颯太《そうた》くん。とても嬉《うれ》しいです」

「そ、そっか！　うん、なら良かった！」

「はい。とっても素敵《すてき》なデザインで、気に入りました。さっそく着けてみますね」

「うんうん、さっそく着けて……え？」

俺がキョトンとするのも束《つか》の間、なんと江奈《えな》ちゃんは手に持った犬用首輪を自分の首に装着してしまった。

「え、江奈《えな》ちゃん？　その首輪は犬……」

「わぁ、ぴったり！　どうですか、颯太《そうた》くん？　似合っているでしょうか？」

俺は慌《あわ》てて止めようとして、けれど江奈《えな》ちゃんがあまりにも嬉《うれ》しそうな笑顔《えがお》でそう尋《たず》ねてくるものだから。

「す……すっごく似合ってるよっ！」

と、ついそう口走ってしまったのである。

それがきっかけかはわからないが、俺があげた首輪をよほど気に入ってくれたらしい。

それからの江奈《えな》ちゃんは、俺とのデートでは毎回その首輪を着けてきていたのだ。

しかも。

「おはようございます、颯太《そうた》くん」

「ああ、おはよう江奈《えな》ちゃ……江奈《えな》ちゃん⁉」

「は、はい。あなたの江奈《えな》ですよ？　どうしたんですか、颯太《そうた》くん？　そんなに慌《あわ》てて」

「いやっ、あの……その首輪って……」

しまいには、江奈《えな》ちゃんは学校にまで首輪を着けて登校してきたのだ。

「ああ、これですか？　はい。この首輪、すっかり気に入ってしまいまして」

困惑《こんわく》する俺をよそに、江奈《えな》ちゃんは心底愛《いと》おしそうに指で首輪をなぞって。

「この首輪を着けていると、私、なんだかとても心が安らぐんです。これを着けている間は、離《はな》れていても颯太《そうた》くんと繋《つな》がっているんだなって……私は、ちゃんと颯太《そうた》くんのモノなんだなって、そんな気分になれるので」

「え〜……とぉ……」

なんだかサラッとすごいことを言われた気もするが、とにかく学校にまで首輪を着けてくるのは色々とマズい気がしたので、俺は仕方なく江奈《えな》ちゃんの誤解を解くことにした。

「……というわけで、それ、実は江奈《え》ちゃん家《ち》のワンコ用にと思って買ったものなんだ」

「な……なる、ほど……わ、私、すっかり勘違《かんちが》いを……」

真実を知った江奈《えな》ちゃんはさすがに恥《は》ずかしかったのか、それ以降は学校に首輪を着けてくることはなくなったけど。

それでも、「せっかく颯太《そうた》くんから貰《もら》った物なので」と、結局は自分用にしたらしい。

デートの時には相変わらず首輪を着けてきたり、学校でもいつも鞄《かばん》の中に入れていたりと、それからも大事にしてくれていたようだ。

もちろん、俺だって江奈《えな》ちゃんから貰《もら》ったブレスレットは肌身《はだみ》離《はな》さず身に着けていた。

当然だ。なにしろ、俺の初めての彼女からの、初めてのプレゼントなんだから。

——それからすぐに、俺と江奈《えな》ちゃんは一か月遅《おく》れで「法則」を証明することになったけど。

あの時に貰《もら》ったブレスレットを……俺はまだ、捨てられていない。

※

水嶋《みずしま》が家に襲来《しゅうらい》した翌日の月曜日の朝。

俺はいつにもまして憂鬱《ゆううつ》な気分で、午前中の授業をやり過ごしていた。

「う～ん、やっとお昼かぁ。颯太《そうた》、今日は食堂で……うわぁ!?」

前の席に座《すわ》る樋口《ひぐち》が、俺の方へ振《ふ》り返るなり悲鳴を上げる。

「なんだ樋口《ひぐち》。他人の顔を見てその反応は失礼だろ」

「いやだって、颯太《そうた》めっちゃどんよりした顔してるんだもの。そりゃ驚《おどろ》くよ」

「そんな顔してるか、俺?」

「うん、してる。目もいつもの五割増しくらい死んでるし。どうしたのさ?」

樋口《ひぐち》が若干《じゃっかん》引き気味に尋《たず》ねてくる。まるで不審者扱《ふしんしゃあつか》いだ。

言われてみれば、今日は道行く生徒にいつも以上に避《さ》けられているような気はしていたけど。

そうか……そんなに憂鬱《ゆううつ》そうな顔してるのか、俺。

まぁ、だとすればその原因ははっきりしている。

「悪いけど、今日はパス。委員会の仕事があるもんでね」

「ああ～……なるほど」

それで全てを察したらしい。一転して気の毒そうな目を俺に向けた樋口《ひぐち》は、俺の肩《かた》を無言でポンポン叩《たた》くと、それ以上はもう何も言わずに教室を去っていった。

その後に続くようにして、俺も教室を出て特別棟《とう》の二階へと向かう。やってきたのは、図書室だった。

しかし、別に俺は昼休みも図書室に籠《こ》もるような読者家というわけじゃない。

ここに来たのは、何を隠《かく》そう俺が図書委員だったりするからだ。

もちろん自分から立候補したのではなく、クラスのくじ引きによる結果ではあるけど。

「はぁぁ……帰りてぇなぁ」

図書室のドアの前で、俺は盛大《せいだい》にため息を吐《つ》く。

別に、図書委員が面倒《めんどう》な役回りだからというわけではない。仕事と言っても、受付で本の貸し借りの記録を付けたり、返却《へんきゃく》された本を所定の棚《たな》に戻《もど》したりするくらいのものだ。

では、何がそんなに憂鬱《ゆううつ》なのかと言えば。

(うっ……そりゃあ、やっぱりいるよなぁ)

図書室のドアを少しだけ開け、俺は隙間《すきま》から中を覗《のぞ》き見る。

生徒はまだ皆《みな》ランチタイムだからか、室内に人気《ひとけ》はほとんどない。

しかし、受付カウンターにはすでにもう一人、ペアとなる別クラスの図書委員が座《すわ》っていた。

時折長い黒髪《くろかみ》を耳にかけながら、楚々《そそ》とした所作で文庫本を読んでいる女の子。

静寂《せいじゃく》の中で一人書物と向き合うその姿は、さながら空高い塔《とう》の一室に住まうお姫様《ひめさま》か、はたまた深い森の奥《おく》の館で研究に明け暮れる美しい魔女《まじょ》を連想させた。

このまま見惚《みと》れていたくなるほどのその美少女が、けれどまさに、俺の憂鬱《ゆううつ》の正体だった。

（……江奈《えな》ちゃん）

そう。俺のペアである図書委員は、江奈《えな》ちゃんだ。

俺が四組の図書委員になったことを知って、江奈《えな》ちゃんは自ら特進クラスの図書委員に立候補したらしい。しかも、担当するシフトも示し合わせて同じにしていたのだ。

学校でも江奈《えな》ちゃんと過ごせる時間が増えたって、俺も当時は浮《う》かれていたけれど。

彼女にフラれてしまった今となっては、もはやただただ気まずいだけだ。

それに、今の俺は「お試《ため》し」とはいえ水嶋《みずしま》と付き合っていることになっている。

あくまで「勝負」のためだし、俺の方はまったく本気じゃないんだけど……事実だけ見れば江奈《えな》ちゃんに隠《かく》れて不貞《ふてい》を働いているわけで、その罪悪感も少しある。

本音を言えば、今すぐこのまま回れ右して帰りたい。すごく帰りたい、けど。

（腹くくるしかないか……）

一度ゆっくり深呼吸をしてから、俺は意を決して図書室のドアを開けた。

文庫本を読みふけっていた江奈《えな》ちゃんが、俺の来訪に気付いて顔を上げる。

気のせいか、一瞬《いっしゅん》だけビクッと肩《かた》を跳《は》ねさせたように見えた。

「お、お疲《つか》れさま」

ぎこちないながらもどうにか俺が会釈《えしゃく》をすると、江奈《えな》ちゃんも何事か言葉を返そうとして。

「……お疲《つか》れ様《さま》です」

清楚《せいそ》な外見に違《たが》わぬ、水のように澄《す》んだ声。

耳にするだけで不思議と気分が落ち着くその声が、なんだか随分《ずいぶん》と久しぶりに感じる。

けれど、結局は事務的な挨拶《あいさつ》だけを口にして、江奈《えな》ちゃんは文庫本に目を戻《もど》してしまった。

うう……わかっていたけど、この塩対応はやっぱり凹《へこ》むよなぁ。

いや、俺と彼女はもう恋人《こいびと》でも何でもないんだから、当然といえば当然なんだけどもさ。

思わず泣きそうになるのをグッと堪《こら》えて、俺はいそいそと受付カウンターの中に入る。

「…………」

「…………」

そして訪《おとず》れる、沈黙《ちんもく》の時間。早くも心が折れそうだ。

これでひっきりなしに受付の業務でも舞《ま》い込んで来れば、少しは気も紛《まぎ》れるというものだが。

幸か不幸か、図書委員というのはそこまで忙《いそが》しい役職ではない。

つまりこれから三十分以上もの時間、俺は自分をフッた元カノとほぼ二人っきりの状態で、ただただ会話もなく座《すわ》っていなければならないのである。

え、ナニコレ？　新手の拷問《ごうもん》？

（だ、ダメだ！　気まずいってレベルじゃねぇよ！　な、何か、何か喋《しゃべ》らないと……！）

いよいよ沈黙《ちんもく》に耐《た》えかねた俺は、せめて当たり障《さわ》りのない世間話でもしようとして。

「そ、そういえば、江奈《えな》ち……里森《さともり》さんは、もうおひゅるぎょはんたぺたっ？」

噛《か》んだ。それはもう盛大《せいだい》に噛《か》んだ。

なんだよ「おひゅるぎょはん」って！　ぬらりひょんの親戚《しんせき》か何かか⁉

「……？」

あ～ほらもう、江奈《えな》ちゃんも「お前は何を言ってるんだ？」って顔してるじゃん！

そりゃあそんな顔にもなるよね！　だってなにしろ「おひゅるぎょはん」だもんね！

「ごめん、何でもないデス……」

「……そう、ですか」

怪訝《けげん》な表情を浮《う》かべていた江奈《えな》ちゃんは、それでもまたすぐに手元の本へと目を戻《もど》した。

（はぁ～あ……ちょっと前までは普通《ふつう》に喋《しゃべ》ってたはずなのになぁ）

いよいよ手持ち無沙汰《ぶさた》になった俺は、おもむろにズボンのポケットに手を突《つ》っ込む。

取り出したのは、スミレ色を基調としたシンプルなデザインのブレスレット。

いつか「三か月記念日」のプレゼントとして、江奈《えな》ちゃんから贈《おく》られたものだ。

（こんな物だけあったって、しょうがないのにさ……はは、泣けるぜ）

江奈《えな》ちゃんには見えないように小さく自嘲《じちょう》した俺は、けれどそこでふと気付く。

そういえば、さっきから江奈《えな》ちゃんが本のページを捲《めく》る音が聞こえてこないような……。

不思議に思った俺が、再び顔を上げてみると。

「ん……？」

そこには、相変わらず文庫本を読み耽《ふけ》る江奈《えな》ちゃんの姿があった。

変だな。なんだか視線を感じた気がしたけど……気のせいか？

不思議に思いつつも、俺は再びブレスレットに目を落とす。

そして、タイミングを見計らってもう一度顔を上げてみた。

（んん？）

江奈《えな》ちゃんはやっぱり本を読んでいたけど、今度はその髪《かみ》の毛が一瞬《いっしゅん》だけふわりと揺《ゆ》れたのがはっきり見えた。

やっぱり気のせいじゃない。江奈《えな》ちゃん、さっきから俺のことをチラチラ見てきてる？

俺は少し考えてから、今度は江奈《えな》ちゃんの方に顔を向けたまま、

「…………気のせいか」

あえて彼女に聞こえるくらいの小声でそう呟《つぶや》いてみた。

すると。

「あっ」

今度こそ、くるりと俺に顔を向けた江奈《えな》ちゃんとバッチリ目が合った。

慌《あわ》てて文庫本で顔を隠《かく》そうとする江奈《えな》ちゃん。

けれど、さすがに無理があると思ったんだろう。殻《から》の中からおそるおそる這《は》い出るヤドカリみたいに、やがて江奈《えな》ちゃんは観念したように文庫本の向こうから顔を出した。

「え、えっと……俺の顔に、何かついてる？」

俺がそう切り出すと、江奈《えな》ちゃんはしばし逡巡《しゅんじゅん》する素振《そぶ》りを見せてから。

「…………っていたんですね」

「え？」

「その、ブレスレット……まだ、持っていたんですね」

「あ……いや、えっと、これはそのぉ……」

まさか向こうから話を振《ふ》ってくるとは思わなかったので、俺はわかりやすく狼狽《ろうばい》する。

「ご、ごめん」

「……？　どうして、謝《あやま》るんですか？」

「いや、まぁ……ウザいかなって。元カレが、未練たらしくこういうの持ってるのは」

江奈《えな》ちゃんは何も言わない。沈黙《ちんもく》は肯定《こうてい》、ということだろうか。

「……どうしても捨てられなくてさ」

曲がりなりにももう一度江奈《えな》ちゃんと会話できたことが嬉《うれ》しくて、気付けば俺の口からは言葉が溢《あふ》れ出ていた。

「俺、本当に江奈《えな》ちゃんのことが好きだったんだよ。いや、今でもその気持ちは変わらない」

今さら何を言っても後の祭りだ。

そんなことは痛いほどよくわかっている。

それでも、俺にとって江奈《えな》ちゃんと過ごす時間がどれだけ幸せだったかは、せめて言葉にして伝えておきたいと思った。

「江奈《えな》ちゃんとの四か月は、ほんとに夢みたいだった。冗談抜《じょうだんぬ》きで世界が輝《かがや》いて見えた。どんな悩《なや》みだって、江奈《えな》ちゃんがそばにいてくれるだけで吹《ふ》っ飛んだよ。幸せだった。このブレスレットは、そんな幸せな思い出の象徴《しょうちょう》みたいに思えて……だから、捨てられないんだ」

堰《せき》を切ったように思いの丈《たけ》を吐露《とろ》してしまってから、そこで俺は我に返る。

「って、何言ってんだろうね俺は！　今さらそんなこと言われても、って感じだよね。ごめん、江奈《えな》ちゃん。今のは聞かなかったことに……」

ペチンッ！

俺の言葉の終わらないうちに、静かな図書室に小気味いい音が響《ひび》き渡《わた》る。

びっくりして顔を上げると、なぜか江奈《えな》ちゃんが自分の両頬《りょうほお》に両手をあてがっていた。さっきの音は、どうやら江奈《えな》ちゃんが自分で自分の頰《ほ》っぺたを叩《たた》く音だったようだ。

な、なんだ？　急にどうしたんだ？

「江奈《えな》、ちゃん？」

「……蚊《か》が止まっていたので」

「蚊《か》？　いやでも、まだ蚊《か》が出てくるような季節じゃあ……」

「いえ、いたんです。私の頬《ほ》っぺたに止まっていました」

澄《す》ました顔でそう言うと、江奈《えな》ちゃんは何事もなかったかのように居住まいを正す。

なんだか有無《うむ》を言わさない圧のようなものを感じて、俺もそれ以上は何も言えずに彼女の横顔を眺《なが》めるしかない。

ただ、思いのほか叩《たた》く力を入れ過ぎたのか、江奈《えな》ちゃんの頬《ほお》はうっすら赤くなっていた。あれはちょっと痛そうだ。

けれど、よく見ると耳まで赤くなっているのはなぜなんだろうか？

「そ……佐久原《さくはら》、くんっ」

俺が目を瞬《しばたた》かせていると、江奈《えな》ちゃんはやがて、何事か決心したような顔でこっちを向いた。

小さな両手を胸元《むなもと》でギュッと握《にぎ》りしめ、わずかに眉根《まゆね》を寄せている。

形の良い《い》唇《くちびる》もギュッと引き結ばれ、なんだか少し切なそうな表情。

「えっ、と……どうしたの？」

俺が問いかけると、江奈《えな》ちゃんはとうとう思い切ったように口を開いて。

「佐久原《さくはら》くん、私――」

しかし、俺は江奈《えな》ちゃんのその言葉を最後まで聞くことはできなかった。

江奈《えな》ちゃんの声を遮《さえぎ》るようにして、図書室のスライドドアが勢いよく開く音がしたからだ。

「やぁ、ここにいたんだね」

聞きなれたそのハスキーボイスに、俺はハッとして振《ふ》り返る。

案の定、入り口に立っていたのは水嶋《みずしま》だった。

(み、水嶋《みずしま》⁉)

まさかの来訪者に、俺は思わず目を見開く。

一か月で俺を攻略《こうりゃく》するために、一日でも無駄《むだ》にしたくない——水嶋《みずしま》はそう口にしていた。

しかし、さすがの水嶋《みずしま》も学校内でまで俺にベッタリするつもりはないらしい。

「お試《ため》し」とはいえ俺と恋人《こいびと》同士であることを、万が一にも江奈《えな》ちゃんや学校の連中に知られるのはあいつとしても避《さ》けたいのだろう。今日の水嶋《みずしま》は昨日一昨日《おととい》とは打って変わって、俺との接触《せっしょく》は極力避《さ》けるように動いていた。

だから俺も、学校内ではあいつと顔を合わせずに済むと、すっかり安心していたのだが。

(よりによって、まさか江奈《えな》ちゃんと二人きりでいる所に鉢合《はちあ》わせるなんて!)

俺と水嶋《みずしま》の関係が、もし江奈《えな》ちゃんにバレてしまったら大変だ。

内情はどうあれ、自分の選んだ新しい恋人《こいびと》が捨てたはずの元カレと裏でデキていたなんて知ったら、江奈《えな》ちゃんがどれだけ悲しむことか。

それはマズい。絶対にダメだ。

江奈《えな》ちゃんを悲しませることだけは、あってはならない。

（頼《たの》むから余計なことだけは言うなよ……！）

しかし、俺のそんな心配は、どうやら杞憂《きゆう》だったらしい。

図書室に入って来た水嶋《みずしま》は俺に一瞥《いちべつ》をくれることもなく、江奈《えな》ちゃんの元へと向かった。

「静乃《しずの》……」

「いや、すっかり忘れてたよ。そういえば江奈《えな》ちゃん、うちのクラスの図書委員だったね。一緒《いっしょ》にお昼しようと思ってたのに姿が見えないから、捜《さが》しちゃった」

「ご、ごめんなさい。今日が担当日だって、言い忘れていました」

「ううん、気にしないで。私もちゃんと聞いておけば良かったんだしさ」

江奈《えな》ちゃんが律儀《りちぎ》に下げた頭を、水嶋《みずしま》が優《やさ》しく撫《な》でまわす。

払《はら》いのけたりこそしないものの、江奈《えな》ちゃんはどこかバツが悪そうに身じろいでいた。

「あ、あの、そんなに撫《な》でられると……」

「あはは。ごめん、ごめん。江奈《えな》ちゃん、小動物みたいで可愛《かわい》いから、つい」

俺のことなんかまるで眼中にないという態度で、水嶋《みずしま》は江奈《えな》ちゃんとイチャついている。

万が一にも俺たちの「勝負」のことを江奈《えな》ちゃんに悟《さと》られるわけにはいかないし、その意味では俺をガン無視する水嶋《みずしま》の対応は正しいだろう。

とはいえ、ヤツが江奈《えな》ちゃんと仲睦《なかむつ》まじそうにしているところを黙《だま》って見ているしかないのはまぁ、精神衛生上あまりよろしくはないのだが。

ぶっちゃけ「おい水嶋《みずしま》、そこ代われ」という気持ちでいっぱいである。

「それよりほら。早くお昼ご飯食べに行こうよ、江奈《えな》ちゃん」

ひとしきり江奈《えな》ちゃんと戯《たわむ》れた水嶋《みずしま》は、次には彼女の手を取って図書室を後にしようとする。

「え？　で、でも、まだ図書委員の仕事がありますし……」

当然、委員会の早抜《はやぬ》けなんてことを優等生の江奈《えな》ちゃんがよしとするはずもなかったのだが。

「ちょっとくらい抜《ぬ》けても大丈夫《だいじょうぶ》だって。誰《だれ》も江奈《えな》ちゃんがサボったなんて思わないよ。それに、きっと後の仕事はもう一人の委員がやってくれるよ。……ねぇ、そうでしょ？」

そこでようやく、水嶋《みずしま》が俺の方へと視線を向けた。

立《た》ち尽《つ》くして成り行きを見守るばかりだった俺に、水嶋《みずしま》が挑発《ちょうはつ》的な笑《え》みを浮《う》かべてみせる。

「同じ委員会ってことなら、多少は仕方ないかもしれないけどさ。もうあんまり江奈《えな》ちゃんには近づかないでくれるかな？　元彼氏《かれし》くん？」

元、という部分をことさら強調してそういい残すと、水嶋《みずしま》は今度こそ江奈《えな》ちゃんを連れて図書室から去って行ってしまった。

な～るほど……分かりやすく嫌味《いやみ》な「今カレ」だ。

これなら江奈《えな》ちゃんも、俺と水嶋《みずしま》の裏の繋《つな》がりに気付くことはないだろう。

「……演技力まで高いとは、あいつはつくづく才能の塊《かたまり》だな」

一人ぽつんと取り残された俺は、一気に肩《かた》の荷《に》が下りた気分だった。

一時はどうなるかと思ったが、なんとか修羅場《しゅらば》は回避《かいひ》できたな。良かった、良かった。

ぐぎゅるるる。

安心したら急に腹が減ってきてしまった。

予《あらかじ》め購買《こうばい》で買っておいたパンを食べようと、俺は鞄《かばん》に手を伸《の》ばそうとして。

「……んあ？」

しかし、なぜか図書室のドアまで引き返してきた水嶋《みずしま》と、ガラス窓越《まどごし》しに目があった。

言い忘れていたことでもあったのか、と俺が小首を傾《かし》げるのも束《つか》の間。

なにやら不満げに頬《ほお》を膨《ふく》らませてこっちを睨《にら》んでいた水嶋《みずしま》は、やがて「ぷいっ」とそっぽを向くと、そのまま立ち去って行ってしまった。

……何だって言うんだ、一体？

第五章　イケメン美少女は負けず嫌《ぎら》い

昼休みが終わり、気だるい月曜日の授業も乗り切った放課後。

「大人しく道を空けろ。俺は帰って観《み》たい映画があるんだ」

「ふふ……『嫌《いや》だ』と言ったら？」

俺が下校する時にいつも近道として使う路地で、なんと水嶋《みずしま》が待ち伏《ぶ》せしていたのだ。

路地は二人分くらいの幅《はば》はあるものの、あんな風に足を開いて仁王立《におうだ》ちされてしまえば横をすり抜《ぬ》けることもできない。

一体どうやってこの近道の存在を知ったのか。地元住民を除けば俺ぐらいしか使わないはずの隠《かく》しルートだったのに。

俺の家を突《つ》き止めた事といい、まったく探偵《たんてい》にでもなった方がいいほどの情報収集能力だ。

「あのなぁ。何の用かは知らないけど、お前に構ってるヒマはないんだよ」

俺があからさまにうんざりした態度で言っても、水嶋《みずしま》はケロッとした顔で答えるばかりだ。

「ひどいなぁ。颯太《そうた》と放課後デートしたくて、こうして待ってたんだよ？」

「はぁ？　何言ってるんだ。デートするのは休日だけだろ？」

「颯太《そうた》こそ何を言ってるの？　私、『休日しかデートしない』なんて一言も言ってないよ」

そう言ってやれやれ顔で肩《かた》を竦《すく》めてみせる水嶋《みずしま》。

なんだよ、その人を小馬鹿にしたような態度は。ほんと腹立つ女。

「だから、もしこのまま帰っちゃったら『勝負』から逃《に》げた、ってことになるけど？」

「だから、いきなり仕掛《しか》けてくるのはズルいって言っただろ？」

「だから、私も言ったじゃん？『多少のズルくらいはするよ』って」

俺の「だから」に「だから」を被《かぶ》せて、水嶋《みずしま》が不敵な笑《え》みを浮《う》かべる。

ここまで開き直られたら、さすがにもう俺には反論のしようがない。

それに。

「だって私、本気だもん」

そう、この目だ。

飄々《ひょうひょう》とした態度でいて、けれどどこか確固たる信念さえ感じさせる真剣《しんけん》な眼差《まなざ》し。

こいつにだけは、水嶋《みずしま》のことを軽々に無視することが憚《はばか》られるような「凄《すご》み」があるのだ。

「ちっ……マジでズルい女だよ、お前は」

「うん。私、ズルい女の子なんだ」

「いいぜ。正々堂々受けてやるよ、その『勝負』。俺はお前と違《ちが》ってズルい男じゃないからな」

とまぁ、不本意ながら話もまとまったところで、俺たちは路地を抜《ぬ》けて駅へと向かう。

他の帆《ほ》港生《みなとせい》たちに出くわさないよう隠《かく》れるようにして電車に乗り、やって来たのは市内にある観光地の一つ、横浜中華街《よこはまちゅうかがい》だった。

神社の鳥居に似た形をした大きな門をくぐり、水嶋《みずしま》が高々と両手を上げる。

「いえ〜い、中華街《ちゅうかがい》〜」

「中華街《ちゅうかがい》か。なんか随分《ずいぶん》久しぶりに来た気がするな」

「え、そうなの？　それはもったいない」

はしゃぐ水嶋《みずしま》を横目に、俺は門から伸《の》びる大通りに目を向けた。

横浜《よこはま》にある中華街《ちゅうかがい》は、日本最大にして東アジア最大とも言われているらしい。当然市内でも指折りの観光名所になっていて、そのお陰《かげ》か平日にもかかわらず中々の賑《にぎ》わいぶりだった。

ただ、昔から近所に住んでいる身からすれば、いつでも来られると思うと逆になかなか足を運ばなかったりする。来るとしても、たまに樋口《ひぐち》と一緒《いっしょ》に行きつけの中華屋《ちゅうかや》に行く時くらいだ。

「颯太《そうた》、お腹空《なかす》いてる？」

「空《す》いてないこともない」

「オッケー。じゃあ、とりあえず何か食べようか」

水嶋《みずしま》の提案で、まずは通り沿いに軒《のき》を連ねている露店《ろてん》を見て回ることになった。

観光客はもちろん、俺たちのような学生なんかも多く行き交《か》っている大通りでは、あちこちで飲茶《ヤムチャ》などを蒸《む》す煙《けむり》が立ち上っている。

「ニクマン、ショウロンポウ、全部美味《おい》シイヨ！」

「イラッシャイ！　甘栗《あまぐり》ドウ？　甘栗《あまぐり》、甘栗《あまぐり》！」

露店《ろてん》の前を通るたびに、カタコトの売り子が熱烈歓迎《ねつれつかんげい》してくる。

商魂《しょうこん》たくましい彼らの勧誘《かんゆう》をいなしつつ、まず水嶋《みずしま》が目をつけたのは。

「見て見て颯太《そうた》、でっかい唐揚《からあ》げ」

「うぉ、でっか！」

いつの間に買ってきたのか、水嶋《みずしま》は自分の顔がすっぽり隠《かく》れてしまうくらいの大きさの揚《あ》げ物を手に持っていた。

本体をまったく包み切れていない包み紙には、「大鶏排《ダージーパイ》」と書かれている。

こいつ、いきなりすごい所を攻《せ》めていったな。

「インスタで見かけて気になってたんだよね。ホントにこんな大きいんだ」

「お前、これ食べきれるのか？」

「いやいや、さすがに私一人じゃ無理だよ。颯太《そうた》も手伝ってね」

「さいですか……それにしたってかなりの量あるぞ？」

水嶋《みずしま》が買ってきたブツは、仮に二人で半分ずつ食べてもそれだけで腹いっぱいになりそうだ。

食べ歩きをしたいんだったら、せめてもっと小さいサイズを買えばいいのに。

それに、当然だがかなり脂《あぶら》っこくてカロリーも高そうだ。

俺はまったく気にならないが、仮にも現役《げんえき》モデルがこんなものを食べていいんだろうか。

「太るぞ」

「あ、ダメだよ。グルメを前にした女の子にそういうこと言うの、違法《いほう》だから」

「何の法に触《ふ》れるんだよ……」

「大丈夫《だいじょうぶ》だって。食べた分動けば問題なし」

言うが早いか、水嶋《みずしま》がさっそく大鶏排《ダージーパイ》の一かけらを千切って口に入れる。

揚《あ》げたてで熱かったのか、何度かハフハフと口から熱を逃《に》がしつつ。

「……うん、美味《おい》しい」

やがて満足げにそう頷《うなず》いて微笑《ほほえ》んだ。

食べているのは露店《ろてん》のB級グルメなのに、こいつにかかれば何だかオシャレな新作スイーツのCMみたいな絵面《えづら》になっていた。

水嶋《みずしま》の笑顔《えがお》に釣《つ》られてか、そばにいた観光客たちもこぞって大鶏排《ダージーパイ》の店に足を向け始める。

ヘタな広告ポスターを貼《は》るより、よほど集客効果がありそうだ。

さすがは人気モデルの「Ｓｉｚｕ」といったところか。

「ねね、颯太《そうた》。他の店も見て回ろうよ」

「わかったから引っ張るなって」

それからしばらく巨大唐揚《きょだいからあ》げと格闘《かくとう》した俺たちは——といっても、結局八割くらい俺が食うことになったのだが——再び中華街《ちゅうかがい》グルメを求めて歩き出した。

肉まんにスープ餃子《ぎょうざ》に揚《あ》げワンタンなど、通りにはやはり定番メニューの店が多い。

一方、さっきの大鶏排《ダージーパイ》や雪花冰《シェーファービン》といった、いわゆる「台湾《たいわん》グルメ」をウリにしている店が以前より台頭している気がした。

中華街《ちゅうかがい》なのに台湾《たいわん》グルメか、と思わないでもないが、どうやらこれが最近の流行《はや》りらしい。

「アレ？　お兄さん、見た事ある顔だヨ！」

そんな中、とある露店《ろてん》の前を通りかかったところで、俺は不意にそう声をかけられた。

振《ふ》り返ってみれば、そこには可愛《かわい》らしいチャイナドレスに身を包んだお団子ヘアの少女がいた。歳《とし》は妹の涼香《すずか》と同じくらいか。ちらりとのぞく八重歯《やえば》が印象的な、愛嬌《あいきょう》のある女の子だ。

「やぱり！　どうしたノ～、最近見なかたから心配していたのことですネ～！」

中華街《ちゅうかがい》の住人にしては流暢《りゅうちょう》な日本語を操《あやつ》るその少女は、人懐《ひとなつ》っこい笑《え》みを浮《う》かべて俺の手を握《にぎ》ると、そのままブンブンと上下に振《ふ》った。

瞬間《しゅんかん》、隣《となり》にいた水嶋《みずしま》の口から信じられないくらい低い「は？」という声が聞こえた気がしたが、正直それを気にする余裕《よゆう》は俺にはない。

「ちょ、ちょっと、ストップ、ストップ！　どちら様ですか⁉」

「も～、知てるでしょ？　よくウチに来て料理食べてくれてるヨ！」

「『よく』、『ウチに来て』、『料理』？　……ねぇ颯太《そうた》。誰《だれ》なの、この子？」

「ひぇ!?　い、いや、だから俺にも誰《だれ》なんだか……」

いつの間にか俺の右腕《みぎうで》を締《し》め付ける勢いで抱《だ》き着いてきていた水嶋《みずしま》が、白々しいほどにこやかな笑《え》みを浮《う》かべながら、けれど氷柱《つらら》のように冷たい声色《こわいろ》で聞いてくる。

こっわ。夢に出てきそうだから止《や》めてくれない、その顔？

なぜか怒《いか》り心頭といった様子の水嶋《みずしま》にビビりつつ、俺は改めてチャイナ少女の顔を見やる。さっきは急なことで動揺《どうよう》していたからわからなかったけど、そういえば、たしかにどこかで見かけたような気がする。

ウチに来て料理を食べた、という言葉から考えると……あ。

「もしかして、『山員閣《サンインカク》』の？」

「そうヨ〜！　久しぶり〜！」

ぐっ、ぱっ、と拳《こぶし》を握《にぎ》ったり開いたりして微笑《ほほえ》むチャイナ少女。

そうだ。思い出した。この子、俺と樋口《ひぐち》が行きつけにしている中華屋《ちゅうかや》の看板娘《かんばんむすめ》だ。まだ中学生ながら親の手伝いで働いていると、前に聞いたことがある。

そういえばここ数か月くらい行ってなかったから、すっかり忘れかけていた。

なにしろ放課後はほとんど江奈《えな》ちゃんと一緒《いっしょ》にいたからね、ハハハ……ハハ……泣けるぜ。

「よく覚えてたね？　俺のこと」

「もちろん！　常連さんの顔は皆《みんな》覚えているのことですネ！　特にお兄さんは目が藏沙狐《ツアンシャーフー》

みたいでカワイイから、よく覚えてるヨ！」

「へ、へぇ？」

「藏沙狐《ツアンシャーフー》」が何かはわからないが、こんな地味男をつかまえて「カワイイ」とは奇特《きとく》な。

あれ？　でも今日はなんでこんな所で露店《ろてん》の売り子なんかしてるんだ？

「この露店《ろてん》もウチの店が出してるやつヨ！　ほら、最近『台湾《たいわん》グルメ』が流行てるでショ？

だから山貝閣《サンインカク》でも胡椒餅《フージヤオビン》の露店《ろてん》出すことにしたノ！　今日は私が売り子ヨ！」

「ああ、なるほど。じゃあもしかして、その格好も？」

「そう！　売り子は愛嬌《あいきよう》が命のことですネ！　だからマーマがお下がりくれたヨ！　えへへ、どう？　似合《にあ》てるでショ？」

そう言って、チャイナ少女はくるりとその場で一回転してみせた。

「そ〜う〜た〜？」

チャイナ少女との世間話が弾《はず》んでしまったところで、グイグイと右腕《みぎうで》を引っ張られる。

振《ふ》り返ると、蚊帳《かや》の外に追いやられていよいよご立腹な水嶋《みずしま》が盛大《せいだい》にぶすくれていた。

やばい、すっかりこいつのことを放置してしまった。

面倒《めんどう》くさいが、さすがにこのまま放っておくのもまずいか。

「あ〜っと、じゃあ俺たちそろそろ行くよ。またお店にも寄らせてもらうから」

「ハ〜イ！　そこのお姉さんも、待ってるからネ！　サービスするヨ！」

チャイナ少女のそんな言葉にも反応せず、水嶋《みずしま》はさっさと露店《ろてん》を後にしてしまう。

俺も仕方なくその後を追いかけ、再び大通りの雑踏《ざっとう》の中へと足を踏《ふ》み入れた。

「なぁ水嶋《みずしま》」

「…………」

「なぁおいってば。何をそんなに拗《す》ねてるんだよ」

「え、何が？　別に私、拗《す》ねてないけど？」

水嶋《みずしま》はこちらを振《ふ》り返りもせずそうのたまった。しかも食い気味に。

やっぱ拗《す》ねてるじゃん。

「ただ、颯太《そうた》はああいう女が趣味《しゅみ》なんだなぁ、って思っただけだし」

「いや『女』ってお前……ちょっと馴染《なじ》みの店の知り合いと世間話しただけじゃんか」

「ふんだ。もう颯太《そうた》なんて知らないもん。私の事なんか放っておいて、せいぜいチャイナっ娘《こ》たちと遊んでくればいいさ。どこへなり行っちゃえばいいさ」

「……じゃあこの手はなんだよ」

口ではつっけんどんな事を言っているが、さっきから水嶋《みずしま》は俺の右手をしっかり摑《つか》んでいた。

言葉とは裏腹に「絶対に逃《に》がさない」という強い意志を感じる。

本当に面倒《めんどう》くさいヤツだ……。

「ぶつぶつ……私だって同じ条件なら……あ、そうだ」

と、そこで不意に何事かを思いついたらしい水嶋《みずしま》が、摑《つか》んでいた俺の右手を解放する。

「颯太《そうた》、ちょっとここで待っててね？」

「は？　お、おい！　どこ行くつもりだ？」

俺が呼び止める声にもお構いなしに、水嶋《みずしま》はさっさと人混みの中に消えてしまった。

大通りの端《はし》っこで一人取り残され、俺は茫然《ぼうぜん》と立ち尽《つ》くすしかない。

なんてマイペースな奴《やつ》なんだ。せめて行き先くらい言ってけっての。

「ちっ……もうこのまま帰ってしまおうか」

そうして、近くの露店《ろてん》で買ったマンゴージュースを飲みつつ待つこと二十分ほど。

そろそろ痺《しび》れを切らした俺がぼやいたところで、不意に背後から肩《かた》を叩《たた》かれた。

「ニーハオ！　お兄さんカッコいいねぇ。ヒマなら私とイイコトしない？」

この声は……水嶋《みずしま》か。

ったく、ようやく戻《もど》って来やがったな。

「なぁにが『ニーハオ』だ。人のこと散々待たせといて……て？」

憎《にく》まれ口の一つも叩《たた》いてやろうと振《ふ》り返った俺は、けれどそのまま固まってしまった。

水嶋《みずしま》の格好が、さっきまでの制服姿とはすっかり様変わりしていたからだ。

「さっきまじまじと見てたもんね。颯太《そうた》、結構好きなんでしょ？　こういうの」

「お、お前、それ……チャイナドレス、か？」

そう。水嶋《みずしま》が身に纏《まと》っていたのは、花柄《はながら》の刺繍《ししゅう》があしらわれた紺色《こんいろ》のチャイナドレスだった。ほとんどノースリーブに近い袖《そで》から、水嶋《みずしま》の華奢《きやしゃ》な二の腕《うで》が伸《の》びている。スカート部分はくるぶしほどまでの長さがあるものの、大胆《だいたん》に入ったスリットからは、黒いオーバーニーソックスに包まれたスラリとした足が飛び出していた。

「ふふ、どうかな？　初めて着たけど、結構サマになってるでしょ？」

得意満面といった笑顔《えがお》で、水嶋《みずしま》は腰《こし》に手を当ててバッチリとポーズを決める。

たしかに、ボディラインがはっきりと見えるこの衣装《いしょう》では、水嶋《みずしま》のスタイルの良さが存分に発揮されていた。発揮されすぎていた。

上半身に目をやれば、彼女の形の良《い》い豊満なバストが胸元《むなもと》の生地《きじ》をぐぐっと押《お》し上げ、今にもはち切れんばかりだ。正直、非常に目の毒である。

かといって下半身に目をやれば、深いスリットのせいで太ももどころか若干腰《じゃっかんこし》の辺りまでチラ見えしてしまっていて、これもまた非常に直視し辛《づら》い。

要するに、良くも悪くも水嶋《みずしま》とチャイナドレスとの相性《あいしょう》は抜群《ばつぐん》だった。

う～む、大鶏排《ダージーパイ》よりでっかいパイ……って、いかんいかん！　何考えてるんだ、俺は。

「ど、どうしたんだよ、そのドレス。まさか買ってきたのか？」

内心の邪念《じゃねん》を悟《さと》られないように、俺はあくまで平静を装《よそお》って尋《たず》ねる。

「ううん、レンタル。すぐそこで貸し出ししてるお店があったからさ。まぁ、颯太《そうた》を待たせてたからあんまりゆっくりサイズ測定できなくて、ちょっと胸の所とかパッツパッツだけどね」

照れ臭《くさ》そうにはにかんだ水嶋《みずしま》は、「まぁいいや」と肩《かた》を竦《すく》めた。

「それより、こうしてらしい服装にもなったことだしさ。再開しよっか、中華街《ちゆうかがい》デート」

「お、おう」

あまりの破壊力《はかいりよく》に圧倒《あつとう》されていた俺を見て、すっかり気を良くしたらしい。

水嶋《みずしま》は俺の手を引きながら今にもスキップしそうな軽《かろ》やかな足取りで歩き出す。

俺もされるがままにぼんやりとその後をついていき。

「おい見ろよ。あのチャイナドレスの娘《こ》」

「なんだあれ、めっちゃ可愛《かわい》い……っつーか、ぶっちゃけエロい！」

「スタイルやば〜。マジ自信なくしちゃうんですけど」

しかし、チャイナドレスを着たことでにわかに周囲の視線が水嶋《みずしま》に集まっていることに気付き、俺はようやく我に返った。

そりゃそうだ。考えてみれば、まだ高校生とはいえこいつは現役《げんえき》の雑誌モデル。服の着こなしとスタイルの良さで飯を食っているタイプの人種なんだ。

普通《ふつう》の学生服ならともかく、こんな風にばっちり衣装《いしよう》に身を包めば、注目を集めるのは当たり前の話である。

「お、おい水嶋《みずしま》。まずいって」

時計を見れば、時刻はボチボチ午後六時に差し掛《か》かろうとしている。

放課後に中華街《ちゅうかがい》へ繰《く》り出そうという中高生も、いよいよ増えてくる時間帯だ。中には帆港《ほみなと》生《せい》がいるかもしれないし、でなくとも水嶋《みずしま》の顔を知るファン連中と出くわす可能性だってある。

俺とこいつが一緒《いっしょ》にいる場面をそいつらに見られたらコトだ。

「いったん人気《ひとけ》の少ない路地裏に移動しよう」

俺はひとまず人混みから抜《ぬ》けることを提案する。

途端《とたん》に、水嶋《みずしま》がわざとらしく気恥《きは》ずかしそうに目を伏《ふ》せた。

「も、もう、颯太《そうた》ってば……路地裏なんかに連れ込んで、私をどうするつもりなのかな？」

「アホ言ってる場合か！　さすがに目立ち過ぎだから少し人目を忍《しの》ぶぞ、ってことだよ！」

ちくしょう、やっぱさっき置いていかれた時にとっとと帰ってりゃ良かった。

よっぽど水嶋《みずしま》のにやけた頬《ほお》でもつねってやりたかったが、俺は構えた矛《ほこ》をどうにか収めて。

「とにかく、大通りは人が多すぎる。そこの横道から出て路地に行くぞ」

「了《りょう》～解《かい》」

そうしてどうにか人の波をかき分けて大通りを脱出《だっしゅつ》した俺たちは、やがて中華街《ちゅうかがい》の端《はし》っこ、観光客の数もそれほど多くない小さな路地へとやってきた。

「ふぅ。ここなら多少は落ち着けるだろ」

「颯太《そうた》、なんか疲《つか》れてる？」

「ああそうだな。主に誰《だれ》かさんがいまいち危機感に乏《とぼ》しいせいでな」

なんて悪態を吐《つ》きつつ、俺は疲労《ひろう》から思わず近くの道端《みちばた》の丸椅子《まるいす》に腰《こし》かけてしまった。

「お兄さん！　その椅子《いす》、うちの店のもの！　勝手に座《すわ》るのダメ！」

「わっ！　す、すみません！」

途端《とたん》にカタコトの注意が飛んできて、俺は慌《あわ》てて席を立って振《ふ》り返る。

どうやら俺が座《すわ》ってしまったのは、近くにあった占《うらな》いの館の備品だったらしい。

ゴテゴテした貴金属を身に着けた店主らしきおばさんに睨《にら》まれてしまった。

「すみません。俺、知らなくて……」

「……無問題《モーマンタイ》。それヨリ、ここで会たのも何かの縁《えん》。お兄さん、占《うらな》うヨロシ」

有無《うむ》を言わさないといった態度で、おばさんが俺を手招きしてくる。

どうしよう。正直占《うらな》いとかあまり興味ないけど、迷惑《めいわく》をかけた手前断りにくいし……。

「へぇ、占《うらな》いか～。面白《おもしろ》そうじゃない」

俺が答えに窮《きゅう》している横で、水嶋《みずしま》は興味津々《きょうみしんしん》といった様子だ。

「せっかくだから占《うらな》ってもらおうよ。ほら、颯太《そうた》も」

「え？　お、おい、水嶋《みずしま》……」

おばさんに声を掛《か》けられるのも待たず、さっさと丸椅子《まるいす》に座《すわ》ってしまう水嶋《みずしま》。

本当にこいつは、なんでこうゴーイングマイウェイなんだ。

思わずこめかみを押《お》さえつつ、けれど結局は俺も断り切れずに隣《となり》に腰《こし》かけた。

「手相にタロットに算命学……へぇ、ホロスコープなんてのもあるのかぁ」

テーブルの上に置かれたメニュー表めいた物を、水嶋《みずしま》はざっと眺《なが》めている。

たしかに色々やっているみたいだが、どれもかなりの値段がする。

どの占《うらな》いも基本は三千円で、一番安い手相占《うらな》いでも千円は取られるらしい。

「おい、やっぱりやめとこうぜ？　この金で土産《みやげ》でも買って帰った方がまだマシだって」

占《うらな》い師のおばさんに悟《さと》られないように、俺は水嶋《みずしま》に耳打ちする。

馬鹿にするつもりは毛頭ないが、それでも占《うらな》いのためにこの出費は痛すぎる。

だが、水嶋《みずしま》はちっともそう思ってはいないようだった。

「本格的にやってくれるみたいだし、このくらいは普通《ふつう》じゃない？」

「いや、でも俺、今日はもう手持ちが……」

「ならとりあえず、ここは私が出すよ」

水嶋《みずしま》はおもむろに鞄《かばん》から財布《さいふ》を取り出すと。

「じゃあ、『相性占《あいしょううらな》い』をお願いします。私と、隣《となり》にいる彼の」

まるでコンビニで肉まんでも買うかのような気軽さで、ポンと三千円を支払《しはら》った。

おお、さすが人気モデル。やっぱりそれなりに稼《かせ》いでいるらしい。

「『相性占《あいしょううらな》い』ね。じゃあ二人、この紙に名前、生年月日、書く」

三枚の紙幣《しへい》を受け取ったおばさんが、俺たちに小さな用紙を配る。

言われた通りに名前と生年月日を記入すると、おばさんはそれらと手元にある漢字だらけの図表とを見比べた。

そうしてしばらくの間、無言で紙とにらめっこしていたおばさんは。

「エー、『水嶋静乃《みずしましずの》』さんネ。知りたいの、『佐久原颯太《さくはらそうた》』さんとの相性《あいしょう》でいいノ？」

「はい。どうですか？　やっぱり相性抜群《あいしょうばつぐん》でしたか？」

「そうネ。相性《あいしょう》いいヨ」

おばさんの言葉に、鬼《おに》の首でも取ったかのようなドヤ顔を俺に向ける水嶋《みずしま》。

おいおい嘘《うそ》だろ？　俺と？　こいつが？

冗談《じょうだん》きついぜ。だって、俺たちはついこの間知り合ったばかりな上に、その知り合い方も最悪だったんだぞ？　なにしろ恋人《こいびと》を奪《うば》い、奪《うば》われた仲だ。

まかり間違《まちが》っても「相性《あいしょう》が良《い》い」なんてこと、あるはずがない。

この占《うらな》い師、やっぱりインチキだったのか？

「良かったね、颯太《そうた》。私たち、お似合いのカップルだってさ」

「うぇえ、勘弁《かんべん》してくれ」

「ん？　いやいや、違《ちが》う」

しかし、そこで占《うらな》い師のおばさんから「待った」の声がかかる。

「相性《あいしょう》いいの、『友人・家族』の場合ネ。『恋人《こいびと》』の場合は相性《あいしょう》最悪」

「…………へ？」

ピシッ、という音が聞こえそうなくらい、水嶋《みずしま》の表情が一転して強張《こわば》る。

「私と、颯太《そうた》の……『恋人《こいびと》としての相性《あいしょう》』が、なんですか？」

「最悪」

「な、何かの間違《まちが》い、とかじゃなくて？」

「ワタシ占《うらな》いで嘘《うそ》つかない。最悪と言たら、最悪。今すぐ別れた方が良《い》いネ」

情け容赦《ようしゃ》なく現実を突《つ》きつける占《うらな》い師のおばさん。

客を喜ばせるための気休めなぞ言わん、という占《うらな》い師としての矜持《きょうじ》が、そこにはあった。

ごめん、おばさん。「インチキ」なんて思っちゃって……あなたは正真正銘《しょうしんしょうめい》の「プロ」だ。

「それで『佐久原颯太《さくはらそうた》』さんネ。あなた、彼女じゃなくて、もと相性《あいしょう》いい子いるヨ」

「俺と相性《あいしょう》がいい子？」

そう言われると、ちょっと気になる。

俺は一体どういう子との相性《あいしょう》がいいのだろうか？

「うん、あれネ、もと大人しい子ネ。育ち良《い》いお嬢《じょう》さんとか。あとあれヨ、犬飼てる家の子と付き合うと運気上がるヨ」

「えっ」

大人しくて、育ちが良《い》いお嬢《じょう》さんで、犬を飼っている家の子？

(そ、それって、まんま江奈《えな》ちゃんの事じゃね⁉)

思いもよらぬ形で江奈《えな》ちゃんとの絆《きずな》めいたものを感じた気がして、ちょっと嬉《うれ》しい。

とはいえ、まぁ……その江奈《えな》ちゃんとは、ついこの間別れてしまったんですがね、はい。

「相性《あいしょう》……最悪……颯太《そうた》と相性《あいしょう》いいのは……江奈《えな》ちゃんタイプ……」

ふと隣《となり》を見れば、いつの間にか目のハイライトをオフにした水嶋《みずしま》が、うわ言のようにそう呟《つぶや》いていた。

「お、おい水嶋《みずしま》？　幽体離脱《ゆうたいりだつ》の抜《ぬ》け殻《がら》みたいになってるぞ？　戻《もど》ってこい、水嶋《みずしま》」

「……ふふ、ふふふ、ふふふふふ」

ショックのあまりか、とうとうどうかしてしまったらしい。

水嶋《みずしま》は俯《うつむ》いたまま乾《かわ》いた笑い声を漏《も》らすと、ゆらりと丸椅子《まるいす》から立ち上がる。それから占《うらな》い師のおばさんに背を向け、そのまま路地の向こうへと歩き始めた。

「待て待て待て、どこ行く気だ？」

フラフラと足元が覚束《おぼつか》ないその姿は、服装も相まってなんだかキョンシーみたいだ。

さすがに放っておける状態でもなさそうだったので、俺も慌《あわ》てて後を追う。

そうして、今いた路地とは別の路地までやってきたキョンシー水嶋《みずしま》が向かったのは。

「……すみません。『相性占《あいしょううらな》い』、お願いします。私と、後ろにいる彼の」

「な、なにぃ⁉」

水嶋《みずしま》さん、まさかのセカンドオピニオン。なんと占《うらな》いの店をハシゴする気らしい。

たしかに中華街《ちゅうかがい》には占《うらな》いの店なんて数えきれないほどあるだろうけども。

どんだけ一軒目《けんめ》の結果を認めたくないんだよ……。

「アイアイ、『相性占《あいしょううらな》い』ネ。じゃあ、これに名前、生年月日、書いてネ」

水嶋《みずしま》が代金を払《はら》うと、やはり先ほどと同様の手順で占《うらな》いが進む。

そうして、二軒目《けんめ》の占《うらな》い師が出した答えは。

「あ〜、こりゃダメヨ。恋人《こいびと》としての相性《あいしょう》最悪ネ。この先絶対ウマくいかないヨ」

無慈悲《むじひ》に告げられる、二連続の「相性《あいしょう》最悪」宣告。

またもや水嶋《みずしま》のエメラルドのような瞳《ひとみ》から光が消える。

「お、おい、水嶋《みずしま》？　もう止《や》めとこうぜ？」

さすがに少し不憫《ふびん》に感じて、俺は傷の浅い内に撤退《てったい》することを進言する。

だが、水嶋《みずしま》は少しも諦《あきら》める様子はなかった。

「……次」

「水嶋《みずしま》ェ……」

その後、三軒目《げんめ》、四軒目《けんめ》と、やはり俺との相性《あいしょう》が最悪だという結果を突《つ》きつけられても、それでも水嶋《みずしま》は引き下がろうとしなかった。

彼女のそんな不屈《ふくつ》の精神に、俺もいつの間にか同情を超《こ》えて尊敬の念さえ抱《いだ》き……。

「お～い、水嶋《みずしま》さん？　これでもう七軒目《けんめ》ですよ？　いい加減帰りましょうってば」

なんてことは全然なく、占《うらな》いに散財する水嶋《みずしま》にただただ生温かい視線を注いでいた。

「ん～ん……もう一軒《けん》、もう一軒《けん》行くっ」

あまりにも最悪、最悪と言われ続けたのがよほど応えたらしい。

いつものクールで大人っぽいカリスマＪＫはどこへやら、今の彼女はおもちゃを買ってもらえずに駄々《だだ》をこねる子どものようだった。

まさかあの水嶋静乃《みずしましずの》に、こんな負けず嫌《ぎら》いで子供っぽい一面があったとはなぁ。

それに、言っちゃなんだが、たかだか露店《ろてん》の占《うらな》いで俺との相性《あいしょう》が最悪だと言われたくらいで、ここまでムキになるなんて……。

ふくれっ面《つら》をする水嶋《みずしま》の横顔を眺《なが》めながら、俺はふと、さっきのこいつの言葉を思い出す。

『だって私、本気だもん』

本気で俺のことが好きで、本気で俺と恋人《こいびと》同士になりたいから。

だから、たとえ露店《ろてん》の占《うらな》いであっても気にせずにはいられない。

俺がムキになる理由を聞いたら、こいつはまたさも当然みたいな顔をして、そんなことを言うんだろうか。

「まったく……どこまで本気でやってんのかねぇ」

ちょうど八軒目《けんめ》の占《うらな》い師にノックアウトされていた水嶋《みずしま》の後ろ姿に目をやりつつ、俺はぼんやりと呟《つぶや》いた。

そうして、いよいよハシゴした占《うらな》いの館も二桁《けた》の大台に乗ったところで。

「――すみません。よく聞こえなかったので、もう一度言ってもらえますか？」

「エット……お姉さんと、そこのカレの相性《あいしょう》はサイア……」

「も、う、い、ち、どっ。正しい占《うらな》いの結果を教えていただけますか？」

もはやなりふり構っていられないと思ったらしい。

水嶋《みずしま》はとうとう、占《うらな》い師に圧力をかけて望む結果を得ようというパワープレイに踏《ふ》み切った。

「い、イヤあの……だから、お二人ノ相性《あいしょう》はサイア……」

「占《うらな》い師さん、私ね？　こう見えてSNSではちょっと有名人だったりするんです」

「へ……？」

「私が『ここオススメ』ってシェアしたお店にフォロワーが詰《つ》めかける、なんてこともあるくらいには。だから……この占《うらな》いの結果によっては、ここのお店を紹介《しょうかい》してあげてもあうっ」

いよいよ占《うらな》い師さんに袖《そで》の下をちらつかせ始めたところで、俺は水嶋《みずしま》の頭に手刀をかます。

「それはもはやパワープレイじゃない。ただの買収だ、アホめ」

「ひどいよ颯太《そうた》……まぁ、さすがにSNS云々《うんぬん》は半分冗談《じょうだん》だけどさ」

「そこは全部冗談《じょうだん》であれよ」

肩《かた》を竦《すく》めた水嶋《みずしま》は、それでもなお、まだ新人らしい占《うらな》い師のお姉さんに詰《つ》め寄った。

「じゃあ最後にもう一度だけ聞きますね？　私と颯太《そうた》の相性《あいしょう》は、どうですか？」

しかし、もはやすっかり怯《おび》え切ってしまっていたお姉さんはしどろもどろになりながら。

「あ、相性《あいしょう》、ハ……サ、サイ、災難、多かれど……悪くなし、カモ……？」

結局は水嶋《みずしま》のプレッシャーに負けて、そんな玉虫色の答えを口にした。

「本当ですか⁉　やった！　ねぇ聞いた、颯太《そうた》？　やっぱり私たち、相性良《あいしょうい》いんだって！」

中華街《ちゅうかがい》の路地裏に、どこか空《むな》しい歓声《かんせい》を響《ひび》かせてはしゃぐ水嶋《みずしま》。

そんな彼女を前にしてしまっては。

「う、うん……ヨカッタネ」

さすがに俺も、せめてそう言って頷《うなず》いてやることくらいしかできなかった。

第六章　闇《やみ》のゲームＩＮ体育倉庫

「自由な校風」と「国際色豊か」がモットーである我らが帆《ほ》港《みなと》学園は、意欲的な理事長の方針だとかで、他校と比べて年中行事や各種イベントごとなども結構多い。

毎年五月に開催《かいさい》されている「新入生歓迎《かんげい》スポーツ大会」もその一つだ。

中等部の新入生と高等部の外進生がぼちぼち学園生活に慣れてきた時期に、先輩《せんぱい》学生や内進生たちとの親睦《しんぼく》を深める場を設ける。そんなお題目のもと、生徒たちが様々なスポーツの試合を行うのである。

そのため、開催日《かいさいび》が近くなってくると、体育の授業は一時的に大会に向けたクラス合同授業となる。複数のクラスが入り交じり、試合に向けた練習に励《はげ》むのだ。

なるほど。スポーツを通して親善交流とは、なんとも健全で青春らしい。

だが、この世には何事においても「陽」と「陰《いん》」が存在するものだ。

仲間と一緒《いっしょ》に汗《あせ》をかき大いにイベントを楽しむ「陽」の人たちがいる裏で、仲間もいなければ興味もないためにいま一つ乗り切れない「陰《いん》」の者もいる。

例えばそう。いま、この本校舎に隣接する体育館の片隅《かたすみ》で申しわけ程度に練習に勤《いそ》しむ覇気《はき》のない男子。こいつなんかが良《い》い例だろう。

……まぁ、やっぱり俺のことなんですけどもね。

「颯太《そうた》ってさ、いま何かバイトとかやってたっけ？」

「あ？　なんだよ、藪《やぶ》から棒に」

水曜日の四時間目。クラス合同の体育の授業中のことである。

一緒《いっしょ》にバスケットボールのパス練習をしていた樋口《ひぐち》が、出し抜《ぬ》けにそう聞いてきた。

「ほっ、と……特に何もやってないけど。それがどうした？」

俺は基本的にはいつも家でのんびりしていたいインドア派なのだ。

高校生になったとはいえ、今は積極的に金を稼《かせ》ぎたい理由もないし、わざわざ放課後や休日を労働に費《つい》やそうとも思わない。

それに俺が長期バイトをしないのは、こう見えて一応は部活に所属しているからでもある。

まぁ、今はほとんど開店休業状態で、たまに部室に顔を出す程度だけど。

「いやさ、実は先週の土曜日に買い物に出かけた帰りに、桜木町《さくらぎちょう》駅の駅前広場で颯太《そうた》を見かけた気がしたんだよ、ねっ」

「へっ？　……へぶっ⁉」

樋口《ひぐち》の言葉に動揺《どうよう》し、俺はパスされたボールをモロに顔面に食らってぶっ倒《たお》れた。

硬《かた》い複合フローリングの床《ゆか》に強《したた》かに尻《しり》もちをついてしまい、俺は鼻とケツを同時に擦《さす》る。

「うわぁ、痛そう……颯太《そうた》、大丈夫《だいじょうぶ》？」

「あ、ああ、大丈夫《だいじょうぶ》」

樋口《ひぐち》が差し伸《の》べた手を握《にぎ》って立ち上がりつつ、俺は内心で焦《あせ》りに焦《あせ》っていた。

（み、見られてたのか……？　あの場面を？）

まさか、俺が水嶋《みずしま》と一緒《いっしょ》にいるところまで見かけたりしちゃいないだろうな？

「そ、それで、土曜日がなんだって？」

おそるおそる尋《たず》ねると、樋口《ひぐち》が肩《かた》を竦《すく》めて言い直す。

「だから、土曜日に駅前で颯太《そうた》を見かけたような気がしたんだよ。夕方ごろだったかな？　広場のバス停あたりから駅の中に歩いて行くところをね」

ということは、俺が水嶋《みずしま》と別れた後か。どうやら決定的な場面は見られなかったらしいが。

……油断してたな。まさかあの場に樋口《ひ ぐち》もいたとは。

「根っからのインドア派の颯太《そうた》が、休日に出歩いてるなんて珍《めずら》しいだろ？　だから、何かバイトでもしていてその帰りだったのか、それとも単に僕の見間違《みまちが》いだったたか、だと思ってさ」

なるほど。それで最初の質問に繋《つな》がるわけね。

しかし、どう答えたもんかな。水嶋《みずしま》と一緒《いっしょ》にいる所を見られていないんだったら、別にあの場にいたことを認めてしまってもいい気はするけど……。

「でもまぁ、バイトでもないんだったら、やっぱり僕の見間違《みまちが》いか」

俺が答えに窮《きゅう》しているうちに、結局はそう結論づけたらしい。

樋口《ひぐち》は一人で納得《なっとく》したように頷《うなず》くと、今度はからかうような口調で言った。

「颯太《そうた》が休日に、ましてや遊びに出かけるなんてことは、僕が誘《さそ》う時か……そうそう。あとは、里森《さともり》さんとデートする時くらいだったもんね」

「うっ……お前な、まだ立ち直れてない俺にそれを言うなよ」

たしかに、出不精《でぶしょう》な俺がほぼ毎週休日に出かけるようになったのは、江奈《えな》ちゃんと付き合い始めてからだった。

映画館に行ったり、カフェに行ったり、本当にその程度だったけど。

それでも江奈《えな》ちゃんと一緒《いっしょ》にいるってだけで楽しかったなぁ。

「っと。噂《うわさ》をすればほら、里森《さともり》さんだよ」

俺がズーンと肩《かた》を下ろしたところで、不意に樋口《ひぐち》が耳打ちしてくる。

樋口《ひぐち》の視線の先に目を向けると、ちょうど体育館の反対側で特進クラスの女子たちがバレーボールの練習試合を始めたところだった。

帆港《ほみなと》学園指定のジャージに身を包んだ江奈《えな》ちゃんは、長い黒髪《くろかみ》を後ろで一本に結んでいる。

いつもは隠《かく》れがちなほっそりした首筋やうなじが見えて、なんだかドキッとしてしまう。

やっぱり江奈《えな》ちゃんって可愛《かわい》いよなぁ。ジャージ姿、もっと近くで見たかった。

「あれ、水嶋《みずしま》さんも一緒《いっしょ》だね？　へぇ、あの二人って仲良かったんだ」

樋口《ひぐち》の言葉に顔を上げれば、たしかに江奈《えな》ちゃんの横には水嶋《みずしま》の姿があった。どうやら二人は同じチームになったようで、他のメンバーも交えながら仲睦《なかむつ》まじそうに話している。

水嶋《みずしま》もやはり学園指定のジャージを着ているのだが、女子の中でもひと際《きわ》高い身長やスタイルの良さも相まって、まるであいつだけ別の服でも着ているのかと思うくらい華《はな》があった。

体育館で練習していた男子連中はもちろん、女子生徒たちからもすっかり注目の的だ。

今に始まったことではないが、やっぱり水嶋《みずしま》の人気ぶりは学園内でも相当らしい。

もし、仮とはいえ俺があいつと「恋人《こいびと》」であることを皆《みんな》が知ったら……。

ダメだ。キラキラ男女たちがギラギラ男女になって俺に襲《おそ》い掛《か》かってくる未来しか見えない。

「そういえば、里森《さともり》さんも水嶋《みずしま》さんも特進クラスだったっけ。ああして並んでいると、清楚《せいそ》で可憐《かれん》なお姫様《ひめさま》と凛々《りり》しい男装の麗人《れいじん》って感じで、なんだか絵になる二人だねぇ」

「……ああ、そうだな」

樋口《ひぐち》の言葉に適当に相づちを打ちながら、俺は話し込む彼女たちをぼんやりと眺《なが》めていた。

※

「じゃあこれ、体育倉庫までよろしくな、佐久原《さくはら》。鍵《かぎ》は後で閉めるからそのままでいいぞ」

「……うぃっす」

四時間目の合同体育が終わって、生徒たちもあらかた体育館から撤収《てっしゅう》したころ。

よほどヒマそうに見えたのか、俺は皆《みな》が片付けそびれた数個のバレーボールを体育倉庫にしまってくるよう、先生に言いつけられてしまった。

まったく面倒《めんどう》な。早く着替《きが》えて食堂に直行したいところだというのに。

「え〜っと、バレーボールのカゴは……あれかな？」

体育館の中にある屋内倉庫に足を踏《ふ》み入れた俺は、薄暗《うすぐら》い倉庫内の奥《おく》へと進む。

ほどなくして、雑多に置かれた備品の中に目的のカゴを発見した。

腕《うで》に抱《かか》えていたボールをしまい、パンパンと両手を叩《たた》く。

「これで良し、っと。さて、さっさと戻《もど》って昼飯だ」

「おっと、それはどうかな？」

不意に背後から聞こえたその声に、思わず肩《かた》を跳《は》ねさせる。

おそるおそる振《ふ》り返ってみれば、いつの間にやってきたのか、ジャージ姿の水嶋《みずしま》が倉庫の入り口を塞《ふさ》ぐように立っていた。

「えっ……と」

「ああ、大丈夫《だいじょうぶ》だよ。他人のフリしなくても。体育館にはもう他の生徒はいないから」

周囲を警戒《けいかい》する俺に、水嶋《みずしま》が先回りするようにそう言った。

たしかに、体育館には他に人の気配は無いようだ。

俺は身構えていた体を弛《し》緩《かん》させ、ため息交じりに問いかける。

「何の用だよ。学校ではなるべく接触《せっしょく》しないんじゃなかったのか？」

「あはは。まぁ、そうなんだけどさ」

悪びれる様子もなく呟《つぶや》くなり、水嶋《みずしま》は倉庫の中へと一歩踏《ふ》み入ってくる。

「いや、ほらね。この数日、颯太《そうた》とは毎日放課後にデートしていたじゃない？」

「……あくまで『勝負』の一環《いっかん》で、だけどな」

たしかにこの数日、俺たちは放課後になれば一緒《いっしょ》に町へと繰《く》り出していた。

授業が終わって家に帰ろうとすると決まってこいつが待ち伏《ぶ》せていて、そのままデートとやらに突入《とつにゅう》するのがいつものパターンだ。

ＳＮＳで人気らしいパンケーキの店やら、商店街でのウィンドウショッピングやらと、まぁあちこち連れ回してくれたものである。

当然、そんな感じで道草を食っているもんだから、同じ学校の奴《やつ》らと遭遇《そうぐう》しかけることも何度もあった。その度《たび》に物陰《ものかげ》に隠《かく》れたり、他人のフリをしてやり過ごしたりしていたのだが、水《みず》嶋《しま》はそれすらも楽しんでいる節があった。

「これはこれでスリルがあってアリかも」なんて、能天気な事をのたまっていたが。

なんだか俺ばっかりハラハラしているのがバカみたいだ。

「でも、学校では全然颯太《そうた》と一緒《いっしょ》にいられないじゃない？　私たちのことを江奈《えな》ちゃんや学園の皆《みんな》に知られるわけにはいかないし仕方ないんだけど……やっぱり、溜まっちゃってさ」

水嶋《みずしま》はまるで舌なめずりでもするかのように、一度自分の唇《くちびる》を舌で湿《しめ》らせると。

「だから……ちょっと発散しようかな、って」

言うが早いか、水嶋《みずしま》は後ろ手で体育倉庫の鉄扉《てっぴ》をピッタリと閉じてしまった。

体育館からの明かりが遮《さえぎ》られ、倉庫内は壁際《かべぎわ》上部の小窓から差し込む陽光によってぼんやりと照らされるのみとなる。真っ暗闇《やみ》というほどではないが、視界はあまり良くない。

「お、おい？　お前何して……」

「しーっ。静かに、颯太《そうた》」

俺の言葉を遮《さえぎ》って、水嶋《みずしま》が声のボリュームを落とす。

水嶋《みずしま》に釣《つ》られて俺も反射的に息を潜《ひそ》めたところで、さらにとんでもない事が起こる。

ガチャガチャ、ガチャン。

「……は？」

なんと、水嶋《みずしま》の背後から、体育倉庫の扉《とびら》の南京錠《なんきんじょう》がロックされる音が聞こえてきたのだ。

二重の意味で「しまった」と思った時には、もう遅《おそ》い。

あろうことか俺は、学校の体育倉庫に閉じ込められるという漫画《まんが》みたいな状況に陥《おちい》った。

しかも、水嶋《みずしま》と二人っきりという地獄《じごく》みたいな状態で。

「おいぃぃぃぃ!?　何してくれてんだお前は！」

声は最小限に抑《おさ》えながらも、俺は水嶋《みずしま》に詰《つ》め寄った。

「いやいや、私は鍵《かぎ》を閉めてないし。そう責められても困っちゃうというか」

「嘘《うそ》つけ！　お前絶対確信犯だったろ！」

こいつのことだ。大方、さっき俺が先生に頼《たの》み事をされた所をちゃっかり見ていたんだろう。だから、倉庫内で俺のことを足止めしつつ、先生が鍵《かぎ》を閉めにくるタイミングを見計らって扉《とびら》を閉めたに違《ちが》いない。全ては、この状況《じょうきょう》を作り上げるために。

「ふふふ……二人っきり、だね？」

自分も閉じ込められたというのに心底愉快《ゆかい》そうな顔をして、水嶋《みずしま》が上目遣《うわめづか》いで俺を見つめる。

「冗談《じょうだん》じゃない。こんな場所でお前なんかと一緒《いっしょ》にいられるか！　俺は教室に帰らせてもらう」

「それ、推理モノじゃ死亡フラグのセリフだよ？」

「うるさい！　……あの、ちょっとすみません！　まだ中に人が――」

まだそう遠くには行っていないだろう施錠《せじょう》者《しゃ》に向けて、俺は声を張り上げようとしたのだが。

「待った」

「おい、なんで止めるんだよ？　お前だってここから出られなきゃ困るだろ？」

「助けを呼ぶのはいいけどさ。でも、今のこの状況《じょうきょう》をどう説明するつもりなのかな？」

「うっ？　そ、それは……」

成績優秀《ゆうしゅう》で文武両道、学業とモデル業を両立させる完璧超人《かんぺきちょうじん》な水嶋静乃《みずしましずの》。学園の誰《だれ》もが憧《あこが》れるカリスマJKであるそんな彼女が、男子生徒と二人っきりで薄暗《うすぐら》い体育倉庫にいたなんて……そんな噂《うわさ》が知れ渡《わた》ったらどうなるか。

当然、学園のアイドルにちらつく「男の影《かげ》」に、皆《みな》にわかに大騒《おおさわ》ぎすることだろう。

それだけならまだマシだが、この状況《じょうきょう》から、「水嶋静乃《みずしましずの》の弱みを握《にぎ》ったクズ野郎《やろう》が無理やり彼女を体育倉庫に閉じ込めて乱暴しようとした」なんて考える奴《やつ》が出てくるかもしれない。

そうなれば次に始まるのは、帆港生総出《ほみなとせい》での「クズ野郎《やろう》」捜《さが》しだ。

あぶり出されて捕《つか》まってしまったが最後、あわれ「クズ野郎《やろう》」は校庭にある大イチョウの木にでも吊《つ》るされるに違《ちが》いない。どうあがいても絶望である。

水嶋《みずしま》の奴《やつ》、そこまで計算に入れていたっていうのか？

「言ったでしょ？　手段を選んでるヒマはない、ってね」

「よ、よせ、やめろ。それ以上俺のそばに近寄るんじゃあない！」

「あはは、なにその顔？　私、ホラー映画の化け物か何かみたいに思われてる？」

扉《とびら》を背にしてじりじりとにじり寄ってくる水嶋《みずしま》。

狭《せま》い体育倉庫内では逃《に》げる場所などほとんどなく、俺はせいぜい水嶋《みずしま》との間にバレーボールの入ったカゴを挟《はさ》んでバリケード代わりにするくらいしかできない。

「そんなに怯《おび》えないでよ。私だって、いきなり襲《おそ》い掛《か》かったりする気はないしさ」

「はんっ！　よく言うぜ。俺がそれを信用するとでも？」

つーか、それって襲《おそ》い掛《か》かる気自体はあるってコトですか？　そうなんですか？

「ホント、ホント。今は、颯太《そうた》とちょっとした『ゲーム』がしたいだけ」

「げ、ゲーム？」

俺が首を傾《かし》げるや否《いな》や、水嶋《みずしま》が再び驚《おどろ》きの行動に出る。

「それにしても、ここちょっと蒸《む》し暑くない？　もうジャージ脱《ぬ》いじゃおっと」

「いぃ⁉」

何を血迷ったのか、水嶋《みずしま》は出し抜《ぬ》けにジャージのズボンに手をかけたのだ。

驚愕《きょうがく》に目を丸くした俺は、次には慌《あわ》ててカゴの後ろにしゃがみ込んだ。

「なにしてんの⁉　お前本当なにしてんの⁉」

「え？　いや、蒸《む》し暑いの苦手だから脱《ぬ》ごうかなって思って」

「この状況《じょうきょう》でよくそんなことできるねキミは！　少しは恥《は》じらうとか無いのか⁉」

「別に私、颯太《そうた》に見られて恥《は》ずかしいことなんて一つもないよ？」

あっけらかんとそう答える間にも、カゴの向こうで水嶋《みずしま》がジャージのチャックを下げる音が聞こえてくる。

おいおいなんだよこの状況《じょうきょう》は？　ただでさえ密室に閉じ込められるっていうピンチな状況《じょうきょう》なのに、そのうえ同室にいるのが俺を狙《ねら》う露《ろ》出《しゅつ》魔《ま》とか！　悪夢？　悪夢なのか？

「よし、脱衣完了《だついかんりょう》。もうこっち見ても良いよ、颯太《そうた》」

「良《い》いわけあるか！　何が楽しくてお前の下着姿なんか見なきゃいけないんだ！」

「下着姿って……も〜、颯太《そうた》は私のこと、なんだと思ってるのさ？」

「捕《つか》まってないだけの痴女《ちじょ》だと思ってる」

「ひどいなぁ。下着じゃなくて、ちゃんと服着てるのに」

「いやいやいや、だからなんでそうすぐバレる嘘《うそ》を……」

「嘘《うそ》じゃないってば。ジャージの下にもう一枚着てたの。ほら、見てみなよ」

にわかには信じがたいが……しかし、このままこうしていても埒《らち》があかないのも確かだ。

ここでずっとしゃがんでいたって、倉庫を脱出《だっしゅつ》する手立てを探すこともままならない。

水嶋《みずしま》のあの余裕《よゆう》そうな態度を見るに、奴《やつ》はきっと何か脱出《だっしゅつ》する方法を用意してあるんだろう。

もしかしたらさっき言っていた「ゲーム」とやらも、それに関係があることかもしれない。

……ええい、ままよ！

しばしの逡巡《しゅんじゅん》の末、俺はおっかなびっくりカゴの後ろから顔を出した。

「は？　お、お前、それは……？」

「じゃーん。実はジャージの下は、帆港《うち》のチア部のユニフォームでした〜」

水嶋《みずしま》の言葉通り、彼女が身に纏《まと》っていたのは帆《ほ》港《みなと》学園のチアリーディングチーム「ゴールデン・ドルフィンズ」のユニフォームだった。

golden dolphi

全体的に青と黄のツートンカラーを基調とした、ノースリーブのトップスにプリーツタイプのミニスカート。そして両手にはひらひらしたテープを束ねた金色のポンポン。いわゆる「チア衣装《いしょう》」と言われてイメージされるような、オーソドックスなスタイルだ。

ただ、それも高校生離《ばな》れしたグラマラスボディの持ち主である水嶋《みずしま》が着ると、その破壊力《はかいりょく》は何倍にも跳《は》ね上がっていた。脚《あし》はいつもの制服を着ている時より数割増しで肌《はだ》面積が多いし、トップスにいたっては水嶋《みずしま》の大きすぎる胸のせいで、裾《すそ》と体の間にかなり空間が空いていた。

ぶっちゃけ、下着姿と同じくらい目のやり場に困る格好である。

「さっき、チア部の知り合いに貸してもらったんだ。涼《すず》しいし動きやすいし良《い》いよね、これ。モデルをやってなかったら、チア部に入るのも悪くなかったかも」

自分のチア衣装《いしょう》姿を改めて見下ろしながら、水嶋《みずしま》がシャラシャラとポンポンを振《ふ》る。

たしかにこいつならチアの世界でも十分トップを狙《ねら》えることだろう。ただ、こんな格好の水嶋《みずしま》に応援《おうえん》される奴《やつ》らは、とても練習や試合どころではないかもしれないが……。

って、そんなことはどうでもいいんだよ。

「色々言いたいことはあるけど……なんでチア衣装《いしょう》？」

「それはもちろん、これからやる『ゲーム』に関係あるからだよ」

「そいつだ。いい加減その『ゲーム』とやらについて説明してくれ」

「はいはい。と言っても、ルールはとっても簡単だよ」

水嶋《みずしま》は足元に畳《たた》んでいたジャージのポケットからスマホを取り出し、タイマーウォッチの画面を見せてくる。タイマーは五分に設定されていた。

「今から五分以内に、颯太《そうた》はこの体育倉庫から脱出《だっしゅつ》する方法を探してね。五分以内に探し当てられたらゲームクリアだよ」

「……もし、五分以内に脱出《だっしゅつ》できなかったら？」

「私が颯太《そうた》を襲《おそ》います」

「闇《やみ》のゲームじゃねぇか⁉」

いきなり襲《おそ》い掛《か》かる気はない、っていうのはそういう意味かい！

しかし、やっぱりそうか。一見密室にしか見えないこの空間に、水嶋《みずしま》は脱出《だっしゅつ》できる方法を用意してあるんだ。それがどんな方法なのか、現時点では皆目《かいもく》見当もつかないが。

「さて、どうする颯太《そうた》？　このゲーム、挑戦《ちょうせん》してみる？　まぁ、私としてはこのままずっとここに二人きりでも、全然構わないんだけどさ」

「ご冗談《じょうだん》を。俺はやるぜ、そのゲーム。絶対に生きてここから出るんだ！」

「いや、別にクリアできなくても死んだりはしないよ？」

水嶋《みずしま》は苦笑いするが、俺にとってはそれくらいのピンチなのだ。

「ちなみに、脱出《だっしゅつ》方法ってのはちゃんと五分以内に可能な方法なんだろうな？」

「もちろん。分かっちゃえば簡単だよ」

「ならいい。さっさと始めようぜ。ぼちぼち昼休みになっちまうしな」

「了解《りょうかい》。それじゃあ……ゲームスタート」

掛《か》け声と共に、水嶋《みずしま》がタイマーを開始させた。

とはいえ、闇雲《やみくも》に倉庫内を歩き回ったってすぐに時間切れになってしまうだろう。

まずはある程度、可能性を絞《しぼ》っていくのが得策か。

俺は倉庫の中央に立ち、ざっと室内を見回した。

まずは正面の扉《とびら》。出入り口らしい出入り口はここだけだが、施錠《せじょう》されているので当然除外だ。

次に窓。正面扉《とびら》の反対側の壁《かべ》の上部に、外に繋《つな》がる小窓がある。足場を作ればなんとか届くし、人一人くらいなら通れる大きさだが、鉄格子《てつごうし》がはまっているので脱出《だっしゅつ》は無理だ。

となると後は壁《かべ》か床《ゆか》か天井《てんじょう》だが、残念ながらいずれにも脱出《だっしゅつ》口らしきものはない。

う〜ん……こうして見ると、やっぱり密室にしか見えないよなぁ。

「レッツゴー颯太《そうた》♪　がんばれ颯太《そうた》♪　L、O、V、E、そ、う、た♪」

「やかましい！　集中できないでしょうが！」

俺が頭を悩《なや》ませている横で、水嶋《みずしま》がポンポンを振《ふ》り回しながら踊《おど》り出す。

くそ。妨害《ぼうがい》工作まで仕掛《しか》けてくるとは卑怯《ひきょう》なり、水嶋《みずしま》！

「つーか、結局そのチア衣装《いしょう》は何なんだ？　ゲームと何の関係があるんだよ？」

「え？　そんなの、こうして頑張《がんば》ってる颯太《そうた》を応援《おうえん》するために決まってるじゃんね？」

「いや、そんな『当然でしょ?』みたいな顔したって誤魔化《ごまか》されないからな?」

そもそも自分で窮地《きゅうち》に追い込んでおいて、なぁにが応援《おうえん》だこのヤロウ。

「ほらほら、そうこうしている内にあと三分しかないよ? 早く脱出《だっしゅつ》方法を探さないと」

「わ、わかってる! 今に探し当ててやるから黙《だま》って見てろ!」

しかし、いくら意気込んだところでひとりでに脱出《だっしゅつ》口が現れるわけもなく。

その後も手がかりの「手」の字も見つけられないまま、時間は刻一刻と過ぎていき。

「……三、二、一、ゼロ。残念、脱出《だっしゅつ》は失敗だね」

「く、くそっ……」

「ふふふ。じゃあ約束通り……颯太《そうた》のこと、襲《おそ》うね?」

あえなくゲームオーバーとなった俺に、チア衣装《いしょう》の水嶋《みずしま》がジリジリとにじり寄ってきて。

——コン、コン。

「……静乃《しずの》ちゃん? そこにいるんですか?」

しかし、扉《とびら》の外から聞こえてきたその声に、俺と水嶋《みずしま》は揃《そろ》って目を見開いた。

(この声って……江奈《えな》ちゃん⁉ な、なんでこんなところに⁉)
マ、ジ、で、やばい!
俺と水嶋《みずしま》の関係について誰《だれ》よりも知られてはいけない相手。それは当然、江奈《えな》ちゃんだ。

そんな江奈《えな》ちゃんに、もしこの状況《じょうきょう》を見られたら? 考えるまでもなく一発アウトである。

他の生徒だとしても大ピンチなのに、よりによって江奈《えな》ちゃんがやってくるなんて！

「お、おい水嶋《みずしま》？　まさか、これもお前の仕込みだったり……？」

「そんなわけないじゃん。私だってびっくりだよ」

珍《めずら》しく慌《あわ》てた表情を見せる水嶋《みずしま》。俺もいよいよ事態の深刻さに冷や汗《あせ》を流す。

様々な備品があるとはいえ、狭《せま》い倉庫内だ。人二人が隠《かく》れられる場所なんてほとんど無い。

もし江奈《えな》ちゃんが体育倉庫の鍵《かぎ》を持っていて、それを使って中に入ってきてしまったら、やり過ごすのはほぼ不可能だろう。

まずい、まずい、まずい！　これは、本格的にジ・エンドなんじゃないか⁉

「颯太《そうた》、あれ」

俺がひたすらパニックになっている横で、素早《すばや》くジャージを着直した水嶋《みずしま》が俺を呼ぶ。

それから、倉庫内の一角にしまわれていた八段ほどの跳《と》び箱を指差した。

水嶋《みずしま》の言わんとしていることを察し、俺は跳《と》び箱の上から二、三段を持ち上げて横にずらす。

「颯太《そうた》急いで」

「お、おう！」

「あとこれもよろしく」

跳《と》び箱の中に入った俺にチアのポンポンを投げて寄越《よこ》し、水嶋《みずしま》がずれた段を元に戻《もど》す。

それとほぼ同時に、倉庫の鉄扉《てっぴ》がガラガラと開いた。

跳《と》び箱の隙間《すきま》から外を覗《のぞ》いてみると、入って来たのは案の定、ジャージ姿の江奈《えな》ちゃんだ。

しかし、その手には倉庫の鍵《かぎ》らしきものは握《にぎ》られていない。

どういうことだ？　水嶋《みずしま》の策略によって、扉《とびら》は施錠《せじょう》されてしまっていたはずなのに。

「あれ、江奈《えな》ちゃんだ。どうしたの、こんな所で」

「あ、静乃《しずの》ちゃん。やっぱりここにいたんですね」

「ちょっと先生に片付けを頼《たの》まれちゃってさ。もしかして、捜《さが》しに来てくれたの？」

「あ、はい。まだ教室に戻《もど》っていないようだったので」

「あはは、心配させちゃったかな。一声かければ良かったね、ごめんごめん」

さっきまで「ゲーム」だの「襲《おそ》う」だのとふざけていたとは思えないくらい、水嶋《みずしま》はさも何事もなかったかのように涼《すず》しい顔をしていた。

この変わり身の早さよ。あの演技力に関してはさすがと言わざるを得まい。

「でしたら、私も何かお手伝いを……」

「大丈夫《だいじょうぶ》、大丈夫《だいじょうぶ》。もうすぐ戻《もど》るから、江奈《えな》ちゃんは先に更衣室《こういしつ》で着替《きが》えててよ」

「そ、そうですか？」

「うんうん。私もすぐ追いかけるから、その後一緒《いっしょ》に食堂行こうね」

「……わかりました。では、先に戻《もど》っていますね」

水嶋《みずしま》に促《うなが》されるまま、江奈《えな》ちゃんは俺に気付くこともなく踵《きびす》を返す。

ヒヤヒヤしたけど、どうやら無事にやり過ごせたかな？

「………？」

「江奈《えな》ちゃん？　どうかした？」

しかし、倉庫を後にしようとしていた江奈《えな》ちゃんは、そこで不意に立ち止まった。

と思ったら、次にはなぜかスンスンと微《かす》かに鼻をひくつかせる。

「いえ、その……いま、一瞬《いっしゅん》だけとても嗅《か》ぎ慣れた匂《にお》いがしたような……」

「うぇ？」

思わずといった様子で、水嶋《みずしま》が声を上擦《うわず》らせる。

跳《と》び箱の中の俺にしたって、ドクンと心臓を跳《は》ねさせていた。

「に、匂《にお》いって？　何の匂《にお》い？」

「はい。その……颯太《そうた》くん、みたいな……」

俺の心臓が見事な二段ジャンプを披露《ひろう》する。

俺の匂《にお》い？　俺の匂《にお》いって何？　なんでそんなことわかるの江奈《えな》ちゃん⁉

というか俺ってそんなに匂《にお》うの⁉　それはなんかちょっと……ショックです。

「……いえ、すみません。きっと気のせいですよね」

けれど、結局はそう思い直したらしい。

フルフルと首を振《ふ》った江奈《えな》ちゃんは、今度こそ体育倉庫を後にした。

「……行ったかな？　もう出てきてもいいよ、颯太《そうた》」

完全に江奈《えな》ちゃんが立ち去ったところで声が掛《か》かり、俺はもぞもぞと跳《と》び箱から這《は》い出した。

「いやぁ、焦《あせ》った焦《あせ》った。意外と鼻が利《き》くんだね、江奈《えな》ちゃんって」

ふぅ、と息を吐《は》きながら、水嶋《みずしま》がジャージ越《ご》しに豊かな胸を撫《な》で下ろした。

それから俺が持っていたポンポンを回収すると、ツカツカと倉庫の入り口に向かっていく。

「残念だけど、ゲームはここまでかな。今はなんとかやり過ごせたけど、さすがにもう戻《もど》らないと怪《あや》しまれちゃうしね。でも楽しかったし、また今度やろうね、颯太《そうた》」

そう言って足早に立ち去ろうとする水嶋《みずしま》を、けれど俺は「待てよ」と呼び止めた。

「……なんで扉《とびら》の鍵《かぎ》が開いてたんだ。お前、なんか隠《かく》してるだろ？」

他にも色々と言いたいことはあったが、俺はひとまず一番の不可解について問い質《ただ》す。

それに対する水嶋《みずしま》の答えは、俺を唖然《あぜん》とさせるには十分すぎるものだった。

「ああ、それね。実を言うと、鍵《かぎ》なんて最初からかかってなかったんだよ」

「は？　いやいや、そんなわけないだろ。だってさっき外からロックされて……」

「あれは、私が背中に隠《かく》したスマホから流した音だよ」

「……なんだって？」

思わず間抜《まぬ》け面《づら》を晒《さら》してしまった俺の眼前で、水嶋《みずしま》がスマホを掲《かか》げあげて見せる。

やがてスマホから流れてきたのは、先ほど聞いたものとまったく同じ施錠音《せじょうおん》だった。

（ああそう……最初から手のひらの上だった、ってわけね）

またしても水嶋《みずしま》にしてやられた悔《くや》しさで、俺はただただ歯噛《はが》みするしかなかった。

「さて、颯太《そうた》も早く退散した方がいいよ。そろそろ本当に先生が鍵《かぎ》を閉めにくるだろうしさ」

バイバーイ、と別れの挨拶《あいさつ》を残して、水嶋《みずしま》はさっさと体育館を後にしてしまう。

決めた。もう完全に決めた。あいつの言うことは、もう何も信用しないからな！

「でもまぁ、ひとまず江奈《えな》ちゃんに見つからなくて良かった……あれ？」

改めて額の汗《あせ》を拭《ぬぐ》ったところで、しかし、俺はふと違和《いわ》感を覚える。

そういえば、さっきの江奈《えな》ちゃんはなんで水嶋《みずしま》のことを「静乃《しずの》ちゃん」って呼んだんだろ？

たしか江奈《えな》ちゃん、今までは水嶋《みずしま》のことを名前で呼び捨てにしていた気がするけど……。

「う～ん……まぁ、いいか」

もしかしたら、二人きりでいる時はそういう風に呼んでいるのかもしれない。

それにそもそも、江奈《えな》ちゃんが恋人《こいびと》である水嶋《みずしま》のことをどう呼ぼうと彼女の自由だ。俺がいちいち気にするのはお門違《かどちが》いだろう。

「……食堂、もうだいぶ混んでるんだろうなぁ」

水嶋《みずしま》の茶番に付き合っていたせいで、すでに昼休みは始まってしまっている。

どうか空席がありますようにと祈《いの》りながら、俺もトボトボと教室へ戻《もど》るのだった。

第七章　二つの作戦

俺はひとつ作戦を考えてみた。

何のための作戦なのかと言えば、それは当然、水嶋《みずしま》との放課後デートを回避《かいひ》するためである。

昨日は体育の合同授業の後に「ゲーム」とやらに付き合わされた挙句、放課後も例によって水嶋《みずしま》に待ち伏《ぶ》せされて、そのまま連行されてしまったからな。

いくら「勝負」のためとはいえ、さすがにこう連日では身がもたない。

授業が終われればすぐに帰宅して映画やアニメやゲームに興じる。たまにはそんな平和な放課後があったってバチは当たらないはずだ。

しかし、ただ単純に「嫌《いや》だから」「面倒《めんどう》だから」という理由で断るのは、水嶋《みずしま》との「勝負」から尻尾《しっぽ》を巻いて逃《に》げ出したも同然になってしまう。

この一か月、水嶋《みずしま》からの攻勢《こうせい》を逃《に》げずに受けきった上で、改めて奴《やつ》からの告白にキッパリと「ノー」を突《つ》き付けてやる。それが俺の「勝利条件」なのだから。

そこで、水嶋《みずしま》との放課後デートを回避《かいひ》できて、かつ「逃《に》げたわけではない」という大義名分の立つ策を考えたというわけだ。

まぁ「作戦」だの「策」だのと大げさな言い方をしたが、やる事自体は簡単だ。

ズバリ、放課後に前もって別の予定を組み込んでおけばいい。

こうすれば、たとえ水嶋《みずしま》にどんな文句を言われようと「付き合ってやりたいのは山々だけど」というスタンスで、ごく自然に奴《やつ》の誘《さそ》いを断れるという寸法である。

「こういう時は、図書委員で良かったよなぁ」

そう。折しも今日は、放課後に図書委員の仕事がある日だ。いくら水嶋《みずしま》でも、委員会を丸々すっぽかしてデートを優先しろ、とまでは言ってこないだろう。

ただ、図書委員のシフトは一時間弱なので、それだけでは「理由」としては弱い。その程度の時間なら、水嶋《みずしま》はどこかで暇《ひま》を潰《つぶ》しながら俺のことを待つに違《ちが》いない。

だからそれに加えてもう一つ、俺が持っているカードを使うのだ。

「フフフ。見てろよ、水嶋《みずしま》。今日はお前の思い通りにはさせないからな」

そうして、俺は水嶋《みずしま》の攻勢《こうせい》を封《ふう》じる算段を立てながら一日を過ごし。

迎《むか》えた木曜日の放課後。まずは予定通りに図書室へと向かった。

「……とはいえ、こっちはこっちで気が重いんだけどな」

自然とため息が漏《も》れてしまうが、俺は憂鬱《ゆううつ》な気分を吹《ふ》き飛ばすように頭を振《ふ》った。

たしかに、江奈《えな》ちゃんと一緒《いっしょ》に仕事をしなければいけないのはぶっちゃけ気まずい。

それでも俺は、すでにいまの自分の素直《すなお》な気持ちは伝えたんだ。

それをどう受け止めるかは、あとはもう江奈《えな》ちゃんの自由だ。未練たらしくて気持ち悪いと思われていても、そもそも気にも留めてくれてなかったとしても、それで構わない。

だから、俺が今さらあーだこーだと考えても仕方ない。

まだ江奈《えな》ちゃんのことが好きな気持ちに変わりはないけれど、これからはもう、あくまで同じ委員会に所属している生徒同士として接するんだ。

「よし、行くぞ」

一抹《いちまつ》の寂《さび》しさに滲《にじ》んだ目元をゴシゴシ拭《ぬぐ》い、俺は努めて平静を装《よそお》って図書室に入った。

「お疲《つか》れ様です」

「ああ、佐久原《さくはら》くん。お疲《つか》れ様」

「あ……ど、どもっす。中山《なかやま》先生」

受付カウンターで俺を出迎《でむか》えてくれたのは、司書教諭《きょうゆ》の中山《なかやま》先生だった。

いつも委員の生徒に受付業務を任せてカウンター裏の事務室で作業をしていることが多いので、てっきり今日もそうだと思っていた。

「え～っと、今日は先生が受付なんですね？」

「そうそう。私がこっちをやるから、佐久原《さくはら》くんは裏でラベル貼《は》りとかの細かい仕事をしてくれるかな？　里森《さともり》さんも先に来て始めてるから」

「なるほど。了解《りょうかい》です」

どうやらそういうことらしい。

なんだか出鼻をくじかれた気分だが、俺は気を取り直して事務室へと足を向けた。

カウンター裏にある関係者用の扉《とびら》を開けると、教室の半分ほどの広さの部屋になっている。

その奥《おく》にある四人掛《が》けの長テーブルには、既《すで》に作業に取り掛《か》かっている江奈《えな》ちゃんがいた。

「お、お疲《つか》れ」

「お疲《つか》れ様です。佐久原《さくはら》くん」

俺が声を掛《か》けると、江奈《えな》ちゃんも一旦《いったん》作業の手を止めて挨拶《あいさつ》を返してくれる。

心なしか、前回よりも返事をするまでの間が短い気がした。

「それで、えっと……今日は事務室での作業なんだ？」

「はい。新しい本が何冊か入ってきましたので、その広告ポスター制作と、ラベル貼《は》りなどを頼《たの》まれています」

あくまでも事務的な口調ではあるのだが、今日の江奈《えな》ちゃんは思いのほか「普通《ふつう》」だった。

前回同様、もう少し気まずい空気になるかと覚悟《かくご》していただけに、なんだか拍子抜《ひょうしぬ》けだ。

もしかしたら江奈《えな》ちゃんの方も、もう俺のことを「ただの同じ委員会の生徒」として見ているのかもしれない。

ちょっと寂《さび》しいけど……うん、そうだ。もう恋人《こいびと》じゃないんだし、これで良かったんだよな。

「わかった。じゃあ、こっちはラベル貼《は》りをやるよ。ポスターは里森さんが作った方が良《い》い仕上がりになるだろうし」

「……わかりました。ではそちらはよろしくお願いします」

あ、あれ？　気のせいか、江奈《えな》ちゃんの顔が一瞬《いっしゅん》険しくなったような……。

ひょっとして、やりたくないのかな？　ポスター制作。

まぁ、たしかに作業内容としてはそっちの方が大変だろう。でも、俺は字も綺麗《きれい》じゃないし、絵心があるわけでもないし、まともな物を作れる気がしないんだよなぁ。

「ご、ごめん。ラベル貼《は》りの方が良かったかな？　なんだったら、俺がポスター作るけど」

分担に不満があったのかと思い、俺は慌《あわ》てて提案する。

しかし、江奈《えな》ちゃんはいつの間にか澄《す》ました顔に戻《もど》り、さっそく準備に取り掛《か》かっていた。

「いえ、大丈夫《だいじょうぶ》です。こちらは私がやりますので」

「そ、そう？」

う～ん、やっぱり気のせいだったのかな？

首を傾《かし》げつつ、しかしそれ以上は考えても仕方ないので、俺もいそいそとテーブルについた。

画用紙にサラサラとマーカーを走らせる江奈《えな》ちゃんの対面で、さっそく雑務に取り掛《か》かる。

（…………ん？）

そこでふと、俺は江奈《えな》ちゃんの格好に前回とは違《ちが》う部分があることに気が付いた。

横から見た時は長い髪《かみ》に隠《かく》れていて気付かなかったけど、今日の江奈《えな》ちゃんは首にチョーカーを着けてきていた。

いや、あれはチョーカーというより……そう、首輪だ。首輪を着けているんだ。

赤と黒のカラーリングがされた、チェック柄《がら》のデザイン。着け外しがしやすいバックル式の留め具。どこにでもあると言えばどこにでもある、普通《ふつう》の首輪だ。

（でもあの首輪……似てるよなぁ）

そう。俺が江奈《えな》ちゃんとの「三か月記念日」で彼女にプレゼントしたのも、ちょうどあんな感じの首輪だった。

本来は江奈《えな》ちゃんの愛犬用にと思って贈《おく》ったものだったけど、結局は江奈《えな》ちゃんが自分で着けることになった代物《しろもの》だ。

俺にとっては、江奈《えな》ちゃんがくれたブレスレットと同じくらい思い出深い品。言わば、俺たちが恋人《こいびと》であったことの証《あかし》みたいなものである。

なら、どうしてそれを今日、江奈《えな》ちゃんがこうして着けているんだろうか？　俺たちはもう恋人《こいびと》でも何でもなく、それどころか江奈《えな》ちゃんには水嶋《みずしま》という新たな恋人《こいびと》がいるのに。

それでもなお、元カレ《おれ》からの贈《おく》り物をつけてきた意味。

それって、もしかして……やっぱり江奈《えな》ちゃんも、まだ俺の事を……？

（って！　いやいやいや、ないないない。それはないって）

ふと頭に浮《う》かんだ邪念《じゃねん》を、俺は慌《あわ》てて消し飛ばす。

一体なにを勘違《かんちが》いしてるんだ、俺は。俺たちの関係はあの日、水嶋《みずしま》が江奈《えな》ちゃんを奪《うば》っていったあの日に、もうとっくに終わっているんだ。

江奈《えな》ちゃんだって言ってたじゃないか。「もう私のことはすっぱり諦《あきら》めてください」って。「まだ」なんてこと、間違《まちが》ってもあるはずがない。だから、あの首輪だってきっと偶然《ぐうぜん》デザインが似ているだけの別物だ。たとえ俺があげた物だとしても、今日こうして着けてきたのは、単なる気まぐれとかに違《ちが》いない。

（つまらない妄想《もうそう》なんかするな、俺）

気を取り直して、俺はラベル貼《は》りの作業を再開させる。

もう余計なことを考えないように、俺はいかにラベルを綺麗《きれい》に背表紙に貼《は》れるかということだけに意識を集中させた。

職人だ。俺は今から、この道一筋ウン十年のラベル貼《は》り職人になるのだ。

「……コホン」

俺が仕事を始めたところで、江奈《えな》ちゃんが小さく咳払《せきばら》いをした。

それには構わず、俺はひたすらラベルを貼《は》り続ける。

「……？　……ンン、コホンッ」

江奈《えな》ちゃんの口から、今度は少し大きな咳払《せきばら》いが聞こえてきた。

思わず顔を上げて「大丈夫《だいじょうぶ》？」と言いそうになってしまうが、そこは我慢《がまん》だ。俺なんかに心配されたって、江奈《えな》ちゃんは別に嬉《うれ》しくないだろうしな。今は全神経を手元のラベルに集中だ。

「…………」

しかし、そうして五分ほども黙々《もくもく》と作業を進めていると。

ガタッ。トコトコトコ。ストン。

「へ？」

なんと、対面でポスターを作っていた江奈《えな》ちゃんが、作業道具一式を持って俺の左隣《ひだりどなり》の席に移動してきた。

さすがにそれ以上は無視することもできず、俺は思わず作業の手を止める。

な、なんだ？　なんで急に俺の隣《となり》に来たんだ、江奈《えな》ちゃんは？

「……すみません。あちら側の席だと、少し西日が眩《まぶ》しくて」

俺が何か聞くよりも前に、江奈《えな》ちゃんがそう説明する。

たしかに、事務室の窓からはややオレンジがかった陽光が差し込んでいたが……今までは特に眩《まぶ》しそうにはしてなかったような……？

怪訝《けげん》に思いつつも、それ以上は俺も突《つ》っ込まないことにして。

「そ、そっか。なら、俺があっち側で作業するよ」

「え……」

「多少眩《まぶ》しくても俺は平気だから。里森《さともり》さんの作業スペースを圧迫《あっぱく》するのも悪いしね」

それに、俺なんかが隣《となり》にいたら居心地《いごこち》悪いだろうし。

そう思って、俺は江奈《えな》ちゃんと入れ替《か》わるように席を立とうとした、のだが。

「いえ、大丈夫《だいじょうぶ》です。このままでも作業に支障はありませんので」

「え？　いや、でも……」

「移動させてしまうのも申し訳ないですし、このままでいいです。……このままで」

「そ、そう？」

まぁ、江奈《えな》ちゃんがこのままでいいなら、俺もあえてそれに反抗《はんこう》する理由はないけども。

「……では、作業を再開しましょうか」

「う、うん」

正直、俺はもうラベル貼《は》りどころではなくなってしまっていた。

そりゃそうだ。もう終わってしまった恋《こい》とはいえ、すぐ隣《となり》に大好きな女の子が座《すわ》っていることの状況《じょうきょう》で、無心で仕事をこなせる男子高校生がどこの世界にいるというんだ。

いくら意識しないようにしようとしても、どうしたって視線が横を向いてしまう。

（江奈《えな》ちゃん……やっぱり横顔も可愛《かわい》いよな）

そんな風に俺がちらちらと横目で眺《なが》めているのを知ってか知らずか、江奈《えな》ちゃんはやたらと右手で髪《かみ》をかき上げる仕草を見せる。その度《たび》に、彼女の白くほっそりした首筋と、チェック柄《がら》の首輪が目についた。

他に誰《だれ》もいない静かな事務室。自分の大好きな女の子が、自分がプレゼントした首輪（かもしれない）を着けて、自分のすぐ隣《となり》にちょこんと座《すわ》っている。

なんだこれ。なんだこの状況《じょうきょう》は。

もし江奈《えな》ちゃんがまだ俺の彼女だったなら、このまま肩《かた》を抱《だ》き寄せて、驚《おどろ》く江奈《えな》ちゃんの顔をじっと見つめて、あわよくばそのままキスしたいくらいのシチュエーションなんだが？

（い、いや！　だめだ落ち着け、佐久原颯太《さくはらそうた》！　理性を、理性を保つんだぁ！）

内心では暴風雨並みの大騒《おおさわ》ぎだが、俺は鋼《はがね》の精神力でどうにかポーカーフェイスを装《よそお》う。

しかし、そんな俺に追い打ちをかけるかのようにして。

「ンンッ、ンッ、ン……今日は、あまり喉《のど》の調子が良くないみたいです」

江奈《えな》ちゃんはそう言うなり、小さな顔をくいっと天井《てんじょう》に向けて、露《あら》わになった喉元《のどもと》を擦《さす》った。

俺の視線を誘《さそ》うようにしきりに喉元《のどもと》……正確には首輪の部分を弄《もてあそ》んでいるように見えるのは、気のせいだろうか？

（わ、わざとやってるわけじゃ、ないんだよな？）

さすがに江奈《えな》ちゃんの行動に違和《いわ》感を覚えて、俺は思考を巡《めぐ》らせる。

前回の図書委員の時はあんなに俺と距離《きより》を置いていたのに、今日の江奈《えな》ちゃんはなんだかちょっと距離《きより》が近い。まるで、俺と恋人《こいびと》同士だった頃《ころ》の江奈《えな》ちゃんに戻《もど》ったみたいだ。

それに、やっぱり気になるのはあの首輪だ。

ずっと学校には着けて来てなかったのに、今日になって急に着けてくるなんて。しかも、心なしかしきりにそれを俺にアピールしているようにも見えるし……。

(……はっ！　ま、まさか！)

そこまで考えたところで、ふと俺の脳裏《のうり》に嫌《いや》な仮説が浮《う》かび上がる。

(もしかして江奈《えな》ちゃん……俺と水嶋《みずしま》との「関係」を疑っているのでは⁉)

これまで江奈《えな》ちゃんの前ではもちろん、学校の中でもボロが出ないように、俺と水嶋《みずしま》はあくまでも赤の他人を装《よそお》ってきた。

しかし、前に樋口《ひぐち》にニアミスをされた時みたいに、俺たちが学校外で一緒《いっしょ》にいるところを偶《ぐう》然江奈《ぜんえな》ちゃんに見られてしまった可能性は無いとは言い切れない。

もし、江奈《えな》ちゃんが俺たちの「勝負」の場面を目撃《もくげき》していたら、当然こう思うだろう。

なんであの二人が一緒《いっしょ》にいるのか、と。

そしてそうなれば、俺たちの関係を暴《あば》くために探《さぐ》りを入れようとするのは当然の流れだ。

今日の江奈《えな》ちゃんの行動も、そう考えれば色々と辻褄《つじつま》が合う気がする。

江奈《えな》ちゃんはきっと、前の図書委員のシフトから今日までの間で、何かの拍子《ひょうし》に俺と水嶋《みずしま》の関係を疑うようになったんだ。

だから今日は、こうして俺の一挙手一投足を監視《かんし》して証拠《しょうこ》を掴《つか》もうとしているのかも。

そして極《きわ》めつきはあの首輪だ。あれを俺に見せつけてくるのは、つまりこう言いたいのでは？

『こんなものを渡《わた》すくらい私に入れ込んでいて、この前だって『今でも好きだ』とかなんとか言っていたくせに、その裏ではさっそく別の女、しかも私の恋人《こいびと》に手を出してたのか、お前は？』

……………それじゃん。

もう絶対それじゃん！　ヤバいよ、だとしたら江奈《えな》ちゃんめっちゃブチ切れてるじゃん！

どどど、どうしよう？　もう江奈《えな》ちゃんには全部バレちゃってるのかな？

い、いやでも、何も行動を起こしていないところを見ると、まだ確信に至ってはいないのか？

「……佐久原《さくはら》くん？」

「うはいぇ⁉　な、なにかな？」

にわかに緊張《きんちょう》感に支配されていた俺は、不意に江奈《えな》ちゃんに呼ばれて声を裏返らせてしまう。

と、とにかく！　委員会の仕事が終わるまで、間違《まちが》ってもボロを出さないようにしなければ！

「いえ、あの、あまり顔色が良くないようだったので。気分でも優《すぐ》れないのかと」

「そ、そんなことないよ？　俺、もとから顔色とか良くない方（？）だし、気のせいじゃない？」

ははは、という俺の白々しい笑い声が事務室に響《ひび》き渡《わた》る。

前回とは違《ちが》う理由で、早く図書委員のシフトが終わって欲しいと、俺は心からそう願った。

※

どうにか図書委員の仕事を乗り切って、時刻は午後四時過ぎ。

このまま帰りたいところだが、いま正門に行けば十中八九、水嶋《みずしま》が待ち伏《ぶ》せているだろう。

となれば、少なくともあと二時間くらいは学校内での「予定」で埋《う》めておきたいところだ。

そこで使うのが、俺が図書委員の他にもう一枚持っているカードである。

すなわち、部活動だ。

俺が所属しているのは、中等部の頃《ころ》から在籍《ざいせき》している映画研究部。とはいえ、部員も少なければ部費も少ないため、最近はロクに映画も作れていないのが実状だ。

だから俺が行っても何も活動らしい活動はできないだろうけど、あそこには何しろ色んな映画が保存されている。適当に一作選んで観《み》ていれば、二時間なんてあっという間だ。

俺は久々に部室へと顔を出すべく、文科系部室の並ぶ特別棟《とう》三階の奥《おく》へと向かった。

やがてたどり着いた一室の扉《とびら》をノックすると、扉《とびら》の向こうからくぐもった声が飛んでくる。

「――〈奇跡《きせき》の他に要《い》るものは？〉」

「〈銃《じゅう》をくれ、どっさりと〉」

俺が合言葉を答えると、所々に錆《さび》が目立つ鉄製の扉《とびら》が内側から押《お》し開けられる。

「やぁやぁ、佐久原《さくはら》くんじゃあないか！　久しぶり！　今日は来てくれたんだね！」

俺の顔を見るなり歓待《かんたい》の声をかけてきたのは、貞子《さだこ》みたいに長い黒髪《くろかみ》とハ○ー・ポッターみたいな丸メガネが特徴《とくちょう》的な女子生徒だった。

二年生で部長でもある宮沢真琴先輩《みやざわまことせんぱい》だ。

「どもっす、部長。ちょっと時間潰《つぶ》しに来ただけですけど」

「いやいや、それでもありがたいよ！　なにしろウチには籍《せき》だけ置いて一度も部室に来ないような幽霊《ゆうれい》部員の方が多いからねっ！　ささ、入って入って！」

「まぁ、あまり活動らしい活動もできてないもんね～」

「活動資金が無いからな。あと、ついでに部長の人望も」

宮沢先輩《みやざわせんぱい》に続いて、ふんわりボブカットのおっとり系女子と、ダウナーな雰囲気《ふんいき》のボサボサ髪《がみ》の男子が口を開く。こちらも二年生部員で、菊地原海先輩《きくちはらうみせんぱい》と藤城新先輩《ふじしろあらたせんぱい》だ。

「うっ、相変わらず手厳しいねキミタチは……まぁ、概《おおむ》ねその通りではあるけれども」

相変わらずまとまりがない先輩《せんぱい》たちだ。

まぁ、去年の文化祭で俺が映画を撮《と》ると言った時はなんだかんだ手伝ってくれたりアドバイスをしてくれたりしたし、悪い人たちではないんだけどさ。

「活動資金かぁ……部費が少ない以上、ここはやはり各自でバイトをして稼《かせ》ぐしか！」

「悪いけど、俺は自分で稼《かせ》いだ金は自分のためだけに使いたい派の人間だ」

「私、高校生のうちはバイトしちゃダメだって、お父さんに言われてるから～」

「なんだい、なんだい！　君たちはもう少し映研部員としての自覚というものをだねぇ！」

話し込む先輩《せんぱい》たちを横目に、俺は部室の棚《たな》に並べられたDVDの中から適当な一作を選ぶ。

それを備え付けのPCで再生させようとしたところで、菊地原先輩《きくちはらせんぱい》が俺の顔を見て思い出したように手を叩《たた》いた。

「あ、それなら～。例の件なんだけど、佐久原《さくはら》くんにお願いするのはどうかな～？」

「例の件……はっ、そうか！　そうだよ、我々にはまだ佐久原《さくはら》くんがいたじゃあないか！」

途端《とたん》に、部長の丸メガネの奥《おく》の瞳《ひとみ》が真円に見開かれた。

例の件？　例の件ってなんなんだ？

「え？　え？　なんですか？　俺がなんだっていうんですか？」

段々と不安になってきた俺がそう尋《たず》ねても、部長はまるで聞いちゃいない。

こっちの質問なんかお構いなしに、力強く俺の両肩《りようかた》を鷲摑《わしづか》みしてこう言った。

「佐久原《さくはら》くん！　今週の土曜日、ちょっとしたバ、イ、トをしてみないかい？」

「…………はい？」

※

予定通り部室での時間潰《つぶ》しを終えて校舎を出ると、時刻はすでに六時半を回っていた。

さすがの水嶋《みずしま》も、もうとっくに諦《あきら》めて帰っているだろう。どうやら作戦は成功みたいだな。

「にしても……ヒーローショー、か」

正門へと向かう道すがら、俺はすっかり薄暗《うすぐら》くなった空を見上げて呟《つぶや》いた。

今度の土曜日に隣町《となりまち》の商店街で行われるご当地ヒーローショーに出演する。

それが、部長の言う「ちょっとしたバイト」の概要《がいよう》だった。

なんでもこれは、以前の映画製作で撮影《さつえい》に協力してくれたという隣町《となりまち》の商店街会長が持ち掛《か》けてきた案件だそうだ。

少し前に急な事故があって、ショーに出るはずだった演者さんの一人が全治数か月の骨折。急遽《きゅうきょ》代役を探すことになり、映研の中に誰《だれ》か人材はいないか、という話らしい。もちろん、引き受けた場合は相応のバイト代を出す用意もあるんだとか。

お世話になっている会長からの依頼《いらい》ということもあり、常に予算に飢《う》えている我らが部長はこれを快諾《かいだく》。しかし、なかなか手を挙げる部員がおらず、代役探しは暗礁《あんしょう》に乗り上げていた。

そこで目をつけたのが、久々にノコノコ部室を訪《おとず》れた半幽霊《はんゆうれい》部員＝俺だったというわけだ。

もちろん、俺だって貴重な休日をそんなことに費《つい》やすなんて御免《ごめん》だし、最初は断ろうとした。

しかし、そこでふと思い直したのだ。

（バイトという大義名分があれば、休日でも水嶋《みずしま》とのデートを回避《かいひ》できるのでは？）

そんなわけで「やります」と首を縦に振《ふ》ったのが、つい先ほどのことである。

「……はは。バイトとはいえ、まさか俺が『ヒーロー』になる日が来るとはね」

すっかり運動不足で凝《こ》り固まった肩《かた》を回しながら、俺は苦笑《くしょう》する。

面倒《めんどう》ではあるけれど、これで土曜日は水嶋《みずしま》の誘《さそ》いを断ることができるだろう。バイトという正当な理由があるのだから、あいつも「逃《に》げた」とは言えまい。

それについては万々歳《ばんばんざい》だし、何も文句はない。

だけど、俺なんかが「ヒーロー」を演じるというのが滑稽《こっけい》で、思わず笑ってしまう。

たしかに俺は、ヒーローが好きだ。子供の頃《ころ》なんか特撮《とくさつ》ヒーローの大ファンだったし、それこそヒーローショーにも何回も行っていたと思う。あの年ごろの男子なら誰《だれ》だってそうだったように、本気でヒーローになりたいとも思っていた。

しかし今じゃすっかりやさぐれちまって、そんな憧《あこが》れもいつの間にか消え去っていた。

人相の悪さも相まって、今の俺はどっちかと言えばヴィラン側の人間だろう。

「『触《さわ》らぬ神に祟《たた》りなし』がモットーのヒーローなんて、聞いたことないよなぁ」

そんな俺が演じるヒーローに、ちびっ子たちは何も知らずに憧《あこが》れの眼差《まなざ》しを向けるのだろうか。それはなんというか、さすがに忍《しの》びない気持ちにならないでもない。

すまんな、ちびっ子たち。しかし、世の中なんてのは往々にしてそんなものなのだよ。

「あ、やっと来た」

「おわぁぁい!?」

心の中でニヒルに笑いながら正門を通り過ぎようとしたところで、不意に声を掛《か》けられる。

周りには誰《だれ》もいないと思っていただけに、俺は盛大《せいだい》にびっくりして肩《かた》を震《ふる》わせてしまった。

「いやいや、驚《おどろ》きすぎだし」

おそるおそる振《ふ》り返ると、正門横で待ち伏《ぶ》せしていたのは案の定、水嶋《みずしま》だった。

「み、水嶋《みずしま》？　お前まだ帰ってなかったのか!?」

「だって、いくら待っても颯太《そうた》、全然来ないんだもん。チャットだって何度もしたのに、全然既読《きどく》つかないしさ。まったく、どこで何してたんだよ～う」

不満げにジトッとした目で俺を見上げながら、水嶋《みずしま》がツンツンと頬《ほ》っぺたを突《つ》いてくる。

そういえば、今日はこいつからのチャットは通知オフにしてたっけな。

俺は思い出したようにスマホを取り出し、水嶋《みずしま》とのチャット画面を表示する。

『颯太《そうた》～、まだHR終わらない？』

『正門近くで待ってるから、早く来てね～』

『ねぇ颯太《そうた》、いまどこにいるの？』

『……逃《に》げるの？』

『颯太《そうた》……もしかして、他の女と一緒《いっしょ》にいたりする？』

未読メッセージ、なんと驚異《きょうい》の三桁《けた》である。

ていうか、最後の方はなんか不穏《ふおん》な文面も交じってるし。怖《こわ》いんですけど、マジで。

「……さすがに諦《あきら》めて帰れって」

「嫌《いや》だよ。颯太《そうた》と一緒《いっしょ》に帰りたいんだから。それより、今日はどうしてこんなに遅《おそ》かったの？

もしかして、私とのデートから……『勝負』から逃《に》げた、ってことなのかな？」

どこか挑発《ちょうはつ》するような口調でそう言ってくる水嶋《みずしま》。やっぱりそこを突《つ》いてくるよな。

だが、今日の俺には「作戦」がある。残念ながらその挑発《ちょうはつ》は俺には効かん。

「逃《に》げたわけじゃない。今日は他に用事があったんだよ」

「用事って？」

「図書委員の仕事だ」

「本当に？　私、その可能性も考えてHR終わった後に一応覗《のぞ》いてみたけど、図書室には司書の先生しかいなかったよ？」

こ、こいつ、ちゃんと裏を取りに行ってやがる。やっぱり油断ならない奴《やつ》だ。

「今日は受付の裏の事務室で作業してたんだよ」

「……それって、江奈《えな》ちゃんと？」

「え？　ああ、まぁ、同じシフトだしな」

「二人きりで？」

「そりゃ、今日のシフトは俺たちだけだし」

「ふ〜ん……」

スッ、と目を細めた水嶋《みずしま》が、次には何やらブツブツと呟《つぶや》く。

「……なるほど、事務室とは考えたね」

「あ？　なんだって？」

「ううん、なんでもない」

誤魔化《ごまか》すように微笑《ほほえ》んだ水嶋《みずしま》は、けれど尚《なお》も追及《ついきゅう》の手を緩《ゆる》めない。

「でも、それでもやっぱりおかしくない？　あんまり詳《くわ》しくないけど、図書委員の仕事ってせいぜい一時間くらいでしょ？　その後は何してたの？」

「部活だよ。俺、こう見えても映画研究部員だし。最近ちょっと顔出してなかったから、さすがに行かなきゃと思ってな。久々に先輩《せんぱい》たちとも会いたかったしさ」

我ながら思ってもいないことを、と内心苦笑《くしょう》する。

さすがに俺が普段《ふだん》映研でどう過ごしているのかまでは把握《はあく》しきれていなかったらしい。水嶋《みずしま》は怪訝《けげん》そうな表情こそ見せたものの、結局はさもありなんといった風に頷《うなず》いた。

「ふ〜ん。まぁ、そういうことなら今日のところは仕方ないか」

「わかってくれたか？」

「うん。でも、次からは部活を優先するのも『逃《に》げた』ってみなすからね。今日久々に顔を出せたんなら、もうしばらくは行かなくても大丈夫《だいじょうぶ》、ってことだもんね？」

「うっ……わ、わかったよ」

たしかに、ほぼ幽霊《ゆうれい》部員の俺が今後も「部活」を理由にするのはさすがに無理があるか。

このカードは、どうやら今回限りの切り札だったようだ。

となると、また何か作戦を考えないとなぁ……。

「よろしい。じゃあ、今日はもう遅《おそ》いから、せめて駅まで一緒《いっしょ》に帰ろうか」

もはや「親の代からいました」みたいな顔で、当然のように俺の腕《うで》に抱《だ》き着いてくる水嶋《みずしま》。

色々当たってるんだよ。まぁ、さすがにもうこの程度のスキンシップでは動揺《どうよう》しないけど。

「そういえば……ねぇ、颯太《そうた》。そろそろ週末だし、もう決めとこうよ。土日のプラン」

そうして、ぼちぼち学校の最寄《もよ》り駅が見えてきた頃《ころ》。

ついに水嶋《みずしま》の口からそのセリフが飛び出した。平静を装《よそお》いつつ、俺は内心でほくそ笑《え》む。

(来た。その言葉を手ぐすね引いて待ってたぜ)

部活というカードは封《ふう》じられてしまったが、俺にはまだもう一つの切り札があるのだよ！

「ああ、そのことなんだけどさ。今週の土曜日のデートはナシだ」

「え？」

「おっと、勘違《かんちが》いするなよ？　べつにお前との勝負から逃《に》げようってんじゃない」

きょとんとする水嶋《みずしま》を手で制し、俺は決定的証拠《しょうこ》を叩《たた》きつける弁護士よろしく言い放った。

「俺、土曜日はバイトがあるからさ。悪いけどお前に付き合ってやれないんだ。さすがに仕事をほったらかして女の子と遊びに行くわけにはいかないだろ？」

どーよ！　さしものお前もこの完璧《かんぺき》な大義名分の前には何も言えまい！

「へぇ……颯太《そうた》、バイトなんてやってたんだ」

俺が勝《か》ち誇《ほこ》っていると、水嶋《みずしま》がまたぞろ訝《いぶか》しげな顔をして聞いてきた。

「それって、短期のバイト？」

「ん？　ああ」

「ふ〜ん、そうなんだ。どんなバイトなの？」

さりげない風を装《よそお》って探《さぐ》りを入れてくる水嶋《みずしま》。

が、もちろん教えてやるつもりはサラサラない。ヒーローショーのバイトなんて知ったら、絶対に現場までやってくるだろ、こいつは。それでは何の意味もない。

「秘密だ」

「え〜、隠《かく》すじゃん。いつ決まったバイトなの？」

「それも秘密」

「何か欲《ほ》しいものでもあるの？」

「秘密で～す」

「……肉体労働系？」

「だから秘密……絞《しぼ》り込もうとするな！」

アキネ○ターかお前は！

シームレスに誘導尋問《ゆうどうじんもん》に持ち込もうとしやがって。本当に油断も隙《すき》も無いやつだ。

「むぅ、『恋人《こいびと》』にも話せないような仕事なんだ。なんかやらし～ね」

「何とでも言え。とにかく土曜はバイトがあるから、デートはおあずけだ」

「……おあずけ、かぁ」

いよいよ打つ手も無くなったようで、水嶋《みずしま》が深いため息とともにそう呟《つぶや》く。

なんだかあからさまにテンションがガタ落ちしてしまったようだ。

う、う～ん。これが狙《ねら》いだったとはいえ、そこまでガッカリされるとさすがに罪悪感が押《お》し寄せてくるんですけど。

てっきりもう少し食い下がると思ってたから、なんだか余計に拍子《ひょうし》抜《ぬ》けしちまうな……。

気まずい沈黙《ちんもく》に耐《た》えかねて、俺はあえておどけた口調で手を振《ふ》った。

「お、おいおい、たかがデートができないくらいで大げさだな。そんなに落ち込むことか？」

「うん、落ち込むよ」

間髪容《かんはつい》れずに頷《うなず》いて、ことさらに沈《しず》んだ表情を浮《う》かべる水嶋《みずしま》。

それ以上は、俺もさすがに茶々を入れる気にはなれなくなってしまった。

はぁ……勘弁《かんべん》してくれ。

お前がそんなしおらしい顔してると、こっちまで調子が狂《くる》うんだよ。

「……バイトは、土曜だけだ」

「え？」

「日曜日は、バイトはない。だから家でゴロゴロするつもりだ……何も予定が入らなければな」

俺の言わんとしていることを察したのか、水嶋《みずしま》が期待に満ちた表情で俺を見上げる。

こいつに耳と尻尾《しっぽ》があったら、きっと千切れんばかりにブンブンと揺《ゆ》れていたことだろう。

「ふふ……颯太《そうた》って、きっと悪役だとしても最後には主人公を庇《かば》って死ぬタイプだよね」

うるせえやい。あと、縁起《えんぎ》でもないから死ぬとか言うな。

第八章　青果戦隊ベジタブレンジャー

迎《むか》えた土曜日の朝七時半。

ヒーローショーの初回上演は午前十時から。演者の集合時間はその一時間ほど前なので、俺は珍《めずら》しく早起きをして出かける準備を整えていた。

家から商店街までは電車と徒歩で三十分ほど。念のため八時に家を出れば、現場には余裕《よゆう》を持って到着《とうちゃく》できるだろう。

「ふぁ〜……って、あれ？　兄がこんな時間から活動してる！　珍《めずら》しいねおはよう！」

眠《ねむ》い目を擦《こす》りながらリビングに下りてきたパジャマ姿の涼香《すずか》が、玄関《げんかん》で靴《くつ》を履《は》く俺の姿を見るなり目を丸くした。朝からやかましい妹だ。

「しかも外出!?　うわ〜、今日あれじゃない？　兄が外出でもするんじゃないの？」

「そのまんまじゃねーか」

俺の外出は「槍《やり》が降る」とか「隕石《いんせき》が落ちる」くらいの異常事態なのかよ。

「バイトに行くんだよ。隣町《となりまち》の商店街まで。昨日も言っただろうが」

「そのうえ労働!?　そんな……そんなの、私の知ってる兄じゃないよ！」

白々しいにもほどがある芝居《しばい》がかった口調で、涼香《すずか》が俺の肩《かた》をぐわんぐわんと揺《ゆ》らしてくる。

「バイトに行くために早起きして出かけるなんて、颯太《そうた》お兄ちゃんはそんなことをする人じゃなかった！　返して！　お昼まで寝《ね》ているかと思えばそのまま一歩も外に出ることなく休日を浪費《ろうひ》する、そんなものぐさでダメダメなお兄ちゃんを返して！」

「おい、いい加減ぶっ飛ばすよ？」

あれだな、兄貴を舐《な》めくさっているこの愚妹《ぐまい》には、どこかで一度ガツンと言ってやらないといけないかもな。

「……とまぁ、そんな小芝居《こしばい》は置いといて。バイトしっかりね、兄。普段《ふだん》ちっとも社会に貢献《こうけん》してないんだから、たまには世間の役に立ってくるよーに！」

「やかましいっての……はぁ、行ってきます」

俺はそそくさと家を出て、最寄《もよ》り駅から電車に乗り込み隣町《となりまち》の商店街へと足を踏《ふ》み入れる。

広場ではすでにステージの設営や観客用のパイプ椅子《いす》の準備が始まっていた。この手のローカルなイベントショーにしては大きめな規模の会場が設けられているようだ。

幅《はば》こそ広くはないものの、ステージも学校の体育館のそれと同じくらいしっかりと高さがあるし、なかなか本格的なセットだ。

「さてと、俺もぼちぼち衣装《いしょう》に着替《きが》えないとな」

俺は演者の控《ひか》えスペースを探すべく歩き出し。

――――頑張《がんば》ってね。

「ひっ⁉　な、なんだ……？」

刹那《せつな》、いきなり背筋が寒くなった気がして、慌《あわ》てて辺りを見回した。

なんか今、どっかから非常に嫌《いや》な気配を感じた気がしたが……。

「……い、いやぁ、ははは。……まさか、ね？」

※

〈よい子のみんな～～～!!　こ～んに～ちわ～～～!!〉

着替《きが》えやら直前の簡単な打ち合わせやらを終え、いよいよ開演時間を迎《むか》えた商店街広場。

すでにちびっ子たちやその親御《おやご》さんたちが詰《つ》めかけた観客席に向かい、司会進行役のお姉さんのよく通る声が響《ひび》き渡《わた》る。

次にはそれを遮《さえぎ》るように「デンドンデンドン」と不穏《ふおん》なBGMが流れ始め、舞台袖《ぶたいそで》から黒い全身タイツを着た五、六人の演者さんが登場。ステージ上や観客席を掛《か》け回り始めた。

そうして悪役たちがひとしきり暴れたら、お次はもちろんヒーローたちの出番だ。

司会のお姉さんの煽《あお》りで、ちびっ子たちが一斉《いっせい》に声を張り上げる。

「「「助けて！　ベジタブレンジャー!!!!」」」

〈そこまでだ！　カビルダー！〉

その後の展開は、概《おおむ》ねスタンダードなヒーローショーの流れを踏襲《とうしゅう》する形で進行していった。

青果戦隊ベジタブレンジャーはよくある五人組のヒーロー戦隊で、リーダーの「ベジタブレッド」を始め、それぞれにカラーとテーマとなる青果物が設定されている。

ちなみに今回俺が代役を任されたのは、ピーマンがテーマの「ベジタブグリーン」だ。

（ふぅ、はぁ……け、結構キツイなこれ）

ヒーローショーと言ってもごくローカルなものだし、戦闘《せんとう》シーンもそこまで派手な動きは要求されない。せいぜい数パターンのパンチとキックくらいのものだ。

それでも実際に衣装《いしょう》を着てやってみると、これがなかなか大変で。普段《ふだん》の運動不足も相まって、俺はどうにか事前の打ち合わせ通りに体を動かすので精一杯《せいいっぱい》だった。

「すげぇ～！　やっぱりベジタブレンジャーはかっこいい！」

「……いえ、でもきょうはグリーンのちょうしがイマイチなきがするわ」

「え、そうかなぁ？」

「ええ。こさんのグリーンおしであるわたしにはわかるわ。いつもよりうごきにキレがないもの。イエローとのがったいわざの『緑黄色ビーム』も、あまりいきがあっていないみたいだし」

おいおい、ちびっ子たちの中にめちゃくちゃなオタがいるじゃないか。

なに、グリーンってそんなコアなファンがついてたりするの？　すげぇやり辛《づら》いんですけど。

どうにか不自然に思われないように立ち回りつつ、観客席に視線を走らせたところで。

「…………は？」

しかし、俺はマスクの中で反射的に素《す》の声をあげてしまった。

見てはいけないものを見てしまったからだ。

（バ……バイトの内容や場所は言ってないハズだぞ⁉）

激しく動き回ったことによるものとは別の汗《あせ》が流れるのを感じる。

客席の最後方、コンクリートの壁《かべ》に寄りかかって腕組《うでぐ》みをしながらステージを眺《なが》めている、一人の美少女。彼女が着ているフリル付きのブラウスやサスペンダー付きのスカートは、どれも明らかに見覚えのあるものだった。

そう。悪の組織なんぞよりよっぽど厄介《やっかい》な宿敵――水嶋静乃《みずしましずの》の襲来《しゅうらい》である。

（なんでお前がそこにいる⁉）

カビルダー戦闘員《せんとういん》たちとの死闘《しとう》を演じつつ、俺は内心では演技どころではなくなっていた。

まさか、こんな場所にまでヤツが出没《しゅつぼつ》するなんて。一体どうやってここを嗅《か》ぎつけたんだ。

偶然《ぐうぜん》通りがかっただけか？　それとも、もともとベジタブレンジャーのファンだったとか？

……いや、それはさすがにないか。

（くそ、せっかくこんな苦労を背負《せお》い込んでまでデートを回避《かいひ》したっていうのに！）

そうこうしている内に、気付けば戦闘《せんとう》シーンは第二フェイズへと移行する。

カビルダーの戦闘員《せんとういん》たちが客席の中からランダムで「人質《ひとじち》」を選び、ステージ上まで連行。絶体絶命のピンチを演出したところで、ちびっ子たちの声援《せいえん》によってパワーアップしたベジタブレンジャーが人質《ひとじち》たちを助け出す、というシナリオだ。

〈さぁ～て、どいつを人質《ひとじち》にしてやろうカビね～？〉

司令官ポジのカビルダーAをはじめ、他のカビルダーたちが着々と人質《ひとじち》を選別していく。

過半数はもちろんちびっ子たちだったが、バランスを取るためか保護者の中からも何人か連行されていった……のだが。

〈よ～し！　じゃあ最後はそこの可愛《かわい》いお嬢《じょう》ちゃんカビ！〉

「え？　ああ、私？」

あろうことか、客席の最後方まで来ていたカビルダー（以下、Dとする）が、すっかり後方彼女面《づら》していた水嶋《みずしま》に目を付けてしまった。

そのまま連行され、水嶋《みずしま》もステージ上まで引っ張り上げられる。

（おいおいおい……なんかまた妙《みょう》な展開になってきやがったぞ？）

ステージ上に立ち並んだカビルダーと人質《ひとじち》たち。一方のベジタブレンジャーは観客席からそれを見上げる構図だ。ここからは、予定通り俺たちレンジャーが人質《ひとじち》を救出する流れとなる。

とはいえ、できることなら水嶋《みずしま》の解放を担当することだけは避《さ》けたいところである。

マスクで顔《かく》が隠れていて声を出す必要もないとはいえ、あいつは妙《みょう》にカンが鋭《するど》いところがあるからな。近づくのは危険だ。

万が一にも俺が演技していることがバレるのだけは避《さ》けなければ！

〈行くぞ、ベジタブレンジャー！　カビルダーたちから皆《みんな》を助け出すんだ！〉

ベジタブレッドの号令と共に、アップテンポなBGMが流れ出す。ここからは誰《だれ》がどの人質《ひとじち》を助けに行くかは決まっておらず、状況《じょうきょう》に応じてアドリブで対応する手筈《てはず》になっている。

というわけで、俺はいち早くステージに向かって走り出し、水嶋《みずしま》を捕《つか》まえているカビルダーDさんとは真逆の方向に駆《か》けつけようとした……のだが。

「うわ〜、助けて〜、ベジタブグリーン〜」

なんと、水嶋《みずしま》は目の前を通り過ぎようとした俺（グリーン）をわざわざ名指しして助けを求め始めたのだ。すぐ近くには他のメンバーだっているはずなのに、水嶋《みずしま》はグリーン以外の四人にはまるで見向きもしない。

「……逃《に》げたりしないよね？　意気地ナシ《チキン》野郎《 》じゃないんだもんね？」

（バ、バレてるっ⁉）

どういうカラクリなのかはまったくわからない。

しかし、どうやら水嶋《みずしま》は、俺が今日このヒーローショーのスーツアクターをしていて、しかもそれがベジタブグリーンの代役だということを完全に把握《はあく》しているようだった。

相変わらずなんて異常な情報収集能力を持っているんだ、あいつは！

（くっ……やるしかないか！）

またしても水嶋《みずしま》のペースに流されることになるのは業腹《ごうはら》だが、だからといって私情でショーを盛り下げるような真似《まね》をするほど、俺も無責任な人間じゃない。

腹を括《くく》ってステージに上がり、俺はカビルダーDさんと対峙《たいじ》する。

俺が無言でファイティングポーズを取ると同時に、カビルダーDさんも水嶋《みずしま》を背後に隠《かく》して臨戦態勢を取った。

「うわわっ……！」

しかし、ここで思わぬアクシデントが発生。近くでレッドにぶっ飛ばされる演技をしていたカビルダーの演者さんが足をもつれさせ、Dさんに激突《げきとつ》してしまったのだ。

突然《とつぜん》の事でまったく身構えていなかったらしいDさんがよろめく。そのまま将棋倒《しょうぎだお》しのように、Dさんの体が近くにいた人質《ひとじち》のちびっ子めがけて倒《たお》れ込みそうになる。

（うわ、やばっ⁉）

ちびっ子が立っているのはステージ端《ばた》。あのままDさんにぶつかられたら、その勢いで壇上《だんじょう》から落下してしまうだろう。打ち所が悪ければ、十分大けがに繋《つな》がる高さだ。

「危ない！」

瞬間《しゅんかん》、Dさんの体から庇《かば》うようにしてちびっ子を押《お》しのけたのは、水嶋《みずしま》だった。

おかげでちびっ子はステージ上で軽く尻《しり》もちをつく程度で済んだが、その身代わりになる形で、Dさんにぶつかられた水嶋《みずしま》が壇上《だんじょう》からはじき出されてしまう。

重力に引っ張られて、徐々《じょじょ》に体を傾《かたむ》けていく水嶋《みずしま》。

(あ——あいつ、落ちる)

そう思った瞬間《しゅんかん》、気付けば俺はショーのことなど綺麗《きれい》さっぱり頭から抜《ぬ》けていた。

「…………水嶋《みずしま》っ！！！」

手を伸《の》ばしても間に合いそうにはない。俺は無我夢中《むがむちゅう》でステージから飛んで水嶋《みずしま》の体をキャッチし、そのまま自分が下敷《したじ》きになる形で地面へと落下した。

ドサッ！

「ぐへっ⁉」

背中を強《したた》かに打ちつけてしまい、鈍《にぶ》い痛みに思わず呻《うめ》く。

ただ、幸い大した怪我《けが》はせずに済んだらしい。

俺の体に覆《おお》いかぶさる形になった水嶋《みずしま》もどうにか無傷だった。

「いっつつつ……だ、大丈夫《だいじょうぶ》か？」

「う、うん……びっくり、した」

さすがに肝《きも》が冷えたようで、密着している水嶋《みずしま》の胸の辺りから「ドクン、ドクン」という速い鼓動《こどう》を感じる。

「怪我《けが》、してないよな？」

「だ、大丈夫《だいじょうぶ》。颯《そう》……グリーンが、守ってくれたから」

安心して気が抜《ぬ》けたのか、仰向《あおむ》けに倒《たお》れ込んでいる俺の胸元《むなもと》に、水嶋《みずしま》が脱力《だつりょく》気味に顔を埋《うず》めてきた。やれやれ……まぁ今ぐらいは仕方ないか。

「うぉぉぉぉ！　すげぇ～！　いまのみたか⁉」

「グリーンがおねえちゃんをダイビングキャッチした！」

俺が安堵《あんど》のため息を吐《つ》くと同時、観客席で一部始終を見ていたちびっ子たちから歓声《かんせい》が上がる。どうやら、幸いにも今のアクシデントもショーの一環《いっかん》だと思ってくれたようだ。

とはいえ、いつまでも地面に転がっていたらさすがに不自然だろう。ショーはまだ終わっていない。俺も早くステージに戻《もど》らないと。

「水嶋《みずしま》、立てるか？」

「うん」

水嶋《みずしま》と一緒《いっしょ》に立ち上がり、俺は彼女を観客席の端《はし》まで送り届ける。

「お前……あんま無茶すんなよ」

色々と言いたいことはあったが、ひとまず俺はそう窘《たしな》める。

あのちびっ子を助けるためとはいえ、あんなに躊躇《ちゅうちょ》なく自分を身代わりにするなんて。

「危なっかしいにもほどがあるっての」

「あはは。でも、ヒーローならそうすると思って」

「馬鹿。フィクションと現実を一緒《いっしょ》にするな。大した怪我《けが》がなかったから良かったものを」

「いやいや、颯太《そうた》がそれ言っちゃう？」

クスクスと笑って、水嶋《みずしま》がマスク越《ご》しに俺の顔を見つめてきた。

「無茶なのはお互《たが》い様でしょ。颯太《そうた》だって、前に私を助けてくれたじゃん」

「は？　前に？」

言われて、俺は記憶《きおく》の引き出しをざっと漁《あさ》る。

ああ、そうか。そういやコイツとの初デートの時、酔《よ》っぱらいどもに絡《から》まれていたところを助けてやったっけな。

「それに、今だって。『助けて』なんて言ってないのに、やっぱり助けてくれたじゃん」

「いやお前、それは……」

「『触《さわ》らぬ神に祟《たた》りなし』、じゃなかったの？」

「む、ぅ……」

たしかにさっきの俺の行動は、少々らしくなかったかもしれない。

あんな、自分の身を挺《てい》してまで誰《だれ》かを守ろうとするなんて、普段《ふだん》の俺では絶対にあり得ない。

でも……こいつが落ちるかもしれないと思ったら、何故《なぜ》だか咄嗟《とっさ》に体が動いていたんだ。

「……そーだな。自分でもびっくりしてるよ。まったくガラにもないことしちまった。こんな格好してるからかな」

きっとそうだ。慣れないヒーローショーバイトの空気にあてられただけに違《ちが》いない。

自分に言い聞かせるようにそう独りごちた俺は、やがて水嶋《みずしま》を客席まで送り届けると、そのまま壇上《だんじょう》に戻《もど》るために踵《きびす》を返す。

「そんなことないって——ねぇ、颯太《そうた》」

しかし、水嶋《みずしま》はやんわりとそれを否定すると、俺の肩《かた》を摑《つか》んで呼び止めてきた。

次の瞬間《しゅんかん》、「何だよ」と俺が振《ふ》り返るのと、水嶋《みずしま》がマスク越《ご》しに俺の頰《ほお》に軽く口づけをするのとは、ほとんど同時のことだった。

「助けてくれてありがとう。やっぱりキミは、私のヒ、ヒ、ヒーロ、ロ、ロ、ローだね」

「…………は？」

こ、この状況《じょうきょう》でこいつはまたこういうことを！

人を呼び止める度《たび》にキスとかハグとかしてくるなよ。何なの？　欧米人《おうべいじん》なの？

「あ～！　おねえちゃんがグリーンにチューした！」

「ラブラブだ～！」

水嶋《みずしま》の大胆《だいたん》な行動には、もちろんちびっ子たちも大騒《おおさわ》ぎだ。

なんだか別の意味ですごい盛り上がりになってしまった。

やれやれ……本当にトラブルしか持ってこない女だ、こいつは。

※

初回こそ思わぬアクシデントに見舞《みま》われたものの、その後の公演はいたって順調に進行した。ショーの内容も大きな変更《へんこう》はなかったので、俺も慣れてきた最後の二回くらいはそれなりに上手《うま》くやれたと思う。

そうして全ての公演も終わり、すでに陽《ひ》も西の空に傾《かたむ》きはじめた夕暮れ時の商店街で。

「喫茶《きつさ》『オリビエ』……ここか」

広場を後にした俺は、街角にある一軒《けん》の喫茶店《きつさてん》の前までやってきていた。いわゆるチェーン店ではなく、個人経営の老舗《しにせ》の純喫茶《じゅんきつさ》といった店構えだ。

カランカラン、という小気味いいドアベルの音と共に、さっそく中へと入ってみる。

ゆったりとしたクラシック音楽の流れるシックな雰囲気《ふんいき》の店内には、客はまばらだった。コーヒー豆の香《こう》ばしい香りと、微《かす》かな煙草《たばこ》の匂《にお》いが鼻をくすぐる。

「いらっしゃいませ。何名様でしょうか？」

カウンター裏でグラスを磨《みが》いていた白髪《はくはつ》に白ひげの店主が、常連客らしい老人との会話を中断して恭《うやうや》しく尋《たず》ねてくる。まさに「喫茶店《きつさてん》のマスター」といった感じのマスターだ。

「ああ、すみません。待ち合わせをしてるんですけど……」

「颯太《そうた》。こっちこっち」

俺の言葉を遮《さえぎ》るようにして、窓際《まどぎわ》のボックス席に座《すわ》っていた水嶋《みずしま》が俺を手招きする。

テーブルにはすでに半分ほどに減ったコーヒーが置かれていた。

「……待たせたな、とは言わないぞ。こっちはさっきまでバイトだったんだ」

「大丈夫《だいじょうぶ》。颯太《そうた》を待つ時間も好きだから、私」

俺が水嶋《みずしま》の対面に座《すわ》ると、マスターがさっそくお冷とメニューを持って来てくれた。

「好きなの頼《たの》みなよ。奢《おご》ったげる」

「いいよ別に。自分で払《はら》うし」

「まぁそう言わずに。突然《とつぜん》バイト先に押《お》しかけちゃったお詫《わ》びってことでさ」

「お前に借りを作りたくないんだよ……すみません、ウィンナーコーヒーを一つ下さい」

かしこまりました、と一礼して去っていくマスターの背を見送ったのち、俺は単刀直入に水《み》嶋《しま》に言った。

「で、誰《だれ》から聞いたんだ？」

「うん？　なんのこと？」

こいつ……わかってるくせに白々しい顔をしてからに。

「俺が今日、この商店街で、ヒーローショーのスーツアクターのバイトをすることをだよ」

そう。俺がバイト終わりに喫茶店《きっさてん》で水嶋《みずしま》と待ち合わせたのは、ズバリ事情聴取《ちょうしゅ》のためだ。

ちなみに店のチョイスは水嶋《みずしま》だ。悔《くや》しいが、なかなか雰囲気《ふんいき》のいい店を知ってやがる。

「どういうことなのか、一から説明してもらおうか。ちゃんと白状するまで帰さないからな」

「………」

「『むしろアリかも』って顔すんな！　喋《しゃべ》るんだよ、全部！」

「冗談《じょうだん》だって。といっても、そこまで難しい話でもないんだけど」

そこで一旦《いったん》言葉を切って、水嶋《みずしま》がコーヒーカップに口をつける。

俺もタイミングよくマスターが持って来てくれたウィンナーコーヒーを一口飲みながら、水嶋《みずしま》の二の句を待った。

「たしかに颯太《そうた》が今日バイトするのは知ってたけど、それが何のバイトで、いつどこでやるのかなんて、さすがに私もわからなかったんだ」

「ふ〜ん。それで？」

俺が先を促《うなが》すと、水嶋《みずしま》はあっけらかんとした顔でとんでもないことを言いだした。

「うん。だからね、昨日の夜に聞いてみたんだよ。颯太《そうた》が今日、何時に家を出るのかを」

「は？　誰《だれ》に？」

「涼香《すずか》ちゃん」

………何ですって？

一瞬《いっしゅん》ポカンとしてしまった俺は、けれどすぐさま真偽《しんぎ》を確かめるべくスマホを取り出す。

〈もしも～し、兄？　どうしたの？　もうバイト終わったの？〉

「おい愚妹《ぐまい》。聞きたいことがある」

〈え？　な、なになに、いきなりどうしたのさ？〉

のほほんとした態度の妹に、俺は一部始終を説明する。

俺の話を黙《だま》って聞いていた涼香《すずか》は、やがてアッサリと白状した。

〈あ、バレた？　いやぁ～、実は昨日の夜に静乃《しずの》さんから電話あってさ～〉

これは完全に初耳だったのだが、前に水嶋《みずしま》がウチに襲来《しゅうらい》した際、二人は俺に隠《かく》れて連絡先《れんらく》を交換《こうかん》していたらしい。

〈『キミのお兄さんが明日バイトをするって聞いたんだけど、なぜか頑《かたく》なに内容を教えてくれないんだよね』って。兄さ～、仮にも友達同士なんでしょ？　なんで教えてあげないの？〉

「そう言われたって、こっちにも色々事情ってものが……」

〈だからね、私が代わりに教えてあげたんだ。『私も何のバイトかは知らないけど、八時くらいには家を出て隣町《となりまち》の商店街に行くって言ってました』って〉

いや、「教えてあげたんだ」じゃないだろ？　こいつには実の兄のプライバシーを守るという考えはカケラもないのか？　どんだけ水嶋《みずしま》に無《む》警戒《けいかい》なんだよ。

「……色々言いたい事はあるが、まずなんでそれを俺に黙《だま》ってたんだよ？　水嶋《みずしま》から電話があったなんて、昨日は一言も言ってなかったじゃんか」

俺は苛立《いらだ》ちを噛《か》み殺しながら訊《き》き返す。

そんな俺の様子を、対面に座《すわ》る水嶋《みずしま》がニコニコとした笑顔《えがお》で見つめてくる。

なに笑《わろ》とんねん、おのれは。こっち見んな。

〈そりゃあ、静乃《しずの》さんにお願いされてたからね。『こっそりバイト先に遊びに行って驚《おどろ》かせたいから、今日私から連絡《れんらく》があったことは伏《ふ》せておいてほしい』って。いやぁ、あんなに大人っぽくてクールビューティーって感じなのに、意外とお茶目なところもあるんだね～〉

「ナルホドナ～」

俺はギロリと水嶋《みずしま》を睨《にら》みつけるが、奴《やっこ》さんは悪びれる様子もなく肩《かた》をすくめてみせるだけだ。

ふんっ、どこまでもすっとぼけた態度を取りやがる。

「……オーケー、事情はわかった。家に帰ったら覚えとけ。じゃあな」

〈あ、待って待って！　帰りにプリン買ってきてくれない？　あのクリームがのってて――〉

ブツッ。

涼香《すずか》が図々《ずうずう》しくもパシリをさせようとしてきたところで、俺は通話終了《しゅうりょう》ボタンをタップした。

「……とまぁ、聞いての通りだよ」

コーヒーの残りを飲み干して、水嶋《みずしま》が手品の種明かしをするようにそう言った。

まさか涼香《すずか》とグルになっていたとは。これはさすがに予想外だった。

「それだけ分かれば、あとは簡単。颯太《そうた》が着くより少し前に商店街の最寄《もよ》り駅で待機しておいて、改札口から出てきた颯太《そうた》を尾行《びこう》するだけ。ね、簡単でしょ？」

「いや、それもうほとんどストーカーじゃねぇか！」

恐怖《きょうふ》を通り越《こ》してもはや感心するよ、お前のその行動力にはな。

「……一応、理由を聞こうか。そこまでして俺の居場所を突《つ》き止めた理由をな」

もはや答えの分かり切った俺の問いに、水嶋《みずしま》は相変わらずの飄々《ひょうひょう》とした笑顔《えがお》で答えた。

「バイトがあるくらいで、私が颯太《そうた》との時間を諦《あきら》めるわけないじゃん」

うん、知ってた。お前はそういう奴《やつ》だよな。

休日にいきなり家まで押《お》しかけてくる奴《やつ》が、バイト先に押《お》しかけてこないワケがないんだ。

完全に油断していたが、この一か月間はあくまでも「勝負」の真っ最中なんだ。こいつが隙《すき》あらば俺を落としにかかろうとする女だということを、改めて肝《きも》に銘《めい》じておかなくては。

「ふふ。お陰《かげ》で今日は颯太《そうた》のカッコいい姿も見られたし、大満足」

「はっ……そりゃあようござんしたね」

スッキリした表情の水嶋《みずしま》とは反対に、俺は今日一日のバイトの疲《つか》れもあって、すっかりやつれ果ててしまっていた。気を抜《ぬ》いたらこのまま寝《ね》てしまいそうだ。

「さて、と。じゃあ、次は明日のデートのことについて相談しようか？」

「いや鬼《おに》か！　勘弁《かんべん》してくれ……今は疲《つか》れてそれどころじゃないっての。家に帰って一休みしてからでいいだろ？」

「え〜、もう帰るの？　もう少し一緒《いっしょ》に……」

ブー、ブー、ブー。

水嶋《みずしま》が不満げに言いかけたところで、彼女のスマホが振動《しんどう》する。誰《だれ》かからの着信のようだ。

「……マネからだ。ごめん、ちょっと電話するね」

俺が無言で頷《うなず》き返すと、水嶋《みずしま》はスマホを耳に押《お》し当てた。

「もしもし、吉田《よしだ》さん？　どうしたの？」

吉田《よしだ》さん、というのが水嶋《みずしま》のマネージャーさんの名前らしい。しかし、電話に出た水嶋《みずしま》は、先ほどとは打って変わって面倒《めんどう》くさそうな表情だ。

「うん……うん……え、明日？　ヤダよ。五月いっぱいは仕事しないって言ったよ、私。誰《だれ》か他の人に……社長が？　え〜、あの人ほんと自分勝手じゃん」

どうやら、モデルの仕事がらみで何か揉《も》めているらしい。そういやこいつ、俺を攻略《こうりゃく》するためにこの一か月は仕事休むとか言ってたっけ。

その手の業界のことはさっぱり分からないけど、水嶋《みずしま》くらいの人気モデルが一か月も休むというのは、事務所的にはやはり多少の無理があったのかもな。

だが……ひょっとしたらこれはチャンスかもしれない。もし水嶋《みずしま》がモデルの仕事をすることになれば、当然明日のデートもお流れになるだろう。

俺ではなく水嶋《みずしま》の事情なのだから、俺が「逃《に》げた」と言われることもない。

よしいいぞ！　このまま頑張《がんば》って水嶋《みずしま》を説得してくれ、マネージャーさん！

「いや、『明日だけ』って言われても……あ」

俺が内心でマネージャーさんを応援《おうえん》していると、渋面《じゅうめん》を浮《う》かべていた水嶋《みずしま》がハタと何事か思いついたように指を鳴らす。それから対面に座《すわ》る俺を見るや、一転して楽しそうに微笑《ほほえ》んだ。

なんだか分からんが、こいつがこういう顔をする時は大抵《たいてい》ロクなことが起きない気が……。

「……いいよ、わかった。私が行く。……うん。でも、その代わり一つ条件を付けさせて。

……うん、内容は後でメールするから。それでもOKならまた後で連絡《れんらく》して。じゃあね」

ピッ、と通話を切って、水嶋《みずしま》がスマホをテーブルに置く。

「……仕事の電話だったのか？」

「うん。明日の現場で、モデルさんが一人体調不良で来られなくなっちゃったんだって。だから代わりに来てくれないかって。……それでね、颯太《そうた》」

テーブルから身を乗りだした水嶋《みずしま》が、にわかに悪戯《いたずら》っぽい笑《え》みを浮《う》かべて切り出した。

「明日の日曜日、ちょっとしたバ、イ、トをしてみない？」

……………はい？

第九章　ウェディングドレスの王子様

翌日の日曜日。

俺は家の最寄《もよ》り駅からバスで二十分ほどの場所にある、小高い丘《おか》の上の閑静《かんせい》な住宅街に足を運んでいた。

住宅街と言っても、立ち並んでいるのはどれも豪邸《ごうてい》といって差し支《つか》えない一軒家《いっけんや》や高級そうなマンションばかりだ。いわゆる一等地、ってやつだろう。

その上、街中にはガス灯風の街灯や外国人墓地、教会やレンガ造りの洋館なんかもあちこちにある。この辺りは明治時代には外国人居留地だったとかで、その名残《なごり》らしい。道理で異国情緒《じょうちょ》あふれる街並みなわけだ。

で、なんでそんな高級住宅街にやって来たのかと言うと、それはもちろん、水嶋《みずしま》から無理やり持ち掛《か》けられたバイトの現場がここにあるからだ。

「お、もう人が集まってる。あそこかな？」

バス停から数分ほど歩いたところで、ファンタジー系ＲＰＧにでも登場しそうな、オシャレで神聖な雰囲気《ふんいき》の石造りの聖堂が見えてきた。

聖堂の横には広い庭があり、そこにはすでに様々な撮影《さつえい》機材やら衣装《いしょう》の入った箱やらを運ぶ十数人のスタッフが集まっている。

「あの～、こんにちわ～……」

激しいアウェイ感に尻込《しりご》みしながら、俺はそろそろと聖堂の敷地《しきち》内に足を踏《ふ》み入れる。

「ん？　ああ、ちょっと。困りますよ、勝手に入ってきちゃ」

と、ちょうど近くを通りかかった若い女性スタッフが、ノコノコと入ってきた俺を見咎《みとが》めて注意しにきた。

「関係者以外は立ち入り禁止です。すみませんがお引き取りを」

「いや、えっと！　俺、今日臨時バイトで来た佐久原《さくはら》といいます」

軽く自己紹介《しょうかい》をして頭を下げると、女性スタッフはしばらくの間考え込んで、やがて「あぁ！」と手を叩《たた》いた。

「そういえば、今日一人バイトの男の子が来るって、さっき吉田《よしだ》さんから聞いてたっけ。じゃあ、あなたがそうなのね？　えっと、たしか……そうそう、佐久原颯太《さくはらそうた》くん、だっけ？」

「はい。俺がそうです」

「了解《りょうかい》。なら今日はよろしくね。撮影《さつえい》開始まではまだ時間はあるから、とりあえずスタッフ用のシャツとズボンに着替《きが》えて来てくれる？　仕事の詳《くわ》しい内容はそれから説明するから」

「は、はい。よろしくお願いします」

そう。俺がここに来たのは、水嶋《みずしま》がモデルの仕事をする現場で、今日一日俺も臨時スタッフとして働くことになったからだ。

体調不良の同僚《どうりょう》のために代役のモデルを務めるにあたって、水嶋《みずしま》がマネージャーさんに提示した「条件」というのが、これだ。仕事をする代わりに、同級生を一人臨時バイトとして雇《やと》ってあげて欲しいと、奴《やつ》はそう言ったらしいのだ。

人気モデルとはいえ、一介《いっかい》の女子高生が所属事務所に対してそんなワガママを言っても無視されそうなものだが、どっこい、なぜかそれがまかり通ってしまい。

結果、俺は期せずして「女性向けファッション誌の撮影《さつえい》現場」という激レアすぎるバイトを体験することになったのである。

「これで仕事中でも一緒《いっしょ》にいられるね」、なんて水嶋《みずしま》は言っていたが……昨日といい今日といい、まさかここまでやるとはなぁ。相変わらず手段を選ばないというか何というか。

つーか、ちょっと水嶋《みずしま》を甘《あま》やかしすぎじゃないでしょうかね、吉田《よしだ》さんとやら？　あなたがしっかり水嶋《みずしま》を説得していれば、いまごろ俺は堂々と惰眠《だみん》を貪《むさぼ》っていられたんですよ？

まだ見ぬ水嶋《みずしま》のマネージャーさんへの愚痴《ぐち》を吐《は》きつつ、俺は撮影《さつえい》スタッフ用のTシャツとジーンズを身に着け聖堂脇《わき》の庭へと戻《もど》った。

さっき更衣室《こういしつ》へと案内してくれた女性スタッフを捜《さが》して声をかける。

「着替《きが》えて来ました」

「お、来たね。じゃあさっそく仕事の説明をしようか。といっても、お願いしたいのは荷物運んだり道路で通行人整理したりだから。ぶっちゃけ雑用係だね」

まぁ、そうだろうな。ただのバイト、それも高校生に撮影《さつえい》だの何だののメインの仕事を手伝わせたりはさすがにしないだろう。とはいえ、慣れない現場であることに変わりはないが。

「……とまぁ、大体こんな感じかな。基本的には周りのスタッフさんたちに頼《たの》まれたことをやってくれればいいから。じゃあ、あとよろしくね～」

てきぱきと説明を終えると、女性スタッフは足早に去っていってしまった。

さて、さっそく未知の現場に単身放り込まれてしまったわけですが。まずは何からやればいいんだろうな？　そもそも、肝心《かんじん》の水嶋《みずしま》はどこにいるんだろうか。

「あら？　見かけない顔がいるわね」

俺が頭をひねっていると、不意に背後から声を掛《か》けられる。

振《ふ》り返った先にいたのは、赤みがかったこげ茶色のロングヘアーと花柄《はながら》のカチューシャが印象的な、見るからに高飛車そうな雰囲気《ふんいき》の女の子だった。

「スタッフの制服を着ているみたいだけれど……アンタ、誰《だれ》？」

「あ、ああ、どうも。今日この現場でバイトすることになった、佐久原《さくはら》といいます」

急に現れたカチューシャの少女に誰何《すいか》され、俺は一瞬《いっしゅん》戸惑《とまど》いながらも挨拶《あいさつ》を返す。俺なんかよりも明らかに場慣れしている様子の少女のオーラに気圧《けお》され、自然と敬語になってしまった。

可愛《かわい》らしいワンピースに身を包んだスラリとした体形の目の前の少女は、たぶん俺と同い年か、一個下の涼香《すずか》と同じくらいの年齢《ねんれい》だろう。

スタッフ用の制服を着ていないのに誰《だれ》からも追い出されたりしていないところを見ると、もしかしたら彼女も今日の現場で仕事をするモデルさんなのかもしれない。

「ええっと、君は？」

「藤巻梨乃《ふじまきりの》、十四歳。現役《げんえき》中学生スーパーモデルよ」

「な、なるほど」

やっぱり、この子も今日の現場で撮影《さつえい》されるモデルだったらしい。十四歳ってことはうちの涼香《すずか》と同い年か。自分で「スーパー」とか言うあたり、相当な自信家みたいだ。

まぁ実際、中学生にしては大人っぽくて整った顔立ちをしてはいるな。

「それにしても……ふ～ん、そう。バイト、ねぇ？」

カチューシャの少女、藤巻《ふじまき》がにわかに疑わしそうな目を俺に向けてくる。

「で、何が目的なの？」

「……はい？」

「『はい？』じゃなくて。アンタ、お世辞にもファッションに興味があるタイプには見えないのよ。バイトなんて他にいくらでもあるでしょうに、わざわざこんな現場を選ぶのって、なんだかちょっと変じゃない？」

鋭《するど》い指摘《してき》に、俺はゴクリと唾《つば》を飲み込む。

たしかに、俺は女性のファッションどころか自分が着る服にさえ疎《うと》い。自宅警備と映画鑑《かん》賞《しょう》をこよなく愛する典型的な陰《いん》キャラなのだ。

水嶋《みずしま》に無理やり押《お》し付けられでもしない限り、本来こんな一軍男女しか踏《ふ》み入ることを許されないような現場に来たりはしない人種なのである。

「なんだか怪《あや》しいわね。何が目的でこの現場に潜《もぐ》り込んだの？」

「そ、それは、えっと」

「もしかして……ここにいるモデルの誰《だれ》かのストーカー？　うわ、キモ……」

「違《ちが》う違《ちが》う違《ちが》う！　それは断じて違《ちが》う！」

いわれのない罪を着せられそうになった俺は、あわてて彼女の言葉を否定した。

びっくりしたぁ。いきなりなんてことを言うんだこの子は。

「ふぅ……あまり人聞きの悪い事を言わないでくれ」

「あら、失礼。じゃあ、ストーカーじゃないなら何なのよ？」

これ以上は変に誤魔化《ごまか》そうとしても逆に怪《あや》しまれるだけだろうな。

藤巻《ふじまき》の問いに、俺はあらかじめ水嶋《みずしま》と打ち合わせておいた事情を説明した。

「紹介《しょうかい》されて来たんだよ。モデルの中に知り合いがいるんだけど、そいつに『バイト探しで困ってる』って相談したら、口利《くちき》きしてくれたんだ。たしかに俺はファッションとかにはあまり興味ないけど、日給も高いみたいだしな。縋《すが》らせてもらったわけだ」

水嶋《みずしま》は、俺の事をあくまで「バイト難民の同級生」程度の存在としてマネージャーさんなどに紹介《しょうかい》しているらしい。俺たちの関係を知られるわけにはいかないし、まぁ妥当《だとう》な判断だろう。

つーか、こんな回りくどい言い訳を考えるくらいなら、そもそも俺を巻き込まずに一人で仕事をして欲しいもんなんだけどな。

「知り合い？　誰《だれ》と？」

「水嶋静乃《みずしましずの》さんだよ。ああ、こういう場じゃ『Ｓｉｚｕ』って言った方がいいんだっけ？」

「んなっ⁉」

途端《とたん》に、藤巻《ふじまき》が大きな瞳《ひとみ》をさらに大きく見開かせる。

「あ、あ、アンタの知り合いって……静乃お姉さまなの⁉」

……はい？　お姉さま？

「答えなさいよ！」

次にはぽかんとする俺の懐《ふところ》に入りこみ、胸倉《むなぐら》を摑《つか》む勢いで詰《つ》め寄ってきた。

「アンタみたいな見るからに学内カースト最底辺っぽいモサ男《お》が、どーして静乃《しずの》お姉さまと知り合いなワケ⁉　意味わかんない！　適当な嘘《うそ》言ってるんじゃないわよ！　バイトの紹介《しょうかい》か何か知らないけど、お姉さまがアンタみたいなモブＢを相手にするわけないんだから！」

ひどい言われようである。やはり見た目通り少々キツい性格らしい。

とはいえ、この手の評価は今までにも何度もされてきたし、自分でも認めているところなので今さら傷付いたりはしないが。

しかし、そうか。「静乃《しずの》お姉さま」なんて呼んでいるところを見るに、どうやらこいつも水嶋《みずしま》に心酔《しんすい》しているファンの一人みたいだ。同業者すら魅了《みりょう》してしまうとは、今さらながらあいつのモデルとしての実力のほどが窺《うかが》えるな。

こりゃあ、ますます俺とあいつの関係を知られるわけにはいかなくなったぞ。

「と、とにかく俺は紹介《しょうかい》されて来ただけだから。仕事探さないといけないし、そろそろ行くよ」

こいつと関わると面倒《めんどう》なことになりそうだ。

興奮する自称《じしょう》スーパーモデルから逃《に》げるようにして、俺はその場を後にしようと踵《きびす》を返す。

「ちょっと！　待ちなさいよ！　まだ話は終わってないわ！」

しかし、回り込まれてしまった！

「な、なんだよ。話すことはもう全部話したぞ？　俺は水嶋《みずしま》さんとは本当に同じ学校に通う同級生以外の何でもないんだ。話をしたのだって、今回のバイトの件が初めてだ」

「ええ、ええ、そうでしょうね。百歩譲《ゆず》ってアンタの話が本当だとしても、お姉さまの方は、きっとアンタにこの現場を紹介《しょうかい》したことなんか『道端《みちばた》でお腹《なか》を空《す》かせていた野良犬《のらいぬ》にエサをあげた』くらいにしか思っていないでしょうとも！」

だけど、と。藤巻《ふじまき》は親の仇《かたき》でもあるかのように俺を睨《にら》みつけて言った。

「アンタの方はどうなんでしょうね？　どうせ、たった一回お姉さまの気まぐれで施《ほどこ》しを受けた程度で『もしかして俺のことが好きなのか？』なんておめでたい勘違《かんちが》いでもしたんでしょ？　このバイトをきっかけにあわよくばお近づきになれるとでも思った？　残念！　お姉さまはアンタみたいなナードをいちいち覚えているほどヒマじゃないの、わかった⁉」

言うだけ言って「フンッ！」と鼻を鳴らすと、自称《じしょう》スーパーモデル様はさっさとどこかへ行ってしまう。彼女がいなくなった途端《とたん》に、周囲のデシベル数が一気に下がった気がした。

嵐《あらし》のような、っていうのはあいつみたいな奴《やつ》のことを言うんだろうな。

何だったんだあの高飛車娘《むすめ》は……まぁいい。それよりも仕事だ、仕事。

出遅《でおく》れた分を取り戻《もど》すべく、俺は庭園内を歩き回る。

すると、聖堂の横、いくつもの段ボール箱が置かれた人気《ひとけ》のない一角で、カメラ片手に歩いている男性スタッフさんを発見した。

ちょうどいい。彼から何か仕事をもらおう。

「あの～、すみませ～ん」

「っ⁉」

しかし、男性スタッフさんは俺が声を掛《か》けるや否《いな》や、なぜか逃《に》げるようにして敷地《しきち》の外へと出て行ってしまう。仕事がないか聞こうとしただけなのに、露骨《ろこつ》に避《さ》けられてしまった……。

「忙《いそが》しかった、のか？」

そこまで考えて、しかし俺はふと、さっきの男性スタッフさんがスタッフ証を持っていなかったことに気が付いた。

ゴツいカメラを首にかけていたから、てっきり撮影《さつえい》関係者かと思ったけど……違《ちが》うのか？

「……まぁ、いいか。とにかく別のスタッフさんを探さないと」

気を取り直し、今度は聖堂の中に入って仕事を探す。

途中《とちゅう》、何度か制服を着たスタッフさんと遭遇《そうぐう》したものの、あいにく皆忙《みないそが》しそうにしていて俺に仕事を割り振《ふ》る余裕《よゆう》はなさそうだった。

うむ、困ったな。このままじゃ、ただ撮影《さつえい》現場を見学してるだけの人だぞ、俺。

「………何やってるのっ？」

と、不意に廊下《ろうか》の向こうから聞こえてきたその声に、俺は思わず耳を澄《す》ませた。

なんだか聞き覚えのある声だけど……もしかして？

俺はつかつかと廊下《ろうか》を進み、声のしてきた方向へと向かう。

やがてたどり着いたのは、「モデル控室《ひかえしつ》」という紙が掲示《けいじ》された一室だった。

部屋のドアは少しだけ開いていて、廊下《ろうか》から中の様子が見て取れる。

（あれって……もしかして、水嶋《みずしま》か？）

部屋の中に立っていたその人物のことを、俺は一瞬《いっしゅん》誰《だれ》なのかわからなかった。

それもそのはず。今日の水嶋《みずしま》は、後ろ部分が鳥の尾《お》のように長い黒のジャケットに黒いスラックス、そして白いシャツと白い蝶《ちょう》ネクタイという服装……燕尾服《えんびふく》に身を包んでいたからだ。

服装に合わせてか前髪《まえがみ》もかき上げているので、ますますイケメンっぷりに拍車《はくしゃ》がかかっていた。マジで宝塚《たからづか》の男役の女優さんみたいな雰囲気《ふんいき》だ。あれが今日のあいつの撮影衣装《さつえいいしょう》らしい。

「……顔に怪我《けが》をするかもしれないとは、考えなかったの？　さすがに気、抜《ぬ》き過ぎだよ」

「ご、ごめんなさい！　水嶋先輩《みずしませんぱい》！」

しかし、控室《ひかえしつ》の中では何やら不穏《ふおん》な空気が漂《ただよ》っていた。

ここからではよく見えないが、いつになく険しい顔をした水嶋《みずしま》が、控室《ひかえしつ》にいた別のモデルさんらしき少女に何事か言い含《ふく》めているようだった。

とてもじゃないが声を掛《か》けられる雰囲気《ふんいき》じゃない。俺は思わず息を潜《ひそ》める。

「ねぇ、よく聞いて。ファッション誌に載《の》るといっても、私たちは所詮《しょせん》学生モデル。アルバイトとそう大差ないのかもしれない」

肩《かた》を震《ふる》わせる同僚《どうりょう》モデルに、水嶋《みずしま》は幾分《いくぶん》か表情を和《やわ》らげて窘《たしな》める。

「だけど、こうしてお金を貰《もら》って仕事をしている以上、私たちは『プロ』なんだよ。私たちの顔や肌《はだ》は、いわばモデルにとっての商売道具。それが傷つかないように細心の注意を払《はら》うのは、『プロ』として当然のことなんだ。わかるよね？」

「は、はい……すみません。私、不注意でした……」

シュン、とうなだれてしまう同僚《どうりょう》モデルの子。そんな姿を見て、水嶋《みずしま》はそれまでの険しい雰《ふん》囲気《いき》を弛緩《しかん》させ、次には優《やさ》しく微笑《ほほえ》みながら彼女の頭を撫《な》でる。

「うんうん。分かってくれたならそれでよし。まぁ、色々厳しいことは言ったけど、それよりも何よりも、とにかくキミの顔に傷がつかなくて良かったよ。プロ云々《うんぬん》は抜《ぬ》きにしても、せっかく可愛《かわい》い顔をしているんだから、大事にしないとね？」

「は、はひっ！　あ、ありがとうございます、水嶋先輩《みずしませんぱい》！」

「ふふ、よしよし」

仄《ほの》かに頬《ほお》を染める同僚《どうりょう》モデルを見下ろして、水嶋《みずしま》は慈愛《じあい》の表情を浮《う》かべていた。

あの空間だけを見ると、マジでなんだかそういう少女漫画《まんが》のワンシーンみたいである。

何はともあれ、どうやら一件落着といったところのようだ。

(にしても……思いがけず珍《めずら》しい場面を目撃《もくげき》してしまった)

普段《ふだん》は飄々《ひょうひょう》としてマイペース極《きわ》まる奴《やつ》だが、どうやら後輩《こうはい》の前では案外ちゃんと先輩《せんぱい》をやっているみたいだ。

それに、あいつが仕事に対してそこまでプロ意識を持っていたとは。いい加減なように見えて、モデルという仕事にはそれなりに真摯《しんし》に向き合っているのかもしれない。

「じゃあ、私はそろそろ行くから。キミたちも準備、しっかりね」

って、やば！　水嶋《みずしま》のやつ、こっちに来る！

俺は慌《あわ》ててドアから離《はな》れて辺りを見回すが、廊下《ろうか》にはあいにく隠《かく》れられそうな物陰《ものかげ》はなく。

「あれ？」

「お、おっす……」

控室《ひかえしつ》から出てきた水嶋《みずしま》とばったり出くわしてしまった。

「お～。もう来てたんだ？」

「あ、ああ。さっきな。それよりお前……」

俺が言いかけると、水嶋《みずしま》はそれを手で制しながら控室《ひかえしつ》を振《ふ》り返る。

「ここじゃなんだし、場所、移そっか」

「……そうだな」

たしかに、モデルとただの臨時バイトが二人で話し込んでいれば、他のモデルやスタッフに怪《あや》しまれるかもしれない。水嶋《みずしま》の言わんとしていることを察して、俺は頷《うなず》く。

それからなるべく人目を忍《しの》んで聖堂を出た俺たちは、人気《ひとけ》のない中庭までやってきた。

「いやぁ、さっきはちょっと変なところを見せちゃったかな」

中庭の隅《すみ》で立ち止まった水嶋《みずしま》は、バツの悪そうな笑顔《えがお》でそう呟《つぶや》いた。

どうやら俺がさっきの話を盗《ぬす》み聞きしていたことはバレているようだ。

「私、いつもあんな風に後輩《こうはい》のことを叱《しか》ったりしてるわけじゃないよ？　むしろ、多少ミスしちゃっても『大丈夫《だいじょうぶ》だよ』ってフォローしてあげる優《やさ》しい先輩《せんぱい》で通ってるんだから」

それはまぁ、なんとなくわかる。あの後輩《こうはい》の子の懐《なつ》きっぷりを見ればな。

「でも、今日はちょっと見逃《みのが》せなくて。あの子、真面目だし悪い子じゃないんだけど、まだ新人でちょっと危なっかしくてさ。さっきも友達との電話に夢中で、電源入ったヘアアイロンがおでこに当たりそうなのに気づかなかったんだ。だから、火傷《やけど》でもしたらどうするの、ってね」

「なるほど。そりゃたしかに危ないな」

「そうそう。言えばちゃんとわかってくれる子だから、もう大丈夫《だいじょうぶ》だと思うけどね〜」

「へぇ。お前がそんなに面倒《めんどう》見いい性格だったとはな。そりゃ慕《した》う奴《やつ》も多いわけだ」

いつも皆《みな》に優《やさ》しくて、でも厳しくするところは厳しくする。まさに理想の先輩《せんぱい》だ。人並み外れた美貌《びぼう》やカリスマ性を抜《ぬ》きにしても、もともと年下からも好かれやすい性質《たち》なのかもしれない。例えば、さっきの自称《じしょう》スーパーモデル様とかな。

「まぁね。でも……だからこそ、たまには誰《だれ》かに思いっきり甘《あま》えたくなるんだよね」

言うが早いか、水嶋《みずしま》がくるりとこちらを振《ふ》り向いて抱《だ》き着こうとしてくる。危《あや》うく絡《から》みつかれそうになったところで、俺は咄嗟《とっさ》に後ずさって回避《かいひ》した。

「む、なんで逃《に》げるの？　仕事の前のソウタニウム補給をしようと思ったのに」

「アホか。誰《だれ》かに見られたらどうするんだ。あとソウタニウムなどというものは無い！」

「ぶーぶー、颯太《そうた》のケチ」

あからさまに不満そうに頬《ほお》を膨《ふく》らませる水嶋《みずしま》。

おいおい。さっきプロがどうたらと言っていたカリスマモデルの姿か、これが？

すっかりいつも通りの調子に戻《もど》った水嶋《みずしま》に、俺はため息を吐《つ》いて肩《かた》を竦《すく》めた。

「まぁいいや。それより颯太《そうた》、さっそくバイト頑張《がんば》ってるみたいじゃん？　スタッフ用の制服も似合ってるよ」

「そりゃどーも。ただの黒Tシャツとジーンズだけどな」

「ふふ。逃《に》げずにちゃんと来てくれたのは褒《ほ》めてあげよう」

水嶋《みずしま》がニヤリと挑戦《ちょうせん》的な笑《え》みを浮《う》かべる。ふん、余裕《よゆう》ぶりやがって。

「……それにしても」

目線を水嶋《みずしま》の顔から服装へとずらし、俺は首をひねる。

「ん？　どうしたの？」

「いや、今日ってたしか、ウェディングドレスを着る仕事って言ってなかったか？」

「そうだよ。昨日の夜もチャットしたけど、今日はブライダルモデルの撮影《さつえい》なんだ」

「なら、なんでお前は燕尾《えんび》服《ふく》なんだ？　てっきりドレスを着てるとばかり思ってたけど」

俺が尋《たず》ねると、水嶋《みずしま》が今度は小《こ》悪魔《あくま》チックな微笑《びしょう》をちらつかせる。

「え～、なに？　もしかして颯太《そうた》、私のウェディングドレス姿が見たかったの？」

「は、はぁ!?　ばっかお前、そんなんじゃねーよ！」

いやまぁ、たしかにこいつほどの美人がウェディングドレスなんて着たらどうなるんだろうな、って多少興味があったりはするけども……。

「別に照れなくてもいいじゃんね？　颯太《そうた》が見たいなら私、いつだって披露《ひろう》してあげるよ？」

「いらん！　……で、結局なんで燕尾服《えんびふく》なんだよ？」

これ以上水嶋《みずしま》に揶揄《からか》われるのも癪《しゃく》だったので、俺は強引《ごういん》に話を戻《もど》す。

やれやれ顔で肩《かた》を竦《すく》めてみせた水嶋《みずしま》は、それからポツポツと経緯《けいい》を語った。

「それが、体調不良で来られなくなったのって、新郎《しんろう》役を担当するはずだったメンズのモデルさんだったんだ。でも、今日はうちの事務所のメンズモデルさんはみんな別件で出払《ではら》っちゃってるみたいでさ」

「……なるほどな。そこで、急遽《きゆうきよ》お前に白羽の矢が立ったわけだ」

「そういうこと。男性役で撮影《さつえい》したことは今までにも何度かあったしね」

初デートの時の私服はともかく、そういえば水嶋《みずしま》がきちんと男装している姿は初めて見たな。男装の麗人《れいじん》、イケメン執事《しつじ》、王子様……似合いそうな言葉を探せばキリが無い。男の俺でもちょっと嫉妬《しつと》してしまいそうになるレベルだ。

そりゃあ、女の子たちがほっとかないわけだよ。江奈《えな》ちゃんがあっさり乗り換《か》えちゃったっていうのも、今ならその気持ちが少しわかる気がした。

だって、俺が女だったらこんな冴《さ》えない陰《いん》キャオタク男子よりも、断然こっちのイケメン女子と付き合いたいと思うもん。

「たしかに、あんま違和感《いわ》はないかもな」

「でしょ？　まぁ、言ってもテールコートを着るのは初めてだから、ちょっと落ち着かないけど。胸もかなり押《お》さえつけてるから、少し息苦しいし」

言われて、俺の視線が自然と水嶋《みずしま》の胸元《むなもと》に吸い寄せられてしまったのは、健全な男子高校生の性《さが》だと思って許してもらいたいところである。

今はほとんどフラットな状態になっているが。あの下には、あんなとんでもないブツが隠《かく》れているのか……う～ん、度《ど》し難《がた》い。

「あ、颯太《そうた》、いま私の水着姿を思い出してたでしょ？」

「ふぁい⁉」

ドンピシャで図星を突《つ》かれてしまい、俺は言い訳を口にする余裕《よゆう》もなく動揺《どうよう》してしまった。

こいつ、ひょっとしてエスパーか？　エスパーなのか⁉

「いやいや、颯太《そうた》がわかりやすいだけだって」

「あの、普通《ふつう》に心読むの止《や》めてくれない……？」

「気になるなら見せてあげようか？　シャツの中」

「いらんわ！　……ったく、勘弁《かんべん》してくれ。お前とこうしてじゃれているところを見られたら、またあの自称《じしょう》スーパーモデル様に何を言われることやら」

頭痛と共にあの姦《かしま》しい声がフラッシュバックし、俺は思わず眉間《みけん》に指をあてがう。

なにしろ俺が水嶋《みずしま》と知り合いだってだけであの大騒《おおさわ》ぎだ。

ましてやこんな風にじゃれ合っている場面を見られた日には、作業中の事故に見せかけて俺を亡《な》き者にしようとしてきたっておかしくない。

「あれ？　颯太《そうた》、梨乃《りの》ちゃんに会ったんだ」

「ん？　ああ、さっきな。やっぱりあれもお前の後輩《こうはい》なのか？」

「そうそう。ていうか私、去年まであの子と同じ中学に通ってたんだよね。聖エルサ女学院、っていうんだけど。颯太《そうた》も名前くらいは聞いたことがあるんじゃない？」

「へぇ。お前、エル女生だったのか」

水嶋《みずしま》の言う通り、聖エルサ女学院といえば市内随一《ずいいち》の偏差値《へんさち》を誇《ほこ》る女学院として有名である。この辺りの学生で知らない奴《やつ》はほとんどいない、まぁいわゆる「お嬢様《じょうさま》学校」ってやつだ。

「その時から梨乃《りの》ちゃんは私によく懐《なつ》いてくれてたんだ。だから、高校は別の学校に進学するって私が言った時は寂《さび》しがってたなぁ。『女学院にも高等部はありますのに、どうして？』って」

当時のことを思い出しているのか、水嶋《みずしま》が苦笑《くしょう》する。

「もっとも、それからすぐに『一緒《いっしょ》にモデルの仕事をしたい』って言って、ウチの事務所に応《おう》募《ぼ》して来たんだけどね」

「マジか。そりゃまたすげぇ行動力だ。でもよくそんな動機で受かったな」

「あの子、ウチの事務所とも懇意《こんい》にしてくれてる大手出版社の社長の娘《むすめ》さんなんだって。だから社長も無下にできなかったみたい。まぁ、梨乃《りの》ちゃん自身モデルとして申し分ないルックスだしね。意外とあっさりOKされたみたいだよ」

なるほど、大企業《だいきぎょう》のご令嬢《れいじょう》か。道理であんなワガママな性格してるわけだ……。

つーかあいつ、自分でスーパーモデルとか言っておきながら、まだまだ新米もいいところなんじゃねーか。なまじ大物っぽいオーラがあるせいで、すっかり信じちゃったよ。

「まぁ、たしかにちょっとクセのある子かもしれないけど、あんまり嫌《きら》わないであげてね」

「……努力だけはしてみるよ」

どっちかっていえば向こうの方が俺の事を目の敵《かたき》にしているんだけどな。

「とはいえ」俺が肩《かた》をすくめていると、不意に水嶋《みずしま》が俺との距離《きょり》を縮めてくる。「彼女の目の前で他の女の子の話題を出すのは、ちょっと感心しないなぁ」

そう言って人差し指をピンと向けてくる水嶋《みずしま》は、なんだか若干《じゃっかん》不満げだ。

「はぁ？　いや、別に俺は……」

「でも大丈夫《だいじょうぶ》。颯太《そうた》がいくら梨乃《りの》ちゃんと仲良くなろうと、私は絶対負けないから」

「人の話を聞け」

「何よりほら、少なくともおっぱいの大きさでは断然勝ってるし。颯太《そうた》が巨乳《きょにゅう》派なのはこれまでのデートで把握《はあく》済み。負ける気はしない」

「中学生相手になにを張り合っているんだか……」

フンス、と謎《なぞ》のドヤ顔をする水嶋《みずしま》。変なところで子供っぽいやつだ。

「そ、れ、に」

ひとしきりおどけてみせた水嶋《みずしま》は、しかし次の瞬間《しゅんかん》には、男の俺でもドキッとしてしまうほどのイケメンボイスで囁《ささや》いた。

「ここからはきっと――私のことしか目に入らないと思うから」

※

『私のことしか目に入らないと思うから』

水嶋《みずしま》が自信満々に口にしたそのセリフの意味を、いざブライダルモデルの撮影《さつえい》が始まる段になって、俺はたしかに思い知らされることとなった。

庭園での作業から聖堂内での仕事に回された俺は、撮影《さつえい》スタッフの間をちょこちょこと動き回って雑用をこなす。必然、聖堂内で行われている撮影《さつえい》現場を間近で見る機会は多々あった。

今日は新作のウェディングドレスを何着か紹介《しょうかい》するための撮影《さつえい》のようで、それぞれに違《ちが》うドレスを着た数人のモデルさんたちが順番にカメラの前に立っていく。

そして、そんなモデルさんたちの横で新郎役《しんろう》として被写体《ひしゃたい》になっているのは、もちろん燕尾《えんび》服《ふく》をビシッと着こなした水嶋《みずしま》だ。

「よ〜し、じゃあ次は腕《うで》を組んでみて」

「はい」

「そうそう、いいね〜。Sizuさん、もう数ミリだけ右向ける?」

「こうですか?」

「うん、バッチリだ! じゃあこのまま何枚か撮《と》りま〜す」

モデルとしての水嶋《みずしま》の姿を初めて目の当《ま》たりにした俺は、なんというか、軽く感動すらしてしまっていた。

あいつが高校生ながらもカリスマモデルであることは十分理解していたつもりだが、実際にこの目で見た「Sizu」は想像の遥《はる》か上を行っていた。

自分の親くらいに年上の大人たちに囲まれても、けして物怖《ものお》じしないあの度胸。

撮影スタッフから飛ばされるミリ単位のポーズの指示に、一発で完璧《かんぺき》に応えるあの技術。

顔が良《い》いだけじゃない。スタイルが良《い》いだけじゃない。

水嶋《みずしま》がモデルとしてたしかな腕《うで》とセンスを持っているんだということは、ド素人《しろうと》である俺の目から見ても明らかだった。

正直、「カッコいい」と思ってしまった。

「……花嫁《はなよめ》役の方が完全に脇役《わきやく》になっちゃってるもんな」

聖堂のステンドグラスを背景に行われている撮影《さつえい》は、もはや男装した水嶋《みずしま》がメインの撮影会《さつえいかい》みたいな空気になっていた。

ウェディングドレスに身を包んだ他のモデルさんたちでさえも、さっきから視線がカメラよりも水嶋《みずしま》の方を向きがちになっているくらいだ。

「はぅ……お姉さまが素敵《すてき》すぎて、隣《となり》に立っている自分が恥《は》ずかしくなります。私なんかがお姉さまの花嫁《はなよめ》役だなんて、釣《つ》り合っていないんじゃ……」

「そんなことないでしょ。梨乃《りの》ちゃんのドレス姿、綺麗《きれい》だよ。だからほら、笑って笑って」

「ふぇ⁉　き、きき、綺麗《きれい》だなんてそんな……ぷしゅう～」

自称《じしょう》スーパーモデル様にいたっては、水嶋《みずしま》の天然タラシ砲《ほう》をゼロ距離《きょり》で食らってしまって動揺《どうよう》しっぱなしだ。頭から煙《けむり》が出て来そうな勢いで、顔を真っ赤に染めていた。

「……はは。あいつ、すげぇな」

スタッフ陣《じん》に紛《まぎ》れて水嶋《みずしま》の一挙手一投足を見ていた俺は、気付けば皮肉でも嫌味《いやみ》でもなく、素直《すなお》にそう呟《つぶや》いて笑ってしまっていた。

そうして、半ば水嶋《みずしま》の独壇場《どくだんじょう》となりながらも撮影《さつえい》は順調に進んでいき。

「や、おつかれ颯太《そうた》」

いよいよ最後の撮影《さつえい》が終了《しゅうりょう》し、モデルさんたちは更衣室《こういしつ》へと撤収《てっしゅう》。聖堂内のスタッフ陣《じん》も後片付けに入ろうか、という頃《ころ》。

撮影《さつえい》を終えたばかりの燕尾服《えんびふく》姿の水嶋《みずしま》が、ゴミ拾いをしている俺に声を掛《か》けてきた。

「バイトはどうだった？」

「おう。まぁ、なかなか貴重な体験させてもらったよ。仕事自体もそこまで難しいことはなかったし。それより、そっちこそお疲《つか》れ様だったな」

「まぁね。なんてったって今日は颯太《そうた》が来てくれてるんだもん。いつもより気合い入っちゃった」

言って、水嶋《みずしま》が爽《さわ》やかイケメンフェイスのまま無邪気《むじゃき》なピースサインを見せてくる。

ふぅむ。これはたしかに、女子からしてみたらとんでもない破壊力《はかいりょく》かもな。

「昨日のヒーローショーでは、颯太《そうた》のカッコいいところを見せてもらったからね。だから今日は、私のカッコいいところを颯太《そうた》に見せたかったんだ」

後ろ手に手を組んで、水嶋《みずしま》が上目遣《うわめづか》いに聞いてくる。

「ね、今日の私、どうだった？」

「……そうだな」

別に大したことなかったよ。

そもそもモデルの凄《すご》さとか俺にはよくわからん。

まぁ、少なくともビジュアルの良さだけは認めるよ。

言おうと思えば、そんな皮肉や憎《にく》まれ口を言うのは簡単だった。

いくらカリスマモデルだろうと、イケメン美少女だろうと、こいつが俺から江奈《えな》ちゃんを奪《うば》った宿敵である事実は、今でも変わることはない。

そんな相手を褒《ほ》めるなんて、冗談《じょうだん》じゃないと思っていた。いや、今でもそう思ってはいる。

だけど。

「ああ。今日のお前は、たしかにカッコ良かったよ」

この時ばかりは、自分の素直《すなお》な気持ちを誤魔化《ごまか》す方が「負け」な気がして、気付けば俺は自分でもびっくりするくらいあっさりとそう口にしていた。

そして、びっくりしたのは水嶋《みずしま》も同じだったらしい。てっきりいつもの調子でつれない態度を取られると思っていたからか、一瞬《いっしゅん》驚《おどろ》いたような表情を浮《う》かべる。

しかし、それでもすぐに凛《りん》とした顔に戻《もど》ると、それから若干《じゃっかん》照れ臭《くさ》そうにはにかんだ。

「そっか。なら、良かった」

……ったく、そんな嬉《うれ》しそうな目で俺を見るなっつーの。

お前を喜ばせるために言ったわけじゃないんだぞ？　ほんと、調子狂《くる》っちまうよな……。

「さ、さて！　いつまでもここで駄弁《だべ》ってるわけにもいかないからな。俺は片付けに戻《もど》るから、お前もさっさと着替《きが》えてこいよ」

妙《みょう》にホンワカとしてしまった空気に耐《た》えられなくなり、俺は誤魔化《ごまか》すようにそう言ってゴミ拾いを再開する。

「あ、あの、水嶋《みずしま》さん。ちょっといいですか？」

と、そこへメガネにスーツを着た小柄《こがら》な女性がやってきて、水嶋《みずしま》に声をかける。

「ああ、吉田《よしだ》さん。今日はお疲《つか》れ様。どうしたの？」

なるほど、この人がマネージャーの吉田《よしだ》さんか。

水嶋《みずしま》を担当しているということからてっきりもっとストイックでベテランな感じの人をイメージしていたけど、まだまだ全然若いし、性格も見るからに引っ込み思案《じあん》って感じだ。

この様子じゃ、そりゃ水嶋《みずしま》のワガママを突《つ》っぱねるなんてとてもできそうにないよなぁ。

「えっと、実はですね。スタッフの方から……」

吉田《よしだ》さんが、水嶋《みずしま》に何事かを耳打ちする。

相づちを打ちながらそれを聞いていた水嶋《みずしま》は、しばし何事かを考える素振《そぶ》りを見せると。

「……うん、わかった。じゃあ準備してくるよ」

「すみません。急なことで……」

「いいって。その代わり吉田《よしだ》さんは……の方、お願いね？」

吉田《よしだ》さんと二言、三言ヒソヒソと交《か》わしてから、今度は傍《かたわ》らの俺に水を向けた。

「ねぇ、颯太《そうた》。最後に私からもお願いしていいかな。お仕事」

「仕事？　なんだよ、飲み物でも買ってこいってか？」

なんて冗談《じょうだん》めかす俺の耳に、水嶋《みずしま》が仕事の内容をそっと耳打ちしてくる。

「…………は？　誰《だれ》が？　俺が⁉」

「そうそう。や、やってくれる、よね？」

ま、マジでございますか……水嶋《みずしま》さん……？

※

「やりやがったわね！　やりやがったわね、このモブ男！」

ブライダルモデルの撮影《さつえい》が終了《しゅうりょう》してから十分後。

広い聖堂内に、やたら耳に付く甲高《かんだか》い罵声《ばせい》が響《ひび》き渡《わた》った。

「ど、どうどう。ひとまず落ち着け、SM中学生」

「誰《だれ》がSM中学生よ！　変な略し方しないで！　スーパーモデルよ、スーパーモデル！」

すでに衣装《いしょう》から私服に着替《きが》えた藤巻《ふじまき》が、暴《あば》れ狂《くる》う闘牛《とうぎゅう》のごとき剣幕《けんまく》で俺に詰《つ》め寄ってくる。

「これが落ち着いていられるわけないでしょ⁉　何がどうなったらこんなことになるのよ！　ちゃんと納得《なっとく》のいく説明をしなさい！　絶対納得《なっとく》なんてしないけど！」

「じゃあどうしろってんだよ……」

まぁ、こいつがここまでパニックになるのも無理はない。

なにしろ俺だってまだ心の準備ができていないくらいなんだから。

「え、えっと、藤巻《ふじまき》さん。それについては、私から説明しますので……」

地団太を踏《ふ》む藤巻《ふじまき》を、傍《かたわ》らに立っていた吉田《よしだ》マネージャーがどうにかこうにか宥《なだ》める。

聞けば、吉田《よしだ》さんは水嶋《みずしま》に加えて藤巻《ふじまき》のマネージャーも兼任《けんにん》しているそうだ。クセの強すぎる担当モデルが二人もいるなんて、この人も相当な苦労人みたいだなぁ。

「ええっと……まず、当初予定していた撮影《さつえい》は一応全て終了《しゅうりょう》しているんですけど」

「ええ。知ってます」

「は、はい。でも、実はさっき撮影《さつえい》スタッフから、『せっかくだから最後にＳｉｚｕのドレス姿のカットも何枚か撮《と》らせてもらえないか』と提案がありまして」

「ええ。それもさっきお姉さまから聞きました」

「それで……その最後の数枚を撮《と》るにあたって、こちらの佐久原《さくはら》さんにも協力してもらうということになったんです」

「そこよ！　私が納得《なっとく》できないのはそこ！」

藤巻《ふじまき》がバンッ、と聖堂の壁《かべ》を叩《たた》くと、吉田《よしだ》さんが「ひぃっ」と小さく悲鳴をあげた。

「期せずしてお姉さまのウェディングドレス姿が見られることになったのはとても嬉《うれ》しいわ。だけど、だけど……どうして新郎役《しんろう》がこのモブ男なのよ⁉」

そう。水嶋《みずしま》が最後に俺にお願いした「仕事」というのは、ウェディングドレスを着て撮影《さつえい》をする自分の隣《となり》で新郎役《しんろう》として被写体《ひしゃたい》になってほしい、というものだった。

そんなこんなで、現在進行形で撮影《さつえい》の準備を進めるスタッフさんたちの前で、俺は着慣れない黒のタキシードに身を包んでスタンバイしているというわけだった。

まさか俺まで一緒《いっしょ》にモデルをやるハメになるなんて……水嶋《みずしま》のやつ、最後の最後でとんでもない爆弾《ばくだん》をぶち込んで来やがった。

「新郎《しんろう》役を据《す》えるにしても、せめてプロのメンズモデルにやらせればいい話じゃないですか！」

当然、それを知った自称《じしょう》スーパーモデル様はさっきから怒《いか》り心頭だ。

嚙《か》み締《し》めた歯と敵意をむき出しにした藤巻《ふじまき》は、吉田《よしだ》さんが間に入ってくれていなければ、俺の着ているタキシードを今にもビリビリに引き裂《さ》かんばかりの剣幕《けんまく》である。猛獣《もうじゅう》か、こいつは。

「そ、そうは言っても、そのメンズモデルさんが今日は全員出払《ではら》っているから、水嶋《みずしま》さんが新郎《しんろう》役をしていたわけですし……」

「なら、スタッフさんの誰《だれ》かは？　業界の『ぎ』の字も知らないようなこんな冴《さ》えないモブ男よりはマシでしょう！」

「それが、今日の現場にいる男性スタッフは、みんな水嶋《みずしま》さんとは親子くらい歳《とし》が離《はな》れていますし……同年代の男性は、佐久原《さくはら》さんしかいなかったんですぅ」

吉田《よしだ》さんの涙《なみだ》ながらの説明に、藤巻《ふじまき》がギリギリと歯を食いしばる。

仮にも現役《げんえき》モデルが見せちゃいけないレベルでブチ切れた表情だ。

めちゃくちゃ怖《こわ》い。花の女子中学生が放っていい殺気ではない。

「だったら、いっそのこと私が男装するわよ！」

「む、無茶言わないでくださいぃ……」

あぁもう。どう収拾《しゆうしゆう》つければいいんだ、これ。

やっぱり今からでも新郎《しんろう》役を辞退した方がいいんじゃあ……。

「なんだか盛り上がってるみたいだね」

不意に聖堂内に響《ひび》いた凜《りん》とした声に、俺は振《ふ》り返る。

と同時に、一瞬《いっしゅん》思わず声の出し方を忘れてしまった。

「はぅ⁉　お……お姉さま……素敵《すてき》しゅぎ……きゅう」

「ふ、藤巻《ふじまき》さん⁉　しし、しっかりして下さい～！」

藤巻《ふじまき》に至っては、今の今までの殺気が嘘《うそ》のように霧散《むさん》し、それどころか謎《なぞ》のうわ言を呟《つぶや》きながら幸せそうな顔で昏倒《こんとう》してしまった。

「お待たせ、佐久原くん」

振《ふ》り返った先にいたのはもちろん水嶋《みずしま》だったのだが、今の彼女は黒い燕尾《えんび》服《ふく》から純白のウェディングドレスへと着替《きが》え、その雰囲気《ふんいき》をガラリと変えていた。

いわゆるオフショルダーというやつだろうか。大胆《だいたん》に肩《かた》と胸元《むなもと》を露出《ろしゅつ》させたデザインが、大人っぽい彼女の美麗《びれい》さをより強調している。一方、長いスカート部分は段状にフリルが重ねられたタイプでキュートな印象だ。

先ほどまではかき上げていた髪《かみ》も今は下ろして緩《ゆる》いウェーブをかけているし、唇《くちびる》にはほんのりと紅《べに》をさしている。

男装の麗人《れいじん》から一転、まさに「花嫁《はなよめ》」という言葉がぴったりな正統派美少女モードの水嶋《みずしま》が、そこにはいた。

「どうかな。似合ってる？」

そう言って女神《めがみ》のごとき微笑《びしょう》を浮《う》かべる水嶋《みずしま》を、俺はしばらくの間、ただただ黙《だま》って見つめることしかできなかった。

「じゃあ、さっそく撮影《さつえい》始めてもらおうか。颯太《そうた》も準備いい？」

「あ、うん……」

「あはは、緊張《きんちょう》しすぎ。もっと肩《かた》の力抜《ぬ》いたほうがいいよ？」

「……難しいことを言うね、お前も」

その後の撮影《さつえい》のことは、ぶっちゃけ自分でもあまりよく覚えていない。

なにしろ人生初のモデルに挑戦《ちょうせん》、しかも隣《となり》にいるのはウェディングドレスで着飾《きかざ》った水嶋《みずしま》だ。

メインはあくまでも水嶋《みずしま》なので俺の顔が撮《と》られることはないものの、緊張《きんちょう》でロクに頭も回らない状態で言われるままにポーズをとり、ふと我に返った時には全ての撮影《さつえい》が終了《しゅうりょう》していた。

途中《とちゅう》で水嶋《みずしま》に「こうしてると本当に結婚《けっこん》するみたいだね？」なんてベタなことを言われた気もするが、たぶんその時も俺は生返事するのが精一杯《せいいっぱい》だったと思う。

「それじゃあ、お疲《つか》れ様でした～」

やがて、撤収《てっしゅう》作業もぼちぼち終わり、モデルさんもスタッフ陣《じん》も解散するという頃《ころ》。

ドレスから私服へと着替《きが》えた水嶋《みずしま》が、同じく私服に着替《きが》えた俺の元へとやってきた。

「佐久原《さくはら》くん、帰りはバスでしょ？　私は電車だけど、駅までは一緒《いっしょ》だね」

「あ、ああ。そうだね、水嶋《みずしま》さん」

あくまでもただの同級生であるとアピールしつつ、ちゃっかり俺と一緒《いっしょ》に帰ろうとする水嶋《みずしま》。

さすがに無駄《むだ》がない。

「お、お疲《つか》れ様でした、水嶋《みずしま》さん。今日は急に代役をお願いしてしまってすみません」

見送りにきた吉田《よしだ》さんが、水嶋《みずしま》に深々と頭を下げる。

「いいよ、私も思いのほか楽しめたし。でも今回は特別だからね。五月いっぱいは仕事しないって、改めて社長に言っておいてくれる？」

「は、はい。伝えておきます」

じゃあ行こっか、と言って歩き出す水嶋《みずしま》。

俺も吉田《よしだ》さんに軽く頭を下げて別れの挨拶《あいさつ》を告げ、そそくさと聖堂を後にした。

外はすでに西日に照らされてオレンジ色に染まっている。どこからかカァ、カァ、というカラスの鳴き声が聞こえてきた。気付けばすっかり夕方になっていたようだ。

「ふふ。颯太《そうた》、疲《つか》れた？」

聖堂を後にして駅へと向かう道すがら、水嶋《みずしま》が俺の顔を覗《のぞ》き込んでくる。

いつのまにか名前も呼び捨てに変わっていた。

「まぁな。雑用の仕事はそこまでじゃなかったけど、最後の撮影《さつえい》で一気に気疲《きづか》れしちまったよ」

「そう？　私は楽しかったけどな。撮影《さつえい》とはいえ、本当に颯太《そうた》のお嫁《よめ》さんになれたような気分を味わえてさ」

「……知ってるか？　未婚《みこん》女性がウェディングドレスを着ると婚期《こんき》が遠のく、って話だぜ？」

「もー。またそんな水を差すようなこと言うんだからなぁ、颯太《そうた》は」

わざとらしく頰《ほ》っぺたを膨《ふく》らませてみせた水嶋《みずしま》は、それから再び笑顔《えがお》に戻《もど》って聞いてくる。

「それで、どうだった？　今日一日、『Ｓｉｚｕ』を……モデルとしての私を見てみてさ」

言われて、俺は今日一日の出来事を振《ふ》り返る。

燕尾服《えんびふく》をバッチリと着こなしていた水嶋《みずしま》。カメラの前で堂々とポーズを取っていた水嶋《みずしま》。

そして――華《はな》やかな純白のドレスに身を包み、誰《だれ》もが見とれてしまうほどの眩《まぶ》しい笑み《え》を浮《う》かべていた水嶋《みずしま》。

いつもの飄々《ひょうひょう》としてマイペースで、何を考えているんだかよくわからないこいつからは想像もできないほど、今日の水嶋《みずしま》はどこまでも「プロ」だった。

正直、変に言い訳をするのがバカバカしくなるくらい、今日の俺は水嶋《みずしま》の姿に目を奪《うば》われっぱなしだった。

「ふぅ……わかった、認めるよ。今日のお前はたしかにカッコよかったし、綺麗《きれい》だった。少なくとも今回ばかりは、お前にしてやられたよ」

だから俺は、逃《に》げずに、誤魔化《ごまか》さずに、正直な感想を口にした。

一瞬《いっしゅん》だけ虚《きょ》をつかれたような表情を見せた水嶋《みずしま》は、けれどすぐに不敵な笑《え》みを向けてくる。

「へぇ、素直《すなお》じゃん」

「う、うるさい！　いいか、勘違《かんちが》いするなよ？　あくまでも『今回ばかりは』だ。それに、認めたのはモデルとしてのお前の実力であって、恋人《こいびと》になる云々《うんぬん》はまた別の話なんだからな」

「あ、出た。ツンデレ颯太《そうた》」

「だからデレてないっつの！」

けっ、やっぱり褒《ほ》めるんじゃなかった。水嶋《みずしま》にからかわれて、俺は思わず顔を逸《そ》らした。

そうこうしているうちに、気付けば俺たちの足は駅前広場へと踏《ふ》み入っていた。

俺はここからバスに乗って家の最寄《もよ》り駅まで帰るが、水嶋《みずしま》は電車に乗って帰るようだ。

「あらら、もう着いちゃった。もうちょっと颯太《そうた》とお喋《しゃべ》りしてたかったんだけどなぁ」

水嶋《みずしま》は名残惜《なごりお》しそうにそう言って、けれどぼちぼち夜の七時を回ろうとする時計を見やり、

「さすがにもう遅《おそ》いか」と肩《かた》を竦《すく》めた。

「お茶くらいしていけたらと思ったけど……ま、それは明日の午後にとっておこうかな」

「は？　明日の午後ってお前、授業中に何しようってんだ？」

とうとう授業すらサボってデートしようとしてるのか、と俺は眉《まゆ》を顰《ひそ》めたが。

対する水嶋《みずしま》は「何言ってるの？」とでも言わんばかりにクスリと笑った。

「いやいや、颯太《そうた》忘れたの？　明日は『新入生歓迎《かんげい》スポーツ大会』でしょ？」

「あ」

そうだ。土日に色々あったからすっかり忘れていたけど、そういや明日だったっけ。

たしかに、スポーツ大会が開催《かいさい》される明日は通常授業はない。

そして高等部の大会は午前中で終わるので、午後はそのまま残って中等部の大会を見物するもよし、さっさと着替《きが》えて帰るもよし、ということになっている。

「だから、明日の午後は目いっぱい付き合ってもらうからね？」

「うへぇ……」

まだ前日だというのに、すでに「帰りたい」という気持ちがこみ上げてきたんだが。

「じゃあ、そろそろ電車来ちゃうしもう行くよ。今日は現場来てくれてありがとね」

今日の仕事の疲《つか》れなんかまるで感じさせない軽《かろ》やかな足取りで、水嶋《みずしま》は「また明日」と言って駅構内へと歩いて行った。ぶっ続けで何時間も立ち通しだったというのに大したもんだ。

さて、明日も明日で色々大変そうだし、俺もさっさと帰って今日は早めに寝《ね》るとするかな。

水嶋《みずしま》の背中を見送っていた俺は、しかし、駅前広場の人混みの中に見覚えのある顔を認める。

「ん？　あいつは……」

目を凝《こ》らしてよく見てみると、それは昼間、俺が聖堂の片隅《かたすみ》で見かけた妙《みょう》な男だった。

最初に俺が声を掛《か》けた時はそそくさとどこかへ行ってしまったのだが、彼はその後もちょくちょく聖堂の敷地《しきち》内に姿を見せていた。

人目をはばかるようにウロチョロしている様子にさすがに不審《ふしん》感を覚えたので、他のスタッフさんにもそのことを伝えてみたところ。

『あ～……あのおじさんかぁ。私もたまに現場で見かけるんだよ』

『たぶんＳｉｚｕさん目当てのファンだと思う。きっと今日もそうだろうね』

『勝手に現場に入ってきちゃうことも何度かあったから、その度《たび》に追い返してるんだけど』

どうやら、撮影《さつえい》スタッフの間ではブラックリスト入りしている人物だったようだ。

ただのファンならともかく、いつも撮影《さつえい》現場を嗅《か》ぎつけて現れたかと思えば、勝手に水嶋《みずしま》を盗撮《とうさつ》しようとしたこともあるなど、厄介《やっかい》な奴《やつ》らしい。

要するに、水嶋《みずしま》をつけ狙《ねら》うストーカーということだろう。

実際、駅前広場にいたその男は、水嶋《みずしま》の後を追うようにして駅構内へと入っていった。

なんだか嫌《いや》な予感しかしないけど、もしかして……。

「……いやいや、考えすぎだって」

不穏《ふおん》な想像が脳裏《のうり》をよぎったところで、俺は「そんなワケない」と首を振《ふ》る。

今までだって、水嶋《みずしま》が撮影《さつえい》現場から一人で家に帰ることなんてザラにあったはずだ。

もしかしたらあの男がその後を尾行《びこう》したことも、一度や二度ではないかもしれない。

それでも今まで何も起こっていなかったということは、あの男は水嶋《みずしま》に何か直接危害を加えるほどの危険人物ではないってことじゃないか？

たしかにちょっと挙動不審《ふしん》ではあるが、その程度のストーカーなんて水嶋《みずしま》の周りには何人もいるだろう。あいつもきっと、そういった連中への自衛策くらい用意しているはずだ。

だから、俺がそこまで気にする必要はない。俺なんかが出る幕ではない。

俺はくるりと駅に背を向け、バス停へと向かう。

停留所前のロータリーに、ちょうど目的地行きの市バスが入って来た。

（……そもそも、そもそもだ。忘れちゃいないだろうな？）

水嶋《みずしま》は、俺の「宿敵」なんだぞ。

俺の大好きな彼女を目の前で掻《か》っ攫《さら》っていった、とんでもない女だ。

今さらそのことについてあいつを責めるつもりはないけど、だからって許すつもりもない。

あいつとの「勝負」のせいか最近はちょっと妙《みょう》な空気になっちゃいるが、本来であれば俺は、あんな奴《やつ》とは口もきかないほどの仲であるのが正常なんだ。

ましてや、あいつの身を案じてやったりする義理なんて、俺には……。

『8系統、『本牧車庫前《ほんもくしゃこまえ》』行きです――』

プシュー、という音と共に、俺の目の前にバスが停車する。

折り畳《たた》み式の乗車ドアが開き、ステップの一段目に右足をかけて。

〈――やっぱりキミは、私のヒーローだね〉

しかし、そこで急に足が石にでもなってしまったかのように、ピタリと止まってしまう。

（くそ……なんだって今、あのセリフを思い出す？）

何がヒーローだ、バカバカしい。あいつは何か勘違《かんちが》いをしているんだ。

たしかに、俺がこれまでにあいつのことを何度か助けてやったことがあるのは認める。

けど、それは別にあいつを助けたいと思ったからとか、ましてや俺がヒーローだからとか、そんな理由では全くない。状況《じょうきょう》が状況《じょうきょう》だったからそうせざるを得なかっただけなんだ。

あんな奴《やつ》、見捨てようと思えば簡単に見捨てることだってできるんだ。

それでもお前は……俺の事を「ヒーロー」だって、そう言うってのか？

「お客さん？　乗らないんですか？」

立ち止まってしまった俺に、運転手のおじさんが怪訝《けげん》な顔で聞いてくる。

急《せ》かされるようなその言葉に、俺はまだバス停に残していた左足を持ち上げかけて。

「……やっぱり、次の便にします」

しかし、結局はステップにのせていた右足の方を浮《う》かし、バスに背を向けて駆《か》け出した。

畜生《ちくしょう》……本当に。本当に、本当に、ほんっと〜〜に！

「いつもいつも……見透《みす》かしたようなこと言いやがって！」

きっと俺の思い過ごしに違《ちが》いない。だからこれは、あくまで念のためだ。

念のため、水嶋《みずしま》がちゃんと家に辿《たど》り着くかどうか見届けるだけだ。わざわざ出て行ってあのストーカー男をどうこうするわけじゃない。

(何も無ければ、そのまま黙《だま》って帰るまでだ)

俺は駅前広場の雑踏《ざっとう》を抜《ぬ》けて駅のホームへと降り立つと、今しがた水嶋《みずしま》と、その後をつけるストーカー男が乗り込んだ車両に飛び乗った。

※

水嶋《みずしま》の後をつけるストーカー男、のさらに後をつけて電車に乗り込んだ俺が辿《たど》り着いたのは、市内の西区と中区にまたがる港湾《こうわん》エリア、みなとみらい地区だった。

巨大《きよだい》なウォーターフロントである街の上には様々な商業施設《しせつ》や観光施設《しせつ》に交じって、見上げるほどの高さのタワーマンションも林立している。

「あいつ、さすがにいいトコ住んでるな」

ここに帰って来たということは、水嶋《みずしま》もきっとあのタワマンのいずれかに住んでいるのだろう。江奈《えな》ちゃんほどではないかもしれないが、あいつの実家もなかなか太いらしい。

「……って、んなことはどうでもいいんだ」

みなとみらい駅で降りた水嶋《みずしま》を追いかけるようにして、案の定ストーカー男も電車を降りた。彼らを見失わないように俺もその後をつけ、今は再開発地域特有の整然とした街並みのなか、二人を尾行《びこう》している最中である。

すでに時刻は夜の七時半。この辺りは夜でもビルや街灯の光で明るいが、それでも中心部から外れれば薄暗《うすぐら》い道もそれなりにある。

水嶋《みずしま》も駅を出てしばらくは人通りのある明るい道を歩いていたが、段々と商業エリアからも離《はな》れた、薄暗《うすぐら》く静かな道へと進んでいった。

この先はもう人工湾《わん》に面したマンション街だ。このまま何事もなく水嶋《みずしま》が家に帰りつけば、俺の尾行《びこう》もそこで終了《しゅうりょう》。今度こそ心置きなく家路につけるというものだ。

なんて、街路樹の陰《かげ》で二人を監視《かんし》しながら、俺がそんなことを考えた時だった。

残念なことに、俺の「思い過ごし」は現実のものとなってしまった。

「ね、ねぇ、ちょっといいかな？」

いよいよ人気《ひとけ》もなくなり、これ以上は後をつけるのも難しいと考えたんだろう。

ストーカー男が、とうとう水嶋《みずしま》に近付いて声を掛《か》けた。

しかし、当の水嶋《みずしま》はまったく気付いてないようで、そのまま歩いて行ってしまう。

薄暗《うすぐら》くてよく見えなかったが、不用心なことに水嶋《みずしま》の奴《やつ》、イヤホンをしているようだった。

「ちょ、ちょっと！　待ってよＳｉｚｕ！」

呼び止めても気付かれないことに業《ごう》を煮《に》やしたストーカー男が、グイッと水嶋《みずしま》の肩《かた》を掴《つか》んだ。

瞬間《しゅんかん》、ビクンと体を跳《は》ねさせた水嶋《みずしま》が、反射的に数メートルの距離《きょり》をとって背後を振《ふ》り返る。

「え……なに？　誰《だれ》？」

「や、やっと気づいてくれたね。も～、ひどいよＳｉｚｕ。何度も声かけたのにさぁ？」

ようやくストーカー男に気付いた水嶋《みずしま》が、困惑《こんわく》と恐怖《きょうふ》がないまぜになった表情を浮《う》かべる。

と同時に、水嶋《みずしま》は肩《かた》にかけていた鞄《かばん》の中に右手を滑《すべ》り込ませた。なんだかかなり慣れた手つきだが、もしかしてあいつ、やっぱり護身用グッズでも持ち歩いているんだろうか？

「ええっと……もしかして、私のファンの人？」

身構えた状態で水嶋《みずしま》が問うと、ストーカー男は嬉々《きき》として頷《うなず》く。

「そ、そうだよ！　僕、君の大ファンなんだぁ。雑誌も全部買って読んでるし、インスタの投稿《とうこう》にも毎回コメントしてるよ！　撮影《さつえい》の現場だって、いつも見に行ってるしね！　今日だって、ああ、君の燕尾服《えんびふく》姿とドレス姿、とっても綺麗《きれい》だったねぇ」

「いえ、あの、応援《おうえん》はありがたいですけど……撮影《さつえい》現場まで押《お》しかけてくるのは、正直迷惑《めいわく》です。やめてください」

たとえプライベートな時間でもファンと出会えば嫌《いや》な顔一つせず対応していたあいつだが、さすがに無理もないだろう。誰《だれ》だってそういう反応をするに決まっている。

「そう言わないでよぉ。今日は僕、ファンとしてお願いがあって来たんだからさぁ」

「何を言って……」

「いやほら、僕ってこれまでずっとファンとして君を応援《おうえん》してきたでしょ？　だからさぁ、たまにはちょっとくらい、その『お返し』が欲《ほ》しいなぁって」

気持ち悪い薄《うす》ら笑いを浮《う》かべながら、じりじりと水嶋《みずしま》との距離《きょり》を詰《つ》めていくストーカー男。

そうして、いよいよ顔を青ざめさせる水嶋《みずしま》に、男はとんでもないことを口走った。

「ねぇ、Ｓｉｚｕ。今夜だけでもいいからさぁ……君のこと、買わせてくれない？」

水嶋《みずしま》の口から、声にならない小さな悲鳴が漏《も》れる。

「いい加減にしてください。さっきから勝手なことばかり……そんないかがわしい目的で応援《おうえん》されたって、全然嬉《うれ》しくない。これ以上、私に付きまとわないでください」

「そんなつれないコト言わないでさぁ。ちょっとくらい『ファンサービス』してよぉ」

尚《なお》もしつこく食い下がるストーカー男に、とうとう我慢《がまん》の限界を迎《むか》えたらしい。

「や、やめて……来ないで！」

水嶋《みずしま》が、鞄《かばん》の中に突《つ》っ込んでいた右手を引き抜《ぬ》く。その手に握《にぎ》られていたのは、やはり護身用に持っていたらしいスタンガンだった。

「それ以上、近づいたら……！」

スタンガンを両手で構えて威嚇《いかく》する水嶋《みずしま》。

しかし、ストーカー男はまるで怯《ひる》む様子もなく、とうとう水嶋《みずしま》に摑《つか》みかかろうとする。

恐怖《きょうふ》に体を強張《こわば》らせ、唇《くちびる》を震《ふる》わせ、そして——水嶋《みずしま》が、叫《さけ》んだ。

「——ソ、ソ、ソータくんっっ！」

悲痛な声が響《ひび》き渡《わた》った瞬間《しゅんかん》。

あのヒーローショーで水嶋《みずしま》が舞台《ぶたい》から落ちそうになった時みたいに、俺の頭が真っ白になる。

かあっ、と体中が熱くなって、ある一つの「思い」以外には何も考えられなくなる感覚。

いや……違《ちが》う。もっと前にも、俺はこの感覚を体験したことがある気がする。

それがいつの事だったかは思い出せないけれど……とにかく今は、そんなことどうでもいい、

（……くそったれ！）

座右《ざゆう》の銘《めい》は、触《さわ》らぬ神に祟《たた》りなし。

正義のヒーローが誰《だれ》かを救えるのは、所詮《しょせん》フィクションの中だけだとよく知っている。

それが俺、佐久原颯太《さくはらそうた》という人間であるはずなのに。

俺から江奈《えな》ちゃんを奪《うば》っておいて、どういうつもりか今度はその元カレである俺と恋人《こいびと》になりたいなどと嘯《うそぶ》くような、そんなどうしようもなく嫌《いや》な奴《やつ》で、宿敵。

それがあいつ、水嶋静乃《みずしましずの》という人間であるはずなのに。

水嶋が怯えていると いう、たったそれだけの理由で。

ただただ「助けなきゃ」という思いに突《つ》き動かされ、気付けばまた、俺は飛び出していた。

「――そこまでだ、このストーカー野郎《やろう》」

次には、今まさに水嶋《みずしま》を捉《とら》えんとしていたストーカー男の左腕《ひだりうで》を摑《つか》み上げる。

「んなっ⁉」

「えっ……？」

水嶋《みずしま》とストーカー男が同時に声を上げて、こちらを振《ふ》り返る。

「う、そ……なんで……？」

「な、なんだぁ⁉　誰《だれ》だお前はっ！」

「通りすがりのモブ男Aだよ」

「はぁ⁉　ワケわかんねぇ……関係ないヤツはすっこんでろよ！」

激昂《げきこう》したストーカー男は俺の手を払《はら》いのけると、そのまま俺の顔面に右の拳《こぶし》を振《ふ》り下ろした。

「っ⁉　颯太《そうた》！」

水嶋《みずしま》が叫《さけ》ぶと同時、ストーカー男の拳《こぶし》が俺の顔に直撃《ちょくげき》……するよりも早く、俺の繰《く》り出した右裏拳《うらけん》打ちが奴《やつこ》さんの鼻頭《はながしら》を捉《とら》える。

「ふがっ⁉」

たまらずのけ反ってガラ空きになった鳩尾《みぞおち》に、今度は左の正拳突《せいけんづ》きを叩《たた》きこんだ。

「かはっ⁉」

二歩、三歩と後ずさったストーカー男が、腹を押《お》さえて蹲《うずくま》る。

「うっ、おえぇ……な、なに、しやがるっ……！」

今にも吐《は》きそうな嗚咽《おえつ》を漏《も》らしながら、怒《いか》りの形相で俺を睨《にら》みつけるストーカー男。

それに答えることなく、俺は無言で水嶋《みずしま》を庇《かば》うように立ち塞《ふさ》がり、構えを維持《いじ》する。

「ふざ、ふざけやがって、ガキがっ……邪魔《じゃま》すんじゃねぇよっ！」

額に青筋を立てたストーカー男は、懲《こ》りずに右腕《みぎうで》を大きく振《ふ》りかぶって突進《とっしん》してくる。

が、やはりその攻撃《こうげき》がヒットするより早く、俺は一歩前に飛び出して中段の前蹴《まえげ》りを放つ。

再び鳩尾《みぞおち》を攻《せ》められたストーカー男が、苦悶《くもん》の表情で体をくの字に曲げたタイミングで。

「――せいっ！」

「ぐはっ⁉」

俺の繰《く》り出した後ろ回し蹴《げ》りが、奴《やつ》のこめかみ辺りにクリーンヒット。コマみたいにクルクルと体を回転させたストーカー男は、やがてゆっくりと仰向《あおむ》けに倒《たお》れ込んだ。

「すぅ……ふぅ～……」

横たわるストーカー男を見下ろしながら、俺は構えを解いて深呼吸した。

（……案外、忘れないもんなんだな。体っていうのは）

真っ白になっていた頭の中が、徐々《じょじょ》に冷静さを取り戻《もど》していく。

しまったな。咄嗟《とっさ》だったとはいえ、少しやりすぎたかも……。

「……はっ！　そ、そうだ、水嶋《みずしま》は……？」

俺は慌《あわ》てて振《ふ》り返り、彼女の無事を確認《かくにん》する。

背後で立《た》ち尽《つ》くしていた水嶋《みずしま》は、ただただ唖然《あぜん》とした顔で俺を見つめていた。

「颯《そう》、太《た》？　どうして、ここに……？」

いまだ強張《こわば》ったままの表情で、水嶋《みずしま》が心底驚《おどろ》いたように呟《つぶや》く。

まずい。勢いで出てきたはいいけど、この状況《じょうきょう》をどう説明すればいいか全く考えてなかった。

「ええっと、これはだな……」

「……!?　颯太《そうた》、後ろっ！」

にわかに目を見開く水嶋《みずしま》にギョッとして、俺は弾《はじ》かれたように振《ふ》り返る。

背後では、倒《たお》れたはずのストーカー男がユラリと立ち上がっていた。

「んなっ！　こいつ、まだ……！」

「……こんの、クソガキぃぃ」

どうやら詰《つ》めが甘《あま》かったらしい。

ストーカー男は体こそ苦痛でうまく動かせない様子だが、辛《かろ》うじて意識は保っていた。

「っ⁉ 水嶋《みずしま》逃《に》げろっ！　こいつ……目がヤバい！」

ストーカー男の血走った目に尋常《じんじょう》じゃない雰囲気《ふんいき》を感じ取り、俺は水嶋《みずしま》に向かって叫《さけ》んだ。

案の定、男はポケットの中に手を突《つ》っ込んで何かを取り出す。

その手のひらの中に握《にぎ》られていたのは——長さ十センチほどの万能《ばんのう》ナイフだった。

街灯の光に照らされて、露《あら》わになった鋭《するど》い刃先《はさき》が鈍色《にびいろ》に光る。

「僕のSizuから離《はな》れろよぉおっっ！」

口から唾《つば》をまき散らしながら、ストーカー男がナイフを振《ふ》り上げた。

完全に油断していたこともあって、不覚にも対応が遅《おく》れてしまう。

これ、やばっ——。

「颯太《そうた》っ！」

しかし……ストーカー男がナイフを振《ふ》り下ろす直前、水嶋《みずしま》が俺を庇《かば》うようにして前に出て。

「うっ⁉」

振《ふ》り下ろされたナイフの刃先《はさき》が、水嶋《みずしま》の顔を切り裂《さ》いた。

たまらず顔を押《お》さえて倒《たお》れ込む水嶋《みずしま》。

すぐ後ろに立っていた俺は、咄嗟《とっさ》に彼女の体を支えるように抱《だ》き留めた。

「み、水嶋《みずしま》!?　おい、大丈夫《だいじょうぶ》かっ!?」

場所が場所だっただけに目でもやられたかと思い、俺は一気に血の気が引く。

慌《あわ》てて傷の具合を確認《かくにん》し、しかし、幸いナイフは額の生《は》え際《ぎわ》辺りの皮膚《ひふ》を薄《うす》く裂《さ》いただけのようだった。うっすらと鮮血《せんけつ》は滲《にじ》んでいるが、精々ノラ猫《ねこ》に引っかかれた程度の切り傷だ。まだ体にダメージが残っていたせいで、奴《やつ》もうまく狙《ねら》いが定まらなかったんだろう。

それでも、意図せず水嶋《みずしま》に傷を負わせたことで、にわかに怖気《おじけ》づいてしまったらしい。愕然《がくぜん》とした表情で血の付いたナイフを取り落としたストーカー男は、次には「ち、違《ちが》う！　僕のせいじゃない！」などと叫《さけ》び、ぎこちない足取りで一目散に逃《に》げ去ってしまった。

「あっ！　おい待て！　……くっ」

俺は慌《あわ》てて追いかけようとして、けれど今は水嶋《みずしま》の手当てをするのが先決だと思い直す。

傷は浅いが、早く消毒して止血するに越《こ》したことはないだろう。

あとはそうだ。警察とかにも電話しといた方がいいよな。

「水嶋《みずしま》、大丈夫《だいじょうぶ》か？　立てるか？」

「う、うん……平気。大したことないよ」

「大アリだ、馬鹿野郎《やろう》！」

俺が語気を強めると、水嶋《みずしま》がビクッと肩《かた》を震《ふる》わせた。

パチパチと目を瞬《しばたた》かせ、その度《たび》に彼女のエメラルドのような瞳《ひとみ》が見え隠《かく》れする。

「……颯太《そうた》……怒《おこ》って、る？」

親に叱《しか》られた子供みたいに、水嶋《みずしま》は恐《おそ》る恐《おそ》るといった様子で俺の顔を見上げる。

これ以上は無駄《むだ》に怯《おび》えさせるのも忍《しの》びなかったので、俺は声のボリュームを落として続けた。

「ああ、怒《おこ》ってる。めちゃくちゃ怒《おこ》ってるよ」

「それって……私が不用心だった、から？　イヤホンしてて、全然あの人に気付けなかったし」

「それもそうだけど、違《ちが》う。俺は『逃《に》げろ』って言ったはずだ。なのに……なんでお前、あんな無茶なことしたんだよ。軽傷で済んだから良かったものの、一歩間違《まちが》えれば取り返しのつかないことになってたかもしれないんだぞ？」

俺が詰《つ》め寄ると、水嶋《みずしま》はしばらくの間うつむいて。

「……だって」

けれど、次にはいたって真剣《しんけん》な眼差《まなざ》しで言ってのけた。

「私が傷付くより、颯太《そうた》が傷付く方が何倍も嫌《いや》だから」

水嶋《みずしま》の目は、本気だった。

いつもムカつくくらい飄々《ひょうひょう》として、霞《かすみ》のように捉《とら》えどころがなくて、こっちがどれだけ目を凝《こ》らそうとちっとも本心なんか見せようとしないのに。

今の彼女の目には、ただの一片《いっぺん》も嘘偽《うそいつわ》りが感じられなかった。

だからもう、俺はそれ以上、水嶋《みずしま》を叱《しか》りつける気にはなれなかった。

代わりに胸の中に渦巻《うずま》いたのは、ただただ「なぜ」という疑問だった。

「……なんでだよ」

本当に訳が分からない。

お前、さっき自分で言ってたじゃんか。

顔はモデルにとっての商売道具だ、って。傷つかないようにするのが「プロ」だって。

そんな大事なものに修復不可能な傷がつくかもしれないって分かってて、それなのに迷わずそれを盾《たて》にして俺を庇《かば》おうとするなんて。

「なんでお前は……俺なんかのためにそこまでするんだよ」

ほとんど独り言のように、俺の口から言葉が漏《も》れた。

お前にとって俺は、たった二週間ほど前に出会ったばかりの同級生に過ぎないはずだろ。

今は「お試《ため》しの恋人《こいびと》」だのなんだのを名乗っちゃいるけど、それだってきっと、江奈《えな》ちゃんの元カレである俺を揶揄《からか》って遊んでるだけのはずだろ。

なのに、どうしてお前は……。

「だからさ。最初からずっと言ってるじゃん」

水嶋《みずしま》の答えは、やっぱりシンプルなものだった。

「好きだからに決まってるでしょ？　颯太《そうた》のことが」

シンプルで、けれどとても真《ま》っ直《す》ぐな言葉だった。

思い返せば、こいつはずっとそうだった。

たしかに平気で嘘《うそ》は吐《つ》くし、息をするように人のことを騙《だま》すような奴《やつ》だけど。

それでも、俺のことを「好きだ」と言う時だけは、こいつはいつも本気の目をしていた。

それはもはや、他人が軽々しく「嘘《うそ》」や「罠《わな》」だと決めつけるのが憚《はばか》られるほどに。

だったら……だったらこいつは、もしかして本当の本当に俺のことを……？

ズキン。

これまで俺に向けられていた、水嶋《みずしま》の曇《くも》りのない瞳《ひとみ》に。屈託《くったく》のない笑顔《えがお》に。

今まではすっかり無いものと思い込んでいた「想《おも》い」が満ち溢《あふ》れていたように思えて。

怪我《けが》なんかしてないはずの俺の心臓が、かすかに痛むような気がした。

※

その後、応急処置と警察への通報を済ませた俺たちは、駆《か》けつけてきたお巡《まわ》りさんに簡単な事情聴取《ちょうしゅ》を受けたのち、もう夜も遅《おそ》いということで速《すみ》やかに帰宅するよう言いつけられた。

ストーカー男に襲《おそ》われた現場周辺には監視《かんし》カメラが複数設置されており、何より凶器《きょうき》のナイフもしっかり証拠品《しょうこひん》として押収《おうしゅう》されたので、奴《やっこ》さんが捕《つか》まるのも時間の問題だろうとのことだ。

大変な目に遭《あ》ってしまったが、ひとまずはこれで一件落着といったところだろう。

「……なるほどねぇ。それで心配になって、私のこと追いかけて来たんだ？」

念のために水嶋《みずしま》をマンションまで送ることにした俺は、その道中で一通りの説明をした。

昼間にあのストーカー男が何度か現場に出入りしていたこと。スタッフの間でも要注意人物とされていた奴《やつ》だったこと。そんな男が、帰路につく水嶋《みずしま》を尾行《びこう》しているのを見かけたこと。

「別に……ただ、ちょっと気がかりだったから様子を見ようと思っただけだ」

「いやいや、今さら誤魔化《ごまか》すのは無理があるでしょ。颯太《そうた》、さっきめっちゃ必死だったし」

「う、うるさい！　さっきのことはもう忘れろ！」

すっかりいつもの調子を取り戻《もど》した水嶋《みずしま》に、俺は案の定、格好の玩具《おもちゃ》にされていた。

いや、自分でもわかってる。こうして冷静に振《ふ》り返れば、我ながら馬鹿なことをしたもんだ。

いくら水嶋《みずしま》がピンチだったとはいえ、大の大人相手に、しかも刃物《はもの》を持っていた奴《やつ》に丸腰《まるごし》で挑《いど》むなんて、マジでアホの極《きわ》みだと思う。大事に至らなかったのは奇跡《きせき》と言っていい。

それだけならまだしも……。

「それにしてもさっきの颯太《そうた》、カッコよかったなぁ。颯爽《さっそう》と現れたかと思ったら、『そこまでだ』なんて啖呵《たんか》切ってさ」

「わー！　わー！　聞こえない！　俺はそんな恥《は》ずかしいセリフは言ってない！」

もうね、死にたい。

なんだそのフィクションの中でしか聞かないようなセリフは。なんでわざわざあんなこと口走ったんだ俺は。映画や漫画《まんが》の見過ぎにも程《ほど》があるって。

「あの時は、思わずこう、お腹《なか》の辺りがキュンとしちゃったよ。惚《ほ》れ直しちゃったなぁ」

「うるさいうるさい！　マジで今すぐ記憶《きおく》から消せ！　いや消してくださいお願いします！」

「ふふ、ダメダメ。忘れてあげない」

拝《おが》み倒《たお》す俺をひとくさり揶揄《からか》った水嶋《みずしま》は。

「……ねぇ、颯太《そうた》ってさ」

そこで不意に両手の指を合わせて、一転してしおらしい顔をしてみせる。

街灯の光にぼんやりと照らされたその横顔は、仄《ほの》かに赤らんでいるように見えた。

「本当は、その……すっごく強かったんだね？」

「……何の話だ」

「いや、だってほら、さっきあのストーカーの人をあっさりボコボコにしちゃったじゃん？　私もそこまで詳《くわ》しいわけじゃないけど、あれって『空手』の技《わざ》だよね？　どこかで習ってたの？」

「…………はぁ」

まぁ、さすがにあれを見れば、俺が素人《しろうと》じゃないことくらい誰《だれ》でもわかるよな。

あえて他人に言いふらすようなことでもないから黙《だま》ってたけど、仕方ないか。

「……俺さ、子供の頃《ころ》は本気でヒーローに憧《あこが》れてたんだ。誰《だれ》であろうと救いの手を差し伸《の》べる優《やさ》しさと、それを貫《つらぬ》けるだけの強さを持った、そんなカッコいい正義のヒーローに」

思い返せば笑ってしまうが、あの頃《ころ》の俺は本気で「ヒーローになりたい」と思っていた。

英雄症候群《えいゆうしょうこうぐん》真っ盛《さか》りだった当時の佐久原《さくはら》少年は、だから、親に頼《たの》み込んで近所にあった空手道場に通わせてもらっていた。強さ＝格闘技《かくとうぎ》、なんて、我ながら単純な考えだったと思う。

で、そんな子供じみた動機で始めた空手だったけど、どうやら俺には多少センスがあったらしい。小学五年の時には全小で入賞したりと、それなりの成績を収めたりもしてはいた。

「まぁ結局、中学受験やら何やらがあって、帆港《ほみなと》に入学する頃《ころ》にはすっぱり辞《や》めたんだけどな」

つまり、現時点で俺には約三年ものブランクがあるわけだ。

それでもさっきあれだけ動けたのには、自分でもびっくりだ。今の俺が思っている以上に、小学生時代の俺はよほど真面目に稽古《けいこ》に打ち込んでいたようだ。

「……そ、そっか。やっぱり、そうだったんだね」

納得《なっとく》したように頷《うなず》いた水嶋《みずしま》は、相変わらずしおらしい態度でじっと俺を見つめてくる。

「な、何だよ？　言いたいことがあるならはっきり言えって」

「ああ、うん。颯太《そうた》って、やっぱり優《やさ》しいなぁ、って思って」

「なんだそりゃ？　なんで急にそんな話になるんだよ。俺は別に優《やさ》しくなんか……」

「ううん、優《やさ》しいよ。だって颯太《そうた》、本気になれば私のこと、なんか、か、簡単に負かせたでしょ？」

含《ふく》みのある物言いに、俺は水嶋《みずしま》の言わんとしていることを察して口ごもってしまう。

たしかに、水嶋《みずしま》にはこれまで何度かフィジカルの勝負を仕掛《しか》けられたことがあった。

その度《たび》に俺は、ギリギリの所でどうにかそれを退けてきたけど……ぶっちゃけ、水嶋《みずしま》に怪我《けが》をさせないようにかなり手加減していた部分はあった。

「はぁ～あ。もう本当にさ」

わざとらしく困り果てたように肩《かた》を竦《すく》めてみせた水嶋《みずしま》が、次にはいつものように悪戯《いたずら》っぽい笑《え》みで俺の顔を覗《のぞ》き込んできた。

「――惚《ほ》れさせなきゃいけないのは私の方なのに、ね」

胸焼けしそうなくらい甘《あま》ったるいその囁《ささや》きに、俺も思わず顔が熱くなる。

こいつはまた……よくまぁそんな恥《は》ずかしいセリフがスラスラ出てくるもんだよなぁ。

「あっ、照れてる。今のはイイトコ入ったみたいだね？」

「は、入ってない！　断じて入ってない！」

ちくしょう。やっぱりこいつ、ただ俺を揶揄《からか》って楽しんでるだけなんじゃないのか？

「っと、ここだね」

なんて話をしているうちに、水嶋《みずしま》の住んでいるマンションまでたどり着いたらしい。

軽く三十階以上はありそうなタワーマンションのエントランスは、さながら高級ホテルのそれのような雰囲気《ふんいき》だった。ライトアップされた大理石の壁《かべ》に水が流れている。

「送ってくれてありがとう、颯太《そうた》。良かったら上がってく？　紅茶くらい出すよ」

「いい。さすがに疲《つか》れたし、さっさと帰って俺は寝《ね》る」

これ以上さっきの俺の醜態《しゅうたい》をほじくり返されるのも勘弁《かんべん》だしな。

「そっか。残念、ちょっとだけでもお礼したかったんだけどな」

「お礼、って……何のだよ？」

「そりゃあもちろん、さっき私の事助けてくれたお礼だよ。ピンチの時に助けに来てくれるなんて……やっぱり颯太《そうた》は、私のヒーローだね」

無邪気《むじゃき》に微笑《ほほえ》む水嶋《みずしま》。なんだか、心底ヒーローに憧《あこが》れていた昔の俺を見ているかのようだ。

だけど、それを言うなら……身を挺《てい》して俺を守ろうとしたこいつの方こそ、俺なんかよりよっぽどヒーローしてただろ。

お礼というなら、むしろ……。

「でも、無理に誘《さそ》うのも申し訳ないしね。今日のところは我慢《がまん》します」

肩《かた》を竦《すく》めた水嶋《みずしま》は、「じゃあまた明日」と言い残し、エントランスへと歩いていく。

コツコツと大理石の床《ゆか》を鳴らしながら自動ドアへと歩を進める彼女の背中に、

「水嶋《みずしま》。その……明日のこと、なんだけどさ」

気付けば俺は、そう声を掛《か》けていた。

最終章　ジンクスなんて信じない

いっそのこと、この世の終わりみたいな豪雨《ごうう》でも降ってくれたらいい。

そんな淡《あわ》い期待を胸に迎《むか》えた月曜日。新入生歓迎《かんげい》スポーツ大会の当日である。

幸か不幸か、その日の横浜《よこはま》市には清々《すがすが》しいくらい快晴の空が広がっていた。

「いやぁ、晴れてよかったよね。今日は絶好の運動日和《びより》だ」

高等部の開会式も恙《つつが》なく行われ、既《すで》に様々なクラスが競技に打ち込んでいる校庭の隅《すみ》。

俺の隣《となり》で晴れ晴れとした顔を浮《う》かべていた樋口《ひぐち》が、天を見上げつつそう呟《つぶや》いた。

「……ソウダナ。ハレテヨカッタナ」

「はいはい、心にもないこと言わなくていいから。ほんと、颯太《そうた》ってこの手のイベントには消極的だよねぇ。小学生の時なんかは、誰《だれ》よりも張り切っていたくせにさ？」

「当たり前だ。クラス対抗《たいこう》のスポーツ大会などという『陽』のイベントに、何が楽しくて俺みたいな『陰《いん》』の人間が参加せにゃならんのだ。やりたい奴《やつ》らだけで勝手にやればいいんだ」

木陰《こかげ》でぶつくさ文句を言う俺に、樋口《ひぐち》はもはや肩《かた》を竦《すく》めるばかりだった。

帆港《ほみなと》学園で数多く行われる行事の中でも、春のスポーツ大会と冬のマラソン大会は、俺の苦手な体育会系イベントの二大巨頭《きょとう》である。

れっきとした学校行事じゃなかったら、とうにサボっているところだ。ぜひ滅《ほろ》びて欲しい文化のひとつだね、まったく。

「颯太《そうた》、別に運動神経悪くないじゃん。空手習ってたくらいだし。何がそんなに嫌《いや》なのさ？」

「わかっていないな、樋口《ひぐち》よ。この世では『できる』と『やりたい』が一致《いっち》することの方が珍《めずら》しいのだ。運動神経が悪くなかろうが、俺は外で走り回るより家で映画を観《み》ていたい」

「ま〜た変な屁理屈《へりくつ》を……っと、ほら颯太《そうた》。次は僕たちのチームだよ」

「よしきた。右サイドベンチは俺に任せろ」

「颯太《そうた》はミッドフィルダーでしょ！　馬鹿言ってないで行くよ！」

「お、おいこら、放せ！」

しかし悲しいかな、俺がいくら文句を言ったところで、大会はお構いなく進行する。

男子の最初の種目は、グラウンドの半分を使ったクラス対抗《たいこう》のサッカーの試合である。

「四組男子Bチーム、絶対勝つぞー！」

「おー！」

キャプテンを務めるクラスメイトの掛《か》け声に、チーム一同（俺を除く）が雄叫《おたけ》びを上げた。

苦手だなぁ、こういうノリ。あれだ、営業中の文字の前に「元気に」が添《そ》えられているタイプのラーメン屋の店員とかと同じニオイを感じる。

こんなことなら、昨日の夜にてるてる坊主《ぼうず》の逆《さか》さ吊《づ》りでもやっておけばよかったなぁ……。

※

サッカーから始まり、その後もバスケや綱引《つなひ》きといった様々な競技に駆《か》り出された俺は、いよいよ閉会式を迎《むか》える頃《ころ》には満身創痍《そうい》もいいところだった。

たしかに俺は、運動神経は悪くない方かもしれない。が、それとスタミナや体力といったパラメータはまた別の話だ。日頃《ひごろ》の運動不足が祟《たた》り、俺のＨＰゲージはもうカツカツである。

「これ、明日になったら絶対筋肉痛になるやつだ……」

ジャージから制服へと着替《きが》えた俺は、さっさと教室を後にする。

スポーツ大会の高校の部は午前中で終了《しゅうりょう》なので、この後はどう過ごそうが生徒の自由だ。

我らが四組ではクラスの皆《みんな》で打ち上げに行こうという話が出ていたが、もちろん俺は不参加だ。そういう席は苦手だし、そもそも俺の所までお誘《さそ》いの声が来た記憶《きおく》もない。

樋口《ひぐち》はまた呆《あき》れた顔をするだろうけど、だから、欠席したところで何も問題はないだろう。

それに今日の午後は……あいつとの予定もあるからな。

「あっ。お疲《つか》れ～、颯太《そうた》」

「おう」

学校の最寄《もよ》り駅近く。いつもの近道の途中《とちゅう》で、水嶋《みずしま》が俺を待ち構えていた。

とはいえ、あいつの不意打ちというわけじゃない。

今日は俺の方からここを待ち合わせ場所に指定したのだ。

「うわ～。颯太《そうた》、なんかヘトヘトって感じだね。スポーツ大会、しんどかった？」

「『帰りたい』以外の感情が死んでた」

「あはは、何それ？　私は外進生だから初参加だったけど、結構楽しかったよ？」

「……だろうな」

今日の大会は、男子がグラウンドで競技をしている間、女子は体育館で競技をしていた。

あれだけ気合いを入れて臨《のぞ》んだサッカーの第一試合だが、我らが四組Bチームはあえなく初戦敗退。そのため、俺は樋口《ひぐち》に誘《さそ》われる形で、余った時間で女子の競技を見学しに行ったのだが。

「そりゃ、あんだけ連戦連勝だったら楽しいでしょうよ」

「お～。颯太《そうた》、私の試合見に来てくれてたんだ？」

体育館で行われていた女子のバレーボールの試合で、水嶋擁《みずしまよう》する特進クラスAチームは破竹の勢いで勝ち続けていた。

対戦相手には二年生のクラスやバレー部員がいるチームもあったのだが、素人《しろうと》であるはずの水嶋《みずしま》は持ち前の身体能力の高さを遺憾《いかん》なく発揮。それらの悉《ことごと》くを打ち倒《たお》していったのである。

「最終的には決勝で負けちゃったけどね。いやぁ、どうせなら優勝したかったなぁ」

「いやいや。決勝の相手、過半数がバレー部で、そのうえエースの先輩《せんぱい》もいたチームだろ？　そんなの相手にいい勝負してただけで十分とんでもねぇよ」

ちなみに、本番では水嶋《みずしま》と別のチームになった江奈《えな》ちゃんは、どうやら俺と同じく初戦で敗退したらしい。俺たちが体育館に来た時には、すでに水嶋《みずしま》のチームの応援《おうえん》に精を出していた。

水嶋《みずしま》の八面六臂《はちめんろっぴ》の活躍《かつやく》もまぁ見物だったが、俺としてはジャージ姿になぜかチアのポンポンを持たされて「がんばれ、がんばれ」と健気《けなげ》に応援《おうえん》する江奈《えな》ちゃんを見られたのが眼福だった。なんだあれ可愛《かわい》すぎだろ。あんな応援《おうえん》されたらいくらでも頑張《がんば》れちゃうだろ、マジで。サッカーだろうがバスケだろうが、全員まとめてなぎ倒《たお》してやんよ。俺やってやんよ。

俺が思い出しニヤつきをしていると、水嶋《みずしま》が「でも」と言って顔を覗《のぞ》き込んでくる。

「スポーツ大会も楽しかったけどさ、むしろこれからでしょ。今日のメインは」

「……ああ、そうだな」

「ふふ、楽しみだなぁ。ほらほら颯太《そうた》、早く行こうよ」

「わ、わかったから引っ張るなって。どこにも逃《に》げやしねぇよ……今日はな」

そう。今日の俺は、水嶋《みずしま》との「勝負」、いや、デートに全力で臨《のぞ》む所存だった。

一体どういう風《ふ》の吹き回しだ、と思われるかもしれないが、別に本気で水嶋《みずしま》とのデートを楽しもうと思ってのことではない。

ただ、いつもは渋々《しぶしぶ》付き合ったり、恋人《こいびと》として最低限のことしかしなかったり、と消極的であったところを、今日は全面的に水嶋《みずしま》の「彼氏《かれし》」として振《ふ》る舞《ま》うことに決めたのだ。

なぜなら俺はつい先日、こいつにドでかい借りを作っていたからだ。

昨日の夜、もし水嶋《みずしま》が庇《かば》ってくれなければ、俺はあのストーカー男に大けがを負わされていたかもしれない。少なくとも、飯の一つも奢《おご》るくらいでは返し切れないほど大きな借りだ。

たとえ相手が宿敵であっても、その借りを返さないまま「勝負」を続けるのは、あまりにもアンフェアだと思うのだ。

そんな恩知らずになってまで勝ちを優先するほど、俺も下衆《げす》な人間ではないつもりだ。

だから今日は、「勝負」のためのデートではない。

水嶋《みずしま》に借りを返すための、いわば恩返しのためのデートなのだ。

「そういえば……ね、颯太《そうた》。まだ私、聞いてないいんだけど？」

「うっ？　な、ナンノコトデシタッケ？」

「あっ。こら、とぼけちゃダメだよ。『今日一日は本気で彼氏《かれし》を遂行《すいこう》する』って、颯太《そうた》から言い出したことでしょ？　だから、ほらほら」

「ま、待て、まだ心の準備が……現地に着いてからじゃダメか？」

「ダメ。いま、ここで言って」

「くっ……わ、わかったよ！　言うよ！　言えばいいんだろ！」

にわかに自分の顔が熱くなっていくのを感じながら、俺は水嶋《みずしま》に向き直る。

眼前には、キラキラと期待に満ちた目で俺を見つめる水嶋《みずしま》。こうして改めて真正面から見ると、やっぱりこいつ、マジで顔がいいよな。

「すぅぅぅ……はぁぁぁ……」

俺はせめてもの精神統一に深呼吸をすると、やがて腹を括《くく》って呟《つぶや》いた。

「きょ……今日は、楽しもうな——静乃」

ぐぁぁあああああああ！　は、恥《は》ずかしすぎるぅぅぅぅぅっ！

たしかに、今日は恩返しのために全面的に彼氏《かれし》として過ごすとは言ったけども！

それでもやっぱり「名前呼び」はキツイですぜ水嶋《みずしま》さん！

「う、うん。いっぱい思い出、作ろうね……颯太《そうた》？」

おいやめろ！　お前はお前でなに珍《めずら》しくガチっぽい照れ顔してるんだ！

自分で呼ばせといて恥《は》ずかしがるな！　余計恥《は》ずかしくなるだろうが！

「え、えっと……じゃあ行こうか？」

「お、おう……」

傍《はた》から見たら、今の俺たちは一体どう見えているんだろうか。

まだ付き合ったばかりでお互《たが》いの名前も呼び慣れていない初々《ういうい》しいカップル、とかに見られていたらかなり嫌《いや》だ。

二人して顔を赤くしながら、俺たちはいそいそと駅へと歩を進めた。

※

学校の最寄《もよ》り駅から電車に乗った俺たちは、やがて水嶋《みずしま》の住むマンションもあるみなとみらい地区へとやってきていた。

今日の目的地は、港湾《こうわん》の商業エリアにある遊園地「よこはまコスモワールド」だ。

「お〜、近くで見るとやっぱり大きいね」

「そりゃあまぁ、ここら一帯のシンボルみたいなもんだからな」

実に全長百十メートル以上の巨大《きよだい》観覧車を見上げ、水嶋《みずしま》が感嘆《かんたん》の声を上げる。

港湾《こうわん》エリアの運河をまたぐようにして広がっている立体的なこの遊園地は、みなとみらい地区を代表する観光スポット。俺も子供の頃《ころ》はよく家族で遊びに来ていた場所だ。

ズバリ、ここが今日の「恩返しデート」の舞台《ぶたい》である。

「私、実はプライベートで来たのは初めてなんだよね。撮影《さつえい》では何回か来たんだけどさ」

「マジで？　この辺に住んでる子供なら絶対みんな一回は行ってると思ってたよ」

「まぁ、ウチは昔から親が忙《いそが》しい家だったからねぇ。いつも家の窓から見下ろすだけだったよ」

水嶋《みずしま》は少し寂《さび》しそうにそう言って、けれどすぐに満面の笑《え》みを浮《う》かべると。

「だから今日はすっごく楽しみ。アトラクション全制覇《ぜんせいは》する勢いで遊びつくそうね、颯太《そうた》？」

「へいへい。そういうことなら、俺も全面的にお前に付き合うよ」

「むっ。『お前』じゃないでしょ？　ちゃんと名前で呼んで」

「うっ……全面的に、付き合うよ……静乃《しずの》に」

「んふふ～♪　よろしい」

不満げに頬《ほお》を膨《ふく》らませた水嶋《みずしま》は、俺が名前で呼び捨てにするなり心底嬉《うれ》しそうに微笑《ほほえ》んだ。

面倒《めんどう》くさい彼女か、こいつは。……いや、面倒《めんどう》くさい彼女だったわ、こいつは。

「んで、どうする？　平日だから空《す》いてるだろうし、どこから回っても良さそうだけども」

「う～ん、そうだな～」

水嶋《みずしま》が悩《なや》まし気に顎《あご》に手をやったところで、すぐ近くにあったアトラクションから「キャアア！」という叫《さけ》び声が聞こえてきた。続いて響《ひび》き渡《わた》る、バシャアン、という水しぶきの音。

あれはたしか、この遊園地の目玉の一つ、「ダイビングコースター」。

立体的なコースを縦横無尽《じゅうおうむじん》に駆《か》け巡《めぐ》り、最後にはレール下のプールのど真ん中に空いたトンネルに突《つ》っ込む、というご機嫌《きげん》なジェットコースターだ。

「颯太《そうた》、あれ。あれ乗ろうよ」

「了解《りょうかい》。ちなみにあれ、最後に水ぶっかけられるから気をつけろよ」

「そうなの？　いまシャツ一枚だし、濡《ぬ》れたら透《す》けちゃうかな？」

「カバンとかでガードすれば多少は平気だろ」

「うん、そうする。あ、ちなみに今日は私、水色だからね」

「わざわざ申告《しんこく》せんでいい、そんなこと！」

「あうっ」

俺が軽く頭にチョップをかましてやると、水嶋《みずしま》は「ひどいよ颯太《そうた》」と言いながらも目を細めて笑っていた。なんで小突《こづ》かれて嬉《うれ》しそうにしてるんだ、こいつは。

「ねぇ颯太《そうた》、次はあれに乗ってみたいな」

「あれって何の建物なのかな？　颯太《そうた》、入ってみようよ」

「今のアトラクション最高だったなぁ。もう一回乗ろうよ、颯太《そうた》」

その後も、俺は水嶋《みずしま》の気の向くままに遊園地を巡《めぐ》っていった。

ジェットコースターやフリーフォールといった絶叫《ぜっきょう》系に、お化け屋敷《やしき》などのホラー系。

何をするんでも水嶋《みずしま》が子供みたいにはしゃぐものだから、俺は彼氏《かれし》というより親戚《しんせき》の子供の面倒《めんどう》を見る叔父《おじ》さんのような気分だった。

俺が言うのもなんだけど、それでいいのか水嶋《みずしま》？　まぁ、楽しんでるなら何よりだけどさ。

そうして、いよいよ太陽も西の空に沈《しず》みはじめ、そろそろ遊び疲《つか》れたし帰ろうかという頃《ころ》。

「ねぇ颯太《そうた》。最後に行きたいところ、あるんだけど」

「なんとなく予想はつくが……まぁいい。言ってみろ」

「ふふ、きっと予想通りだと思うよ」

そう言って水嶋《みずしま》が見上げた先にあったのは、ここに来て最初に俺たちを出迎《でむか》えてくれた、あの超巨大観覧車《ちょうきょだいかんらんしゃ》だった。

この遊園地の一番の目玉でありながら、これまで水嶋《みずしま》はあえてあれに乗ろうとは言い出さなかったので、なんとなくそんな気はしていた。

まぁ、遊園地デートの締《し》めといったらやっぱりアレ、みたいなところはあるよな。

夕暮れ時の観覧車に二人きり、なんていかにも恋人《こいびと》って感じのシチュエーションだし、ぶっちゃけ気恥《きは》ずかしい。

しかし、今日の俺は全力で水嶋《みずしま》の「彼氏《かれし》」として振《ふ》る舞《ま》うことを決めている。こいつがそれを望むというなら、付き合ってやるのが俺なりの「恩返し」だ。

「いいよ。乗ろうぜ、観覧車」

「……！　へへ、やった」

今日一番に嬉《うれ》しそうに微笑《ほほえ》む水嶋《みずしま》と一緒《いっしょ》に、俺たちは観覧車の麓《ふもと》へと向かう。

乗り場の列には俺たちの他にもカップルらしき男女が何組か並んでおり、幸せそうな顔で笑い合っていた。

何も知らない人たちからしたら、今の俺たちもきっとあんな風に見えているのかもしれない。

「――お待たせいたしました～。次の組の方、どうぞ～」

やがて俺たちの番がやってきて、スタッフのお姉さんの案内に従いゴンドラへと乗り込む。

「見て、颯太《そうた》。このゴンドラ、天井《てんじょう》も床《ゆか》も透《す》けてるよ」

水嶋《みずしま》の言う通り、俺たちの乗ったゴンドラは他のものとは違《ちが》い全面がシースルーになっていた。全部で六十くらいあるゴンドラの中で、たしか四つしかない特別仕様のやつだ。

「そういえば聞いたことあるよ。コスモワールドの観覧車には、カップルで乗ると一生の愛が約束される『幸せのゴンドラ』があるってジンクス。もしかしてこれがそうなのかな？」

「さあね。俺もその噂《うわさ》は聞いたことあるけど、所詮《しょせん》はジンクスだろ。破局寸前の倦怠期《けんたいき》カップルを四組集めて全員乗せて、戻《もど》って来た時に皆《みんな》ラブラブになってたら信じてもいいけどな」

「なにその実験？　颯太《そうた》ってば、またそんな夢のないことを言うんだからな～」

呆《あき》れたように苦笑《くしょう》する水嶋《みずしま》を横目に、俺は徐々《じょじょ》に離《はな》れていく眼下の港町を俯瞰《ふかん》した。

（『幸せのゴンドラ』、ねぇ……）

もし。

もし俺が、江奈《えな》ちゃんとこのゴンドラに乗ることができていたら。

あるいは俺と江奈《えな》ちゃんは、今でも仲睦《なかむつ》まじい恋人《こいびと》同士でいられたんだろうか。

暮れなずむみなとみらいの夕焼け空に当てられてか、俺はありもしない「もしも」に思いを馳《は》せてしまう。

本当に一生の愛が約束されるっていうなら、江奈《えな》ちゃんが水嶋《みずしま》に靡《なび》くことはなかったのか？

……いや、関係ないか。江奈《えな》ちゃんが俺に愛想《あいそ》を尽《つ》かしたというなら、遅《おそ》かれ早かれどの道フラれていただろう。

他の誰《だれ》かに鞍替《くらが》えされる、なんて最悪の終わり方ではなかったとしても、いずれ江奈《えな》ちゃんの心は離《はな》れていったに違《ちが》いない。

それは、ジンクス如《ごと》きではどうしようもない、人の感情の問題だ。

「……颯太《そうた》、今なに考えてるの？」

じっと景色を眺《なが》めたまま黙《だま》り込む俺に、水嶋《みずしま》が上目遣《うわめづか》いで聞いてくる。

「べつに。つまらないことだよ」

「本当に嘘《うそ》が下手だよね、颯太《そうた》は。どうせ江奈《えな》ちゃんのことでしょ？」

対面に座《すわ》る水嶋《みずしま》が、背もたれに体を預けて腕《うで》と足を組む。

そうしてしばらく口を噤《つぐ》んでから、やがて水嶋《みずしま》が意を決したように呟《つぶや》いた。

「……颯太《そうた》はさ。まだ江奈《えな》ちゃんのこと、忘れられない？」

単刀直入にそう切り出され、俺は視線を水嶋《みずしま》へと戻《もど》す。

俺を見つめる凜《りん》とした翡翠《ひすい》色の瞳《ひとみ》が、心なしか揺《ゆ》れている気がした。

「……忘れられない。忘れられるわけないだろ」

だって江奈《えな》ちゃんは、彼女との出会いは、俺の人生の中で起こった革命だったんだ。

モノクロでサイレントだった「佐久原颯太《さくはらそうた》の青春」という映画に、江奈《えな》ちゃんはにわかに音と色を与《あた》えてくれた。大げさかもしれないけど、本当に世界が一変したようだった。

劇的な出会いも、刺激《しげき》的なイベントも、およそ青春恋愛《れんあい》ドラマやラブコメ小説みたいな出来事はなかったかもしれない。

だけど、忘れられない。

江奈《えな》ちゃんと過ごした数か月を、俺はきっと、死ぬまで忘れることはできないだろう。

「今の恋人《こいびと》であるお前に言うのも変な話だけど……やっぱりまだ好きだよ。江奈《えな》ちゃんのこと」

「それじゃあさ」

俺の言葉に被《かぶ》せるように、水嶋《みずしま》が言葉を挟《はさ》み込む。

暗に「それ以上は聞きたくない」と、そう言いたいかのように。

「この二週間は、どうだった？」

「え？」

「私と颯太《そうた》が『お試《ため》し』で付き合うことになって、今日でだいたい半分くらいでしょ？　契約《けいやく》期間の。私と過ごした半月は、江奈《えな》ちゃんとの四か月と比べて、どう？」

挑発《ちょうはつ》するように、けれどどこか不安そうな表情で、水嶋《みずしま》が俯《うつむ》きがちに聞いてくる。

「それは……」

言われて、俺はこの半月ほどを振《ふ》り返ってみる。

さっきの映画の例えで言うと、思えば水嶋《みずしま》との出会いは劇的どころの話ではない。なにしろ俺たちの初対面シーンは、「彼女を奪《うば》われた少年」と「少年の彼女を奪《うば》った張本人の少女」というとんでもない構図である。こんなボーイミーツガールがあってたまるか。少なくとも俺は、そんな始まり方をする青春映画は見たことがない。

それだけに飽《あ》き足らずこの女は、あろうことか本命は俺の方だったなどと宣《のたま》い、江奈《えな》ちゃんを奪《うば》っておきながら俺に告白をしてきたのだ。めちゃくちゃにも程《ほど》がある。これが本当に映画なら、この時点でシアターを後にする観客がいたってまったく不思議じゃないと思う。

そうしていざ「お試《ため》し」で付き合い始めてからも、こいつには振《ふ》り回されっぱなしだった。こんな濃《こ》い二週間を過ごしたのは、佐久原颯太《さくはらそうた》を十五年間やってきた中で初めてのことだ。

そういう意味では。

「……アホ。こんだけ色々あった二週間だぞ？　忘れたくても早々忘れられねーよ」

俺はせいぜいウンザリした顔でそう言ってやった。

途端《とたん》に、水嶋《みずしま》の顔から嘘《うそ》みたいに不安の色が消える。

代わりに浮《う》かんできたのは、何がそんなに嬉《うれ》しいんだか、ゴンドラを照らす夕陽《ゆうひ》にも負けないくらいに眩《まぶ》しい笑顔《えがお》だった。

「……そっか」

「おう」

「ねぇ颯太《そうた》。もいっこ、聞いてもいい？」

「なんだよ、改まって」

「今日のデートは……楽しかった？」

いつにも増してあざとい口調でそう聞かれ、俺はドクンと心臓を跳《は》ねさせる。

それは、これまでにも何度となく投げかけられた問いだった。

水嶋《みずしま》とのデートは、あくまでも「勝負」のためのもの。水嶋《みずしま》と一緒《いっしょ》にどこへ行って何をしようと、それは変わらなかった。水嶋《みずしま》との時間には特に何も感じることはなく、だから俺はいつも、その問いかけに頷《うなず》くことはなかった。

だけど……だけど、今日は。

あくまで「恩返し」の為《ため》とはいえ、初めて水嶋《みずしま》と「お試《ため》し」ではない本当の恋人《こいびと》のように過ごしてみて……認めたくはないが、たしかに、いた。

「水嶋《みずしま》との時間も悪くない」と……そう考えてしまっていた俺が。

（……わからない）

こいつは俺の宿敵なんだ。こうしてデートをしているのだって、最終的にはこいつの告白を突《つ》っぱねて、綺麗《きれい》さっぱりこいつとの縁《えん》を切るためのもののはずなんだ。

なのにどうして、俺は心の片隅《かたすみ》で「楽しい」なんて思っているんだ？

そんな感情が芽生える土壌《どじょう》なんて、俺の心には一片《いっぺん》だってないはずなのに。

なかった、はずなのに。

「俺は……」

まるでゴールの見えない迷宮《めいきゅう》にでも迷《まよ》い込んでしまった気分で、俺は答えに窮《きゅう》してしまう。

言葉なんか出ないくせに、取り繕《つくろ》うように口を開けて。

しかし、その一瞬《いっしゅん》の葛藤《かっとう》が、俺にとってはどうしようもなく命取りだった。

「颯太《そうた》」

「へ？　……んんっ⁉」

にわかに鼻腔《びこう》を埋《う》め尽《つ》くす、甘《あま》い金木犀《きんもくせい》の香り。

次には馬鹿みたいに開けっ放しだった俺の口が、何か柔《やわ》らかくて温かいもので塞《ふさ》がれる。

それが水嶋《みずしま》の唇《くちびる》だったと理解したのは、ゆっくりと顔を離《はな》した水嶋《みずしま》が、夕陽《ゆうひ》を反射して光る湿《しめ》った唇《くちびる》をそっと指で拭《ぬぐ》ってからのことだった。

「やったね。今度はちゃんと狙《ねら》い通りだ」

「おまっ……いまっ……キッ……⁉」

恥《は》ずかしさと驚《おどろ》きでロクに舌も回らない俺に、水嶋《みずしま》はほんのりと頬《ほお》を染めて笑いかけた。

「これね、ファーストキスだから。私の」

「な、なん、なんで……？」

「これで忘れないね？　今日のデートのことも」

いつの間にか、俺たちの乗るゴンドラは観覧車の頂点に差し掛《か》かっていた。

床《ゆか》も天井《てんじょう》も透明《とうめい》だからか、まるでみなとみらいの上空に俺たち二人だけで浮《う》かんでいるような錯覚《さっかく》に陥《おちい》る。

「今日みたいな日がこの先もずっと続くように、颯太《そうた》のこと、絶対に攻略《こうりゃく》してみせるから」

水平線の向こうに沈《しず》みかけた夕陽《ゆうひ》が、俺たちの姿をオレンジ色に染め上げる。

何もかもが、世界のすべてが、まるでそれ一色に変わってしまったかのようだった。

「覚悟《かくご》しててね——私の大好きなソータくん？」

水嶋《みずしま》の、火の玉ストレートの愛の囁《ささや》き。

こいつは最初からそうだ。最初から何も変わらない。

だから、今まではただの妄言《もうげん》で、虚言《きょげん》で、俺を罠《わな》にハメるための口八丁でしかないと思っていたその言葉に、どういうわけだか打って変わってドキドキしてしまうのは。

俺の方が、俺の中の何かが、変わってしまったからなのかもしれない。

江奈《えな》ちゃんが好きだというその気持ちは、今でもけして変わらない。

だけど……。

(なんなんだよ、その目は)

すぐ目と鼻の先で、この世の何より愛《いと》おしいものを見るような目を俺に向けてくる水嶋《みずしま》。

そんな彼女の表情に、俺は否《いや》が応《おう》でも自覚し始めてしまっていた。

俺の中で、水嶋《みずしま》に貼《は》り付けていた「宿敵」というレッテルが、少しずつ、しかし着実に剝《は》がれていっていることを。

本気で俺のことなんかを好いてくれているかもしれない変わった女の子、と。

彼女のことを、そう思い始めている自分がいることを。

これは……マズい。かなりマズい。

非常によくない流れに乗ってしまった気がする。

だって俺は、あろうことか、こう思ってしまっているからだ。

(俺は――本当に、水嶋静乃に勝てるのか⁉)

エピローグ

新入生歓迎《かんげい》スポーツ大会が終わった帆港《ほみなと》学園の次なるイベントは、五月末に控《ひか》えている中間テストである。

進学校を自称《じしょう》するだけあってウチの学校は授業のレベルもそれなりに高い。いきおい、テスト勉強もなかなかの過酷《かこく》さを極《きわ》めるわけだ。

だから真面目な奴《やつ》らは既《すで》に着々と試験対策を進めているだろうし、実際そういう生徒の方が大半に違《ちが》いない。さすが、意識高い系キラキラ男女が多く在籍《ざいせき》するだけのことはあるね。

ただ、そんな中でも当然にして、まるで試験勉強なんかしちゃいない不真面目な生徒もいる。

例えばそう、今この昼休みの本校舎屋上で、ベンチに座《すわ》りながらぼーっと空を見上げている男子生徒。こいつなんかが良《い》い例だろう。

……って、このモノローグもいい加減飽《あ》きてきたな。だってどうせ全部俺なんだし。

「ふぅ……」

火曜日の昼下がり。

図書委員のシフトもなく、かといって騒《さわ》がしい食堂で飯を食う気分でもなかったので、俺は購買《こうばい》で買ったパンと牛乳を片手に本校舎屋上へとやってきていた。

今日も昨日に引き続いて日差しが強いからか、屋上には俺以外には誰《だれ》もいない。

肌《はだ》に張り付くようなジメジメとした初夏の空気が、額にじんわりと汗《あせ》を滲《にじ》ませる。

「……覚悟《かくご》、ねぇ」

パンと牛乳を平らげてベンチに寝転《ねころ》んだ俺は、昨日の遊園地デートのことを思い返していた。

たしかに水嶋《みずしま》の言う通りかもしれない。昨日のデートは色んな意味で、そう簡単には忘れられそうにない思い出になっていた。

昨日のことだけじゃない。きっと俺はもう、あいつと過ごしてきたこの二週間のことを忘れたりはしないだろう。

この短い期間の中で、俺は水嶋《みずしま》の色んな顔を知ることになった。

クールビューティーでイケメン美少女なカリスマJKモデルの水嶋《みずしま》。

いつも人を手玉に取るような言動をする、飄々《ひょうひょう》とした女狐《めぎつね》のような水嶋《みずしま》。

その一方で普段《ふだん》からは想像もつかない「恋《こい》する乙女《おとめ》」っぷりを見せる、年相応の少女の水嶋《みずしま》。

そして、時には自分の身を挺《てい》して誰《だれ》かを助けようとする、まるでヒーローのような水嶋《みずしま》。

最初は「俺の彼女を奪《うば》った最悪な女」でしかなかったはずなのに、気付いてみればいつの間にかそれだけではなくなっていた。

『颯太《そうた》のことが好きだから』

この二週間、しつこいくらいにあいつが口にしていたその言葉を、俺はきっともう、「バカバカしい」とか「下らない」と切り捨てることはできない気がする。

だって、自分が死ぬかもしれないと分かった上で、それでも俺を助けようとしたんだぞ？

もしもあの行動さえ、江奈《えな》ちゃんにフラれて傷心の俺を揶揄《からか》うための布石だとしたら。俺が本気で水嶋《みずしま》に心を開いたところで「ドッキリ大成功」の看板を持ち出し、腹の底から俺の事をあざ笑うための演技だとしたら。あいつはマジで女優か詐欺師《さぎし》になった方がいいと思う。

けど、多分そうじゃない。あの時の水嶋《みずしま》はどこまでも本気だった。

本気で俺のことを庇《かば》おうとしてくれた。

その理由がもし……本当に、本気で俺のことが好きだから、だとしたら？

あいつがそこまで俺のことを好きになる理由は、いまだに皆目見当《かいもく》もつかないけれど。

かつて水嶋《みずしま》が言ったように、もしあいつが、最初から本気だったのだとしたら。

俺はこれから、どんな顔をしてあいつとの「勝負」に臨《のぞ》めばいいんだ？

「……わっかんねぇ～～！」

仰向《あおむ》けに見上げた空に向かって、俺は思わずそう叫《さけ》んだ。

水嶋《みずしま》が、本当に本当のところでは俺をどう思っているのか。

俺たちのこの「勝負」の先に、どんな結末が待っているのか。

ついこの前まではっきりとわかっていた……いや、わかっているつもりになっていた答えが、ここにきてサッパリわからなくなってしまった。

だけど、確実にわかっていることだってちゃんとある。

俺はまだ、江奈《えな》ちゃんのことが好きだということ。江奈《えな》ちゃんを忘れられないということだ。

なら、やることは変わらない。

当初の予定通り、俺は水嶋《みずしま》との「勝負」を真っ向から受け切り、その上であいつからの二度目の告白を突《つ》っぱねる。それだけだし、それでいいんだ。

だって、水嶋《みずしま》が江奈《えな》ちゃんと付き合っている以上、その水嶋《みずしま》と俺が付き合うというのは、誰《だれ》がどう甘《あま》く見積もっても完全に「浮気《うわき》」だ。こうして三人とも同じ学校に通っている限りいつまでも隠《かく》し通せるわけないし、バレたらどれだけ江奈《えな》ちゃんを悲しませてしまうことか。

それだけはダメだ。今さら彼氏面《かれしづら》するつもりもないけど、俺は江奈《えな》ちゃんを悲しませることはしたくないんだ。

それに何より——俺は水嶋《みずしま》のことなんか、好きでもなんでもないんだから。

「水嶋《みずしま》の、ことなんか……」

何とはなしにそう呟《つぶや》いたところで。

なぜか脳裏《のうり》に浮《う》かんできたのは、あの夕暮れ時のゴンドラで見た、宝石みたいに輝《かがや》いていた水嶋《みずしま》の笑顔《えがお》だった。

（……やめだ、やめやめ！　もう考えるな）

これ以上あの笑顔《えがお》を思い出していたら、なんだかもう一生頭に焼き付いて離《はな》れなさそうで、俺は反射的に目隠《めかく》しをするように右腕《みぎうで》で視界を覆《おお》った。

「俺が、好きなのは……江奈《えな》、ちゃ……」

腹も膨《ふく》れた上に考え事をし過ぎて疲《つか》れたのか、途端《とたん》にウトウトとしてしまう。

やば、いま寝《ね》ちゃったら絶対五時間目は遅刻《ちこく》だよなぁ……でもこのまま昼寝《ひるね》してぇなぁ……。

ベンチに寝転《ねころ》がりながら、俺はいよいよ半分夢の中へと入りかける。

――カチャ。

しかし、そこで誰《だれ》かが屋上への扉《とびら》を開く音が耳に入って来た。

(なんだ……貸し切りタイムは終わりか)

かといって起き上がるのも億劫《おっくう》だった俺は、気にせず微睡《まどろ》みの中へと戻《もど》ろうとして。

「……颯太《そうた》、くん？」

(んんっ⁉)

不意にかけられたその声に、胸から飛び出るんじゃないかというくらい心臓が跳《は》ねた。

こ、この声ってまさか……江奈《えな》ちゃん⁉

予想外にも程《ほど》がある来訪者に、俺は動揺《どうよう》して完全に起き上がるタイミングを逸《いっ》してしまう。

な、なんで江奈《えな》ちゃんがこんな所に？　いや、別に江奈《えな》ちゃんが学校内のどこに出没《しゅつぼつ》しようと彼女の自由なわけだけれども。それにしたって、一体何の用があって屋上に来たんだ？

「……颯太《そうた》くん？　ね、寝《ね》ているん、ですか……？」

ワケもわからないままひとまず寝《ね》たフリをしてしまう俺に、江奈《えな》ちゃんはなおも声をかけながら、どういうわけかそのままツカツカと歩み寄って来た。

(ひぇ〜⁉ な、なに⁉ なんで近寄ってくるの江奈《えな》ちゃん⁉)

内心の困惑《こんわく》を悟《さと》られないように、俺は全身全霊《ぜんしんぜんれい》のウソ寝《ね》を敢行《かんこう》する。

と、というか江奈《えな》ちゃん、さっきから俺のことを「颯太《そうた》くん」って……?

「……ね、寝《ね》ていますよね？ 大丈夫《だいじょうぶ》、ですよね？」

俺の演技が通用するか甚《はなは》だ不安だったが、どうやら江奈《えな》ちゃんはそう判断したらしい。

俺がたしかに眠《ねむ》りに落ちていることを何度も確認《かくにん》するように呟《つぶや》くと、それからしばらくの間、江奈《えな》ちゃんはピタリと口を噤《つぐ》んだ。

右腕《みぎうで》で視界を覆《おお》っているので江奈《えな》ちゃんの姿は見えないが、どうやら俺が寝転《ねころ》んでいるベンチのすぐ傍《かたわ》らにいるらしい気配は感じ取れた。

な、なんだ？ なんで江奈《えな》ちゃん、寝《ね》ている俺を無言で眺《なが》めているんだ？

俺に何か用事があって、でも起こすのも悪いから自然と起きるのを待っている、とか？

そうだとしたら、このまま狸寝入《たぬきねい》りを続けているわけにもいかないだろう。先生から頼《たの》まれた急ぎの用事とかかもしれないもんな。

(ちょっと気まずいけど、仕方ないか……)

そう思って、俺がごく自然な寝起《ねお》き姿を演じる算段を立て始めた、その時だった。

——チュッ。

（…………………………は？）

嘘《うそ》の寝息《ねいき》を立てていた俺の口に、そっと何かがあてがわれた。

瞬《また》きほどに短くて、小指で赤子の頬《ほお》を突《つ》くくらいに控《ひか》えめで、しかし確かな温かさと柔《やわ》らかさと、そして微《かす》かな湿《しめ》り気《け》を帯びたこの感触《かんしょく》は……ま、まさか……⁉

相変わらず決死の思いで寝《ね》たフリを続けながら、それでも痛いくらいに心臓を激しく鼓動《こどう》させる俺に。

たった今、俺の唇《くちびる》に「何か」を重ねた江奈《えな》ちゃんが、優《やさ》しくもどこか決然とした声で囁《ささや》いた。

「颯太《そうた》くん。わ、私——信じています」

そんな言葉だけを置き去りにして、江奈《えな》ちゃんが足早に校舎へと戻《もど》っていく音が聞こえる。

やがて、ガチャンッ、と屋上の武骨な鉄扉《てっぴ》が閉まる音が聞こえてきたところで。

俺はもう、いよいよ我慢《がまん》の限界だった。

まるで雷《かみなり》でも直撃《ちょくげき》したかのようにガバリと上体を起こし、ベンチから跳《は》ね起きる。次には突《つ》き破る勢いで屋上のフェンスにへばりつき、顔を茹《ゆ》でダコみたいに真っ赤にしながら。

ぽちぽち梅雨《つゆ》の足音が聞こえてきた、五月中旬《ちゅうじゅん》の晴れ空に向かって。

「————なんじゃそりゃぁぁぁぁぁぁぁぁぁぁぁあ‼⁉」

俺は、そう叫《さけ》ばずにはいられないのであった。

あとがき

初めまして、福田週人《ふくだしゅうと》です。このたびは「彼女を奪《うば》ったイケメン美少女がなぜか俺まで狙《ねら》ってくる」をお手に取っていただき、本当に感謝の言葉もございません。いえ、あります。ありがとうございます。

さて、本作は第八回カクヨムコンテストラブコメ部門の特別賞を受賞するという幸運に恵《めぐ》まれ、こうしてめでたく書籍《しょせき》として世に出ることが叶《かな》いました。

選考に携《たずさ》わってくださった選考委員ならびに編集部の皆様《みなさま》、そして何より作品を応援《おうえん》してくださった読者の皆様《みなさま》、本当にありがとうございます。

と、このまま感謝の言葉を並べ立てていたら世界中の木を切り倒《たお》しても紙が足りなくなりそうなので、ひとまず本作の誕生秘話的なお話を。

この作品は、彼女を奪《うば》われた男の子と、その彼女を奪《うば》った張本人である女の子という、ちょっと奇妙《きみょう》なシチュエーションから始まる少年少女たちの物語です。筆者が初めて「ウェブ小説用」に書き上げた作品でもあります。

『ボーイッシュな女の子って……イイよね』

正直なところ、そんな筆者の趣味《燃料》だけをボイラーにぶち込んで走り出した暴走機関車がごとき本作です。ただ自分の妄想《もうそう》を書き連ねただけのこんな物語が、果たして受け入れられるのか。最初は不安もありました。

ところがどっこい。蓋《ふた》を開けてみれば予想を大きく上回り、多くの乗客《読者》が「構わん、やれ」「止まるんじゃねぇぞ」と飛び乗って来てくれたおかげで、こうして「書籍化《しょせきか》」という大きな目的地の一つに辿《たど》り着くことができました。やっぱり皆《みんな》も好きなんじゃないか！（喜）

こうなったらもう怖《こわ》いものナシです。ヒロインの可愛《かわい》さとお話の面白《おもしろ》さだけは胸を張って「最高だ」と言えるものを書いたつもりなので、本作を読んでほんの少しでも皆《みな》さんの心に響《ひび》くものがあったのなら、こんなに嬉《うれ》しいことはございません。

筆者にとっての理想のヒロインが、皆《みな》さんにとっても理想のヒロインとなれるよう、今後も全力を尽《つ》くしていく所存です。これからも「イケメン美少女」をどうぞよろしくお願いいたします。

では、ここからは再び謝辞を。

まずは本作が世に出るきっかけとなった場を提供していただいたカクヨム様、重ねてありがとうございます。そしてこれからもお世話になります。

担当編集のＳ様、数ある作品の中から本作を見つけてくださったこと、右も左もわからない出版までの道のりを懇切丁寧《こんせつていねい》にサポートしてくださったこと、心より感謝しております。数々のアドバイスやご提案には、いつも大変助けられております。

イラストを担当してくださったさなだケイスイ様、筆者の頭の中にしかいなかったキャラクターたちを、想像以上に素敵《すてき》なイラストに仕上げていただき、ありがとうございます。キャラデザやラフイラストが送られて来るたびに、子供のように大はしゃぎしておりました。

その他、本書の出版に携《たずさ》わってくださった全ての方に感謝しております。本当にありがとうございます。

この機関車が最終的にどんな場所までたどり着くのかはわかりませんが、なるべく長く、そして遠くまで走り続けられることを願って。

Ｅｘｃｅｌｓｉｏｒ！

二〇二三年十一月　福田《ふくだ》　週人《しゅうと》

◉福田週人著作リスト

「彼女を奪ったイケメン美少女がなぜか俺まで狙ってくる」（電撃文庫）

本書に対するご意見、ご感想をお寄せください。

ファンレターあて先
〒102-8177　東京都千代田区富士見2-13-3
電撃文庫編集部
「福田週人先生」係
「さなだケイスイ先生」係

本書は、2022年から2023年にカクヨムで実施された「第8回カクヨムWeb小説コンテスト」で特別賞（ラブコメ部門）を受賞した「彼女を奪ったイケメン美少女がなぜか俺まで狙ってくる」を加筆修正したものです。

電撃文庫

彼女《かのじょ》を奪《うば》ったイケメン美少女《びしょうじょ》がなぜか俺《おれ》まで狙《ねら》ってくる

福田週人《ふくだしゅうと》

2024年1月10日　初版発行

発行者　山下直久
発行　株式会社KADOKAWA
〒102-8177　東京都千代田区富士見2-13-3
0570-002-301（ナビダイヤル）
装丁者　荻窪裕司（META＋MANIERA）
印刷　株式会社暁印刷
製本　株式会社暁印刷

●お問い合わせ
https://www.kadokawa.co.jp/（「お問い合わせ」へお進みください）
※内容によっては、お答えできない場合があります。
※サポートは日本国内のみとさせていただきます。
※ Japanese text only

※定価はカバーに表示してあります。

ISBN978-4-04-915341-5　C0193　Printed in Japan

電撃文庫　https://dengekibunko.jp/

電撃文庫DIGEST　1月の新刊

発売日2024年1月10日

86―エイティシックス―Ep.13 **―ディア・ハンター―** 著／安里アサト　イラスト／しらび メカニックデザイン／I-IV	共和国避難民たちは武装蜂起を決行し、一方的に独立を宣言。鎮圧に駆り出されたのはシンたち機動打撃群で……一方ユートはチトリを連れ、共和国へ向かう。そして、ダスティンは過去と現在の狭間で苦悩していた。
私の初恋は恥ずかしすぎて誰にも言えない 著／伏見つかさ　イラスト／かんざきひろ	女子にモテモテのクール少女・楓は恋をしたことがない。そんな楓はある日、息を呑むほど可愛い女の子と出逢う。人生初のときめきに動揺したのも束の間、麗しの姫の正体はアホで愚かな双子の兄・千秋だったぁ!?
ほうかごがかり 著／甲田学人　イラスト／potg	よる十二時のチャイムが鳴ると、ぼくらは「ほうかご」にとらわれる。そこには正解もゴールもクリアもなくて。ただ、ぼくたちの死体が積み上げられている。恐怖と絶望が支配する"真夜中のメルヘン"解禁。
魔王学院の不適合者14〈下〉 **～史上最強の魔王の始祖、転生して子孫たちの学校へ通う～** 著／秋　イラスト／しずまよしのり	魔弾世界で大暴れするアノス。それを陽動に魔弾世界の深部へ潜入したミーシャとサーシャの前に、創造神エレネシアが姿を現す――第十四章《魔弾世界》編、完結!!
いつもは真面目な委員長だけどキミの彼女になれるかな?2 著／コイル　イラスト／Nardack	映像編集の腕を買われ、陽都は後輩（売れない）アイドルの「ＪＫコンテスト」を手伝うことに。けど吉野さんも一緒なら、初のお泊まり――合宿も行ける!?　だがＪＫコンには、陽都の苦い過去を知る人物もいて……。
不可逆怪異をあなたと2 **床辻奇譚** 著／古宮九時　イラスト／二色こぺ	異郷の少女・一妃。土地神となった少年・蒼汰。二人は異界からの浸食現象【白線】に対処しながら、床辻の防衛にあたっていた。そんな中、蒼汰の転校が決定。新しい学校では、土地神の先輩・墨染雨が待っており――。
勇者症候群3 著／彩月レイ　イラスト／りいちゅ	精神だけが《勇者》の精神世界に取り込まれてしまったカグヤ。心を無くした少女を護り、アズマたちは《勇者》の真相に立ち向かう――！
ツンデレ魔女を殺せ、と女神は言った。2 著／ミサキナギ　イラスト／米白粕	ツンデレ聖女・ステラの杖に転生した俺。二年生へ進級したステラは年に一度の『聖法競技会』に臨むことに！　優勝候補・クインザに対抗するため、俺（杖）は水の聖法を操るクーデレ美少女・アンリの勧誘に乗り出す！
少年、私の弟子になってよ。3 **～最弱無能な俺、聖剣学園で最強を目指す～** 著／七菜なな　イラスト／さいね	ラディアータとの約束を果たすため、頂へ駆け上がる識。ついに日本トーナメントへ出場！　しかし、聖剣"無明"の真実が白日の下に晒されてしまい!?　聖剣剥奪の危機を前に、師弟が選んだ道は――。
放課後、ファミレスで、クラスのあの子と。 著／左リュウ　イラスト／magako	なんとなく家に居づらくて。逃げ込むように通い始めたファミレスで、同じ境遇の同級生・加瀬宮小白と出逢った。クラスメイトは知らない彼女の素顔が、彼女と過ごす時間が、俺の退屈な日常を少しずつ変えていく――。
彼女を奪ったイケメン美少女がなぜか俺まで狙ってくる 著／福田週人　イラスト／さなだケイスイ	平凡な俺の初カノは"女子"に奪われました。憎き恋敵はボーイッシュな美少女・水嶋静乃。だけど……「本当の狙いはキミなんだ。私と付き合ってよ」　ってどういうこと!?　俺は絶対に落とされないからな！
セピア×セパレート **復活停止** 著／夏海公司　イラスト／れおえん	３Dバイオプリンターの進化で、生命を再生できるようになった近未来。あるエンジニアが〈復元〉から目覚めると、全人類の記憶のバックアップをロックする前代未聞の大規模テロの主犯として指名手配されていた――。
【恋バナ】これはトモダチの話なんだけど　～すぐ真っ赤になる幼馴染の大好きアピールが止まらない～ 著／戸塚 陸　イラスト／白蜜柑	悩める高二男子・瀬高蒼汰は、幼馴染で片思い相手・藤白乃愛から恋愛相談を受けていた。「友達から聞かれたんだけど……蒼汰ってどんな子がタイプなの？」まさかそれって……